KB214155

# 닉 애덤스 이야기

**일러두기**

- 『The Nick Adams Stories』(Bantam, 1973)를 저본으로 번역했습니다.
- 인명, 작품명, 지명은 국립국어원 외래어표기법을 따르되 일부 명칭은 일반적으로 널리 쓰이는 표기를 따랐습니다.
- 단행본 및 정기간행물은 『 』, 그림, 영화, 희곡의 제목은 〈 〉로 구분했습니다.
- 주석은 모두 옮긴이 주입니다.

# 닉 애덤스 이야기

The Nick Adams Stories

어니스트 헤밍웨이 지음

이영아 옮김

B:

# 목차

1부

# 북부의 숲

# 세 발의 총성

닉은 텐트 안에서 옷을 벗고 있었다. 모닥불 불빛이 텐트 벽에 아버지와 조지 삼촌의 그림자를 드리웠다. 아주 불편하고 수치스러운 기분으로 부랴부랴 옷을 벗어 단정하게 개어 놓았다. 옷을 벗고 있자니 전날 밤이 떠올라 부끄러웠다. 하루 종일 그 일을 일부러 회피하고 있었건만.

어젯밤 아버지와 삼촌은 저녁을 먹은 후 집어등을 들고 호수로 낚시를 갔다. 배를 호숫가에서 떠밀며 아버지는 그들이 자리를 비운 사이 위급한 일이 생기면 라이플총을 세 발 쏘라고, 그러면 곧장 돌아오겠노라고 일렀다. 닉은 호숫가에서 수풀을 지나 야영지로 돌아갔다. 어둠 속에서 노 젓는 소리가 들렸다. 아버지는 노를 젓고 삼촌은 고물에 앉아 견지낚시를 했다. 아버지가 배를 호수로 밀어낼 때 삼촌은 이미 낚싯대를 든 채 앉아 있었다. 닉은 아버지와 삼촌의 배가 호수를 가르며 나아가는 소리에 귀를 기울였다. 어느새 노 젓는 소리도 들리지 않았다.

수풀을 지나 되돌아가던 닉은 겁이 나기 시작했다. 밤의 숲은 늘 조금 무서웠다. 닉은 텐트 문을 열고 들어가 옷을 벗은 뒤 담요를 덮고 어둠 속에 얌전히 누워 있었다. 바깥에 피웠던 모닥불은 사그라들어 숯덩어리만 남았다. 닉은 가만히 누워 잠들려 애썼다.

사방이 적요했다. 여우나 올빼미가 우는 소리라도 들리면 괜찮을 것 같았다. 무엇이 두려운지는 아직 콕 집어 말할 수 없었다. 하지만 무지하게 겁이 났다. 문득 죽음이 두려워졌다. 불과 몇 주 전 교회에서 〈후일에 생명 그칠 때*Some Day the Silver Cord Will Break*〉라는 찬송가를 불렀다. 그 노래를 부르며 언젠가 반드시 죽음이 닥치리라는 사실을 깨닫고 속이 울렁거렸다. 언젠가는 죽을 수밖에 없는 운명을 인식한 건 그때가 처음이었다.

그날 밤 닉은 현관의 종야등 아래 앉아 『로빈슨 크루소*Robinson Crusoe*』를 읽으며, 후일에 생명 그칠 때가 있으리라는 사실을 잊으려 애썼다. 그를 발견한 유모는 자러 가지 않으면 아버지에게 일러바치겠다고 협박했다. 닉은 자러 들어가는 척했다가 유모가 자기 방으로 돌아가자마자 다시 밖으로 나와 현관 등불 아래서 아침까지 책을 읽었다.

지난밤 텐트 안에서 그와 똑같은 두려움을 느꼈다. 그 두려움은 밤에만 찾아왔다. 처음엔 두려움보다는 깨달음에 가까웠다. 하지만 그 깨달음은 언제나 두려움의 언저리에 있었고, 시동이 걸리기가 무섭게 두려움으로 변해 버렸다.

정말로 무서워지기 시작하자 닉은 얼른 라이플총을 집어 들어 총부리를 텐트 밖으로 삐죽 내밀고는 세 번 발사했다. 반동으로 라이플총이 심하게 튀었다. 총성이 숲을 찢어발기듯 울렸다. 총을 쏘자마자 닉은 기분이 괜찮아졌다.

누워서 아버지가 돌아오길 기다리던 닉은 아버지와 삼촌이 호수 건너편에서 집어등을 끄기 전에 잠들었다.

"저 녀석 보게." 야영지로 돌아가며 조지 삼촌이 말했다. "뭐 하러 우리를 부르라고 했어? 보나 마나 겁을 집어먹었겠지."

조지 삼촌은 낚시광이었고 아버지의 동생이었다.

"뭐, 아직 어리니까." 닉의 아버지가 말했다.

"애를 숲에 데려오지 말았어야지."

"닉이 지독한 겁쟁이라는 건 나도 알아. 하지만 그 나이 때는 다들 그렇잖아."

"괘씸해. 거짓말을 밥 먹듯이 한다니까."

"그냥 좀 넘어가. 어쨌든 낚시는 실컷 할 수 있을 테니까."

아버지와 함께 텐트로 들어온 조지 삼촌이 닉의 눈에다 손전등을 비추었다.

"무슨 일이야, 닉?" 아버지가 묻자 닉은 일어나 앉았다.

"여우랑 늑대 사이에 태어난 잡종 같은 짐승이 울면서 텐트 주위를 돌아다녔어요. 여우 같기도 했는데 늑대에 더 가까웠어요." 닉은 바로 그날 '잡종'이라는 단어를 삼촌에게서 배웠다.

"소쩍새 소리를 들었나 보군." 조지 삼촌이 말했다.

날이 밝자 아버지는 서로 기대어 있어 바람이 불면 맞부딪히는 참피나무 두 그루를 발견했다.

"소리의 정체가 저거 아니었을까, 닉?" 아버지가 물었다.

"그럴지도 모르겠어요." 닉은 이렇게 답했지만, 지난밤 일을 생각하고 싶지 않았다.

"숲속에서 겁먹을 필요 없다, 닉. 널 해칠 만한 건 아무것도 없으니까."

"벼락도요?"

"그래, 벼락도. 폭풍우가 치면 탁 트인 곳으로 나가면 돼. 아니면 너도밤나무 밑에 숨든가. 그럼 절대 벼락에 안 맞는단다."

"절대로요?"

"너도밤나무 밑에 있다가 벼락에 맞았다는 얘기는 못 들었어."

"와, 너도밤나무에 대해 알게 돼서 다행이에요."

지금 닉은 또 텐트 안에서 옷을 벗고 있었다. 보지는 않았지만, 텐트 벽에 드리워진 두 그림자를 의식하고 있었다. 그때 배가 호숫가로 끌려 올라오는 소리가 들리더니 두 그림자가 사라졌다. 아버지가 누군가와 이야기를 나누고 있었다.

아버지가 외쳤다. "옷 입어, 닉."

닉은 부리나케 옷을 입었다. 아버지가 들어와 더플 백을 샅샅이 뒤졌다.

"코트 입어, 닉." 아버지가 말했다.

# 인디언 마을

호숫가에 또 다른 배 한 척이 정박해 있었다. 두 명의 인디언이 서서 기다리고 있었다.

닉과 아버지가 자기네 배의 고물에 올라타자 인디언들이 배를 호수로 밀어내고 그중 한 명이 노를 저었다. 조지 삼촌은 인디언 마을에서 온 배의 고물에 앉았다. 젊은 인디언이 그 배를 밀어 물에 띄우고 노를 저었다.

두 척의 배가 어둠 속에서 움직이기 시작했다. 닉은 연무 속에 저만치 앞서가는 다른 배에서 나는 노걸이 소리를 들었다. 인디언들은 뚝뚝 끊어지는 리듬으로 재빨리 노를 저었다. 닉은 아버지의 품에 안긴 채 누워 있었다. 호수 위는 추웠다. 인디언은 아주 부지런히 노를 저었지만, 앞선 배는 엷은 안개 속으로 점점 더 멀어지기만 했다.

"우리 어디 가는 거예요, 아빠?" 닉이 물었다.

"인디언 마을에. 어떤 인디언 여자가 무척 아프다는구나."

"아."

호수 건너편에 도착하니, 앞서갔던 배가 물가에 정박해 있었다. 조지 삼촌은 어둠 속에서 시가를 피우고 있었다. 젊은 인디언이 배를 뭍으로 끌어 올렸다. 조지 삼촌이 두 인디언에게 시가를 건넸다.

그들은 랜턴을 든 젊은 인디언을 따라서 물가를 떠나 이슬에 흠뻑 젖은 초원을 지나갔다. 그런 다음 숲속으로 들어가 오솔길을 따라가다 보니, 언덕으로 거슬러 올라가는 벌목용 도로가 나왔다. 양쪽으로 나무들이 잘려나가 있어 도로는 훨씬 더 밝았다. 젊은 인디언이 걸음을 멈추고 입김을 불어 랜턴 불을 껐다. 그들 모두 도로를 따라 걸었다.

굽잇길을 돌자 개 한 마리가 나와 짖어댔다. 나무껍질을 벗겨 먹고사는 인디언들의 판잣집들이 저 앞에 불빛을 반짝이고 있었다. 개들이 몇 마리 더 달려 나왔다. 두 인디언이 개들을 판잣집으로 돌려보냈다. 길에서 가장 가까운 판잣집의 창문에 불이 켜져 있었다. 한 노파가 램프를 들고 문간에 서 있었다.

집 안에서는 나무로 만들어진 이층 침대 아래에 젊은 인디언 여인이 누워 있었다. 이틀째 진통 중이었다. 마을의 모든 노파들이 와서 그녀를 돕고 있었다. 남자들은 여인이 울부짖는 소리가 들리지 않는 곳까지 멀찍이 나가서 어둠 속에 앉아 담배를 피웠다. 닉과 두 인디언이 아버지와 조지 삼촌을 따라 판잣집으로 들어서는 순간, 여인이 비명을 질렀다. 몸이 거대하게 부푼 그녀는 아래 침상에 누비이불을 덮고 누워 있었다. 위층에는 그녀의 남편이 있었다. 사흘 전 도끼에 발을 심하게 베인 그는 파이프 담배를 피우고 있었다. 방 안에 악취가 진동했다.

닉의 아버지는 물을 난로에 올리라고 지시한 후, 물이 데워지는 사이 닉에게 말했다.

"이 여자가 아기를 낳을 거야, 닉."

"알아요."

"알긴 뭘 알아. 내 말 잘 들어. 이 여자는 분만이라는 걸 할 거야. 아기는 태어나고 싶어 하고 여자도 아기가 태어나기를 원하지. 아기를 낳으려고 여자의 모든 근육이 안간힘을 쓰고 있어.

그래서 비명을 지르는 거야."

"알겠어요."

바로 그때 여자가 울부짖었다.

"오, 아빠, 비명 그만 지르게 뭐라도 좀 주면 안 돼요?"

"아니. 마취제가 없어. 비명은 중요한 게 아니야. 중요하지 않으니까 내 귀에는 들리지도 않는구나."

위층의 남편이 벽 쪽으로 돌아누웠다.

부엌에 있는 여자가 물이 데워졌다고 의사에게 손짓으로 알렸다. 닉의 아버지는 부엌으로 가서 큰 주전자에 든 물을 절반 정도 대야에 부었다. 그러고는 손수건에 싸 온 물건 여러 개를 주전자 물에 집어넣었다.

"이걸 끓여야 해." 그는 이렇게 말하고는, 마을에서 가져온 비누를 손에 칠한 뒤 대야에 담긴 뜨거운 물로 손을 씻기 시작했다. 닉은 비누를 묻힌 채 서로를 문질러 대는 아버지의 두 손을 지켜보았다. 아버지는 꼼꼼하고 빈틈없이 두 손을 씻으며 말했다.

"알아둬, 닉, 아기는 머리가 먼저 나와야 하지만 가끔은 아닐 때도 있어. 그렇게 되면 모두가 고생이지. 이 여자는 수술을 해야 할지도 모르겠어. 곧 알게 되겠지."

손의 상태에 만족한 아버지는 방으로 돌아가 일을 시작했다.

"이불 좀 젖혀주겠어, 조지? 나는 아무것도 손 안 대는 게 좋으니까."

잠시 후 닉의 아버지가 수술을 시작하고, 조지 삼촌과 세 명의 인디언 남자가 여인을 꼭 붙들었다. 조지 삼촌이 여인에게 팔을 물려 "이 인디언 년이!"라고 쏘아붙이자, 조지 삼촌을 배에 태워 왔던 젊은 인디언이 비웃었다. 닉은 아버지를 위해 대야를 들어주었다. 수술은 한참이나 걸렸다.

아버지가 아기를 들어 올리고 찰싹 때려 숨통을 틔운 뒤 노파에게 건넸다.

"봐, 아기가 태어났다, 닉. 인턴으로 일해 본 소감이 어때?"

"괜찮았어요." 닉은 이렇게 말하면서도 아버지가 지금 하고 있는 일을 보지 않으려 고개를 돌렸다.

"자. 이제 됐다." 아버지가 대야에 무언가를 집어넣었다.

닉은 그것을 보지 않았다.

"이제 봉합해야겠구나. 보든 말든 마음대로 해라, 닉. 절개한 부분을 꿰맬 테니까."

닉은 보지 않았다. 호기심은 사라진 지 오래였다.

아버지는 수술을 마치고 몸을 일으켰다. 조지 삼촌과 세 명의 인디언 남자들도 일어섰다. 닉은 대야를 부엌으로 옮겼다.

조지 삼촌은 자신의 팔을 보았다. 젊은 인디언은 아까의 일을 떠올리며 씩 웃었다.

"과산화수소수를 발라야겠어, 조지." 의사가 말했다.

그는 인디언 여인에게로 허리를 굽혔다. 그녀는 이제 가만히 눈을 감고 있었다. 안색이 아주 창백했다. 아기는 태어났는지, 뭐가 어떻게 됐는지 전혀 모르고 있었다.

"아침에 다시 와야겠다." 의사는 허리를 펴며 말했다. "정오까지는 세인트이그너스에서 간호사가 올 거야. 필요한 걸 전부 챙겨서."

그는 경기 후 탈의실에 들어온 풋볼 선수처럼 의기양양하게 떠들어댔다.

"의학 잡지에 실릴 만한 일이야, 조지. 잭나이프로 제왕절개, 9피트짜리 가느다란 야잠사 낚싯줄로 봉합."

조지 삼촌은 벽에 기대서서 자신의 팔을 보고 있었다.

"아, 네, 참 대단하십니다."

"뿌듯해하고 있을 아기 아빠나 좀 볼까. 이런 사소한 일을 겪을 때 제일 힘들어하는 사람이 보통은 아버지들이거든." 의사가 말했다. "이 아빠는 아주 조용히 잘 버틴 것 같군."

그는 인디언의 머리에 덮여 있는 담요를 들어 올렸다. 담요를 놓은 그의 손이 젖어 있었다. 그는 한 손에 램프를 들고 아래 침상 가장자리에 올라서서 들여다보았다. 인디언은 벽 쪽으로 돌아누워 있었다. 한쪽 귀에서 반대쪽 귀까지 목이 그어져 있었다. 그의 무게에 짓눌려 푹 꺼졌던 침상에 피가 고여 있었다. 그의 머리는 왼팔에 뉘어 있었다. 면도칼이 날을 세운 채 담요에 놓여 있었다.

"닉을 밖으로 데리고 나가, 조지." 의사가 말했다.

그럴 필요는 없었다. 아버지가 램프를 들고 인디언의 머리를 뒤로 젖혔을 때, 부엌문 앞에 서 있던 닉에게는 위층 침상이 잘 보였다.

그들이 벌목용 도로를 걸어 호수로 돌아갈 때 동이 트기 시작했다.

"괜히 널 데려왔구나, 닉." 수술 후의 흥분은 온데간데없이 사라져 버렸다.

"여자들은 항상 이렇게 힘들게 아기를 낳아요?" 닉이 물었다.

"아니, 이렇게 힘든 경우는 아주, 아주 드물지."

"그 남자는 왜 자살했을까요, 아빠?"

"글쎄다. 견디기 힘들었나 보지."

"자살하는 남자가 많아요, 아빠?"

"그리 많지는 않단다, 닉."

"여자는요?"

"거의 없어."

"여자는 자살 안 해요?"

"아니. 자살하는 여자도 더러 있기는 하지."

"아빠?"

"응."

"조지 삼촌은 어디 갔어요?"

"멀쩡하게 나타날 거야."

"죽는 건 어려워요, 아빠?"

"아니, 아주 쉬울 것 같구나. 다 사정 나름이지."

그들은 배에 앉아 있었다. 닉은 고물에 앉고, 아버지가 노를 저었다. 언덕 위로 해가 떠오르고 있었다. 농어 한 마리가 물 위로 펄쩍 뛰어올라 동그란 파문을 일으켰다. 닉은 물속에 손을 담근 채 쭉 끌고 갔다. 아침의 날카로운 냉기 속에 물속은 따스하게 느껴졌다.

이른 아침 아버지가 젓는 배의 고물에 앉아 호수를 건너며, 닉은 자신은 절대 죽지 않으리라 확신했다.

## 의사와 의사의 아내

딕 볼턴은 닉의 아버지를 위해 통나무를 켜주려고 인디언 마을에서 왔다. 그의 아들 에디와 빌리 테이브쇼라는 인디언도 데려왔다. 그들은 수풀에서 뒷문으로 들어왔고, 에디는 기다란 가로톱을 어깨에 지고 있었다. 톱이 그의 걸음걸이에 맞추어 어깨 위에서 통통 튀며 음악처럼 듣기 좋은 소리를 냈다. 빌리 테이브쇼는 큼직한 갈고리 장대 두 개를 날랐다. 딕은 겨드랑이에 도끼 세 자루를 끼고 있었다.

그는 몸을 돌려 문을 닫았다. 나머지 두 사람은 앞장서서, 통나무들이 모래에 묻혀 있는 호숫가까지 내려갔다.

그 통나무들은 벌목 회사가 물에 띄워놓은 통나무들을 매직호라는 증기선이 공장으로 끌고 가다가 유실한 것들이었다. 호숫가로 떠내려온 통나무들을 이대로 방치해 두면, 조만간 매직호의 선원들이 배를 타고 지나가다가 이것들을 발견하고 고리가 달린 쇠못을 통나무 끝에 박아 호수로 끌고 갈 터였다. 하지만 고작 통나무 몇 개 때문에 사람을 쓰는 건 수지가 맞지 않기 때문에 벌목 회사가 일부러 통나무를 수거하러 올 리는 없었다. 그러다 결국 아무도 치우지 않으면 통나무들은 배들을 방해하기만 하다가 호숫가에서 썩을 것이 뻔했다.

닉의 아버지는 항상 이런 결과를 예상하고 인디언들을 불러 가로톱으로 통나무를 켠 다음 쐐기로 쪼개어 벽난로용 장작으로 만들게 했다. 딕 볼턴은 오두막을 지나 호수로 내려갔다. 모래밭에 커다란 너도밤나무 통나무 네 개가 묻혀 있다시피 했다. 에디는 두 쪽으로 갈라진 나뭇가지에 톱자루를 걸쳐놓았다. 딕은 도끼 세 자루를 작은 선창에 내려놓았다. 그는 혼혈이었는데, 호수 부근의 농부들 중에는 그가 사실은 백인이라고 믿는 사람들이 많았다. 딕은 아주 게을렀지만 일단 시작한 일은 아주 능숙하게 해냈다. 그가 씹는담배 한 덩이를 주머니에서 꺼내어 한 입 깨물더니, 에디와 빌리 테이브쇼에게 오지브와어[1]로 말했다.

그들은 통나무가 모래에 박힌 부분을 느슨하게 풀어주기 위해 갈고리 장대 끝을 통나무 한 개에 박아넣은 뒤 장대 자루에 몸무게를 실어 이리저리 흔들어댔다. 모래 속에서 통나무가 움직였다. 딕 볼턴이 닉의 아버지를 돌아보았다.

"어이, 선생, 목재를 참 많이도 훔치셨네요."

"훔치다니, 딕." 의사가 말했다. "이리로 떠내려왔는데."

에디와 빌 테이브쇼는 축축한 모래밭에서 흔들어 빼낸 통나무를 호수 쪽으로 굴려 두었다.

"얼른 물속에 집어넣어." 딕 볼턴이 소리쳤다.

"왜?" 의사가 물었다.

"씻게요. 모래를 씻어내야 톱질을 하죠. 통나무가 어디 건지도 좀 보고."

통나무가 물에 씻겼다. 에디와 빌리 테이브쇼는 햇볕에 땀을 뻘뻘 흘리며 갈고리 장대에 기대어 있었다. 딕은 모래밭에 무릎을 꿇고 앉아, 통나무 끝단에 망치로 찍힌 표식을 보았다.

"통나무 주인은 화이트 앤드 맥낼리군." 그는 이렇게 말하며

1 미국과 캐나다에 거주하는 인디언 원주민 부족인 오지브와족이 사용하는 언어.

일어나 바지 무릎을 털었다.

의사는 심기가 불편해졌다.

"그럼 손 떼게, 딕." 그는 무뚝뚝하게 말했다.

"왜 발끈하고 그래요. 삐지지 말아요. 누구한테서 훔쳤건 난 관심 없으니까. 알 게 뭡니까."

"내가 통나무를 훔쳤다고 생각하면 다 집어치우고 연장 챙겨서 돌아가란 말일세." 이렇게 말하는 의사의 얼굴이 벌겠다.

"성질 한번 급하시네." 딕은 담뱃잎 때문에 갈색으로 변한 침을 통나무에다 탁 뱉었다. 침은 물속으로 미끄러져 들어가 묽어졌다. "훔친 통나무라는 건 선생도 잘 아시면서. 난 아무 상관 없다니까요."

"됐네. 내가 통나무를 훔쳤다고 생각하면 물건 챙겨서 어서 돌아가."

"이봐요, 선생……."

"물건 챙겨서 가라니까."

"내 말 좀 들어봐요, 선생."

"한 번만 더 선생이라 부르면 가만두지 않겠어."

"오, 설마요, 선생."

딕 볼턴은 의사를 쳐다보았다. 딕은 거구의 남자였다. 자기의 체격이 얼마나 우람한지 그도 잘 알고 있었다. 몸싸움을 좋아하는 그는 즐거운 표정이었다. 에디와 빌리 테이브쇼는 갈고리 장대에 기댄 채 의사를 바라보았다. 의사는 아랫입술 밑의 턱수염을 씹으며 딕 볼턴을 쳐다보았다. 그러다가 몸을 돌려 오두막집을 향해 언덕을 올랐다. 그의 등에서 노기가 풀풀 풍겼다. 그들 셋은 의사가 언덕을 올라가 오두막집으로 들어가는 모습을 지켜보았다.

딕이 오지브와어로 무슨 말인가 했다. 에디는 웃었지만, 빌리 테이브쇼는 아주 심각한 표정이었다. 그는 영어를 못 알아들으면서도 말다툼이 오가는 내내 진땀을 흘렸었다. 뚱뚱한 그는 중국인처럼 콧수염이 몇 가닥밖에 안 나 있었다. 그는 갈고리 장대 두 개를 집어 들었다. 딕은 도끼들을 챙겼고, 에디는 나무에 걸쳐두었던 톱을 내렸다. 그들은 걸음을 옮기기 시작해 오두막을 지나 뒷문을 통해 숲으로 들어갔다. 딕은 문을 열어두었다. 빌리 테이브쇼가 돌아가서 문을 닫았다. 그들은 숲속으로 사라졌다.

오두막집 안에서 의사는 자기 방의 침대에 앉아, 책상 옆 바닥에 쌓여 있는 의학 잡지들을 바라보았다. 아직 포장도 뜯지 않았다. 그것이 신경에 거슬렸다.

"일하러 안 가, 여보?" 의사의 아내가 블라인드를 내려놓고 누워 있던 방에서 물었다.

"안 가!"

"무슨 문제라도 있었어?"

"딕 볼턴이랑 다퉜어."

"어머, 또 성질부린 거 아니지, 헨리?"

"안 부렸어."

"잊지 마, 영혼을 다스리는 자가 도시를 차지하는 자보다 위대하다는 걸." 그의 아내는 크리스천 사이언스[1] 신자였다. 성경과 『과학과 건강*Science and Health*』과 『쿼털리*Quarterly*』[2]가 어두컴컴한 방의 침대 옆 탁자에 놓여 있었다.

그녀의 남편은 답이 없었다. 그는 이제 침대에 앉아 엽총을 닦

1 물질세계는 실재가 아니며 질병도 기도로 치유할 수 있다고 믿는 기독교 교파.

2 각각 크리스천 사이언스 창시자의 저서와 그 신도들에게 성경을 가르치기 위해 발행한 계간지.

고 있었다. 묵직한 노란 탄피들이 가득 들어찬 탄창을 밀어 탄피들을 빼냈다. 탄피들이 침대 위로 흩어졌다.

"헨리." 그의 아내가 큰 소리로 불렀다가 잠깐 뜸을 들인 후 다시 불렀다. "헨리!"

"응."

"볼턴한테 괜한 말 해서 화를 북돋운 건 아니지?"

"아니야."

"뭣 때문에 다퉜어, 여보?"

"별일 아니야."

"말해 줘, 헨리. 나한테는 아무것도 숨기지 마. 뭣 때문에 그랬는데?"

"뭐, 딕의 여자가 폐렴에 걸려서 내가 치료해 줬는데 돈을 못 받았거든. 그래서 내가 그걸 빌미로 이번 일을 공짜로 시켜먹을까 봐 시비를 건 것 같아."

그의 아내는 아무 말도 없었다. 의사는 헝겊으로 총을 꼼꼼히 닦은 뒤 탄창 스프링에 대고 탄피들을 다시 밀어 넣었다. 그는 무릎에 총을 올려놓고 앉았다. 이 총이 아주 마음에 들었다. 그때 어둑한 방에서 아내의 목소리가 들려왔다.

"여보, 설마 그런 짓을 할 사람이 있겠어?"

"없다고?"

"없지. 일부러 그런 짓을 할 사람이 어딨어?"

의사는 일어나 엽총을 서랍장 뒤의 구석에 두었다.

"나가려고, 여보?" 아내가 물었다.

"산책이나 다녀올까 하고."

"닉 보거든, 엄마가 찾는다고 전해 줄래?"

의사는 포치로 나갔다. 뒤에서 방충망 문이 쾅 닫혔다. 문이 쾅 닫힐 때 아내가 헉하고 숨을 몰아쉬는 소리가 들렸다.

"미안." 의사는 블라인드가 쳐진 창문 밖에서 말했다.

"괜찮아, 여보."

의사는 무더운 바깥으로 나가 오솔길을 따라서 솔송나무 숲으로 들어갔다. 이 더운 날에도 숲속은 시원했다. 닉이 나무에 기대앉아 책을 읽고 있었다.

"네 엄마가 널 찾더구나."

"아빠랑 같이 갈래요."

아버지는 닉을 내려다보았다.

"알았다. 자, 가자. 책은 나한테 줘, 주머니에 넣어 가게."

"검은 다람쥐가 어디 있는지 알아요, 아빠."

"그래, 그럼 거기 가보자꾸나."

# 열 명의 인디언

7월 4일 독립기념일 행사가 끝난 후, 닉은 조 가너 가족의 큰 마차를 얻어 타고 밤늦게 시내에서 집으로 돌아가던 중에 술에 취한 인디언을 아홉 명 지나쳤다. 아홉이라는 숫자를 기억하는 이유는, 어스름 속에 마차를 몰던 조 가너가 말들을 세우고 거리로 뛰어내려, 바퀴 자국으로 난 길에서 한 인디언을 끌어냈기 때문이다. 그 인디언은 모래에 얼굴을 파묻은 채 잠들어 있었다. 조는 그를 덤불로 질질 끌어다 놓은 뒤 마차에 다시 올라탔다.

"마을 끝자락에서 겨우 여기까지 오는 데 벌써 아홉 명째라니."

"인디언들이 그렇지 뭐." 가너 부인이 말했다.

가너 부부의 두 아들과 함께 뒷자리에 앉아 있던 닉은 조가 인디언을 끌어다 놓은 길가를 내다보았다.

"빌리 테이브쇼였어요?" 칼이 물었다.

"아니."

"바지를 보니까 꼭 빌리 같던데."

"인디언들은 다 똑같은 바지를 입고 다니니까."

"난 전혀 못 봤어." 프랭크가 말했다. "아빠가 마차에서 내리더니, 내가 뭘 보기도 전에 다시 탔거든. 그 인디언이 뱀이라도 죽이고 있는 줄 알았네."

"오늘 밤에 뱀을 죽이는 인디언이 참 많나 보구나." 조 가너가 말했다.

“인디언들은 하여간.” 가너 부인이 말했다.

그들은 계속 달렸다. 도로는 큰길에서 벗어나 언덕으로 접어들었다. 말에게는 버거운 오르막길이라 소년들은 내려서 걸었다. 모랫길이었다. 학교 근처의 언덕 꼭대기에 이르자 닉은 뒤를 돌아보았다. 퍼토스키의 불빛과 리틀 트래버스만 건너편으로 저 멀리 하버 스프링스의 불빛이 보였다. 그들은 다시 마차에 올라탔다.

“저 구간엔 자갈을 좀 깔아야 한다니까.” 조 가너가 말했다. 마차는 길을 따라 달리며 숲을 지나갔다. 그러다 빈터로 들어갔다.

“바로 여기서 아빠가 스컹크를 치었잖아.”

“여기서 더 가야 돼.”

“어디든 상관없어.” 조는 고개를 돌리지 않고 말했다. “어디서든 스컹크를 칠 수 있으니까.”

“어젯밤에 스컹크 두 마리를 봤어요.” 닉이 말했다.

“어디서?”

“호수 근처에서요. 호숫가에서 죽은 물고기를 찾고 있던데요.”

“너구리였겠지.” 칼이 말했다.

“스컹크 맞아. 스컹크가 어떻게 생겼는지는 나도 알아.”

“그렇겠지.” 칼이 말했다. “여자 친구가 인디언이니까.”

“그런 식으로 말하지 말라니까, 칼.” 가너 부인이 말했다.

“어차피 냄새는 비슷한데요, 뭘.”

조 가너가 웃었다.

“그만 웃어, 조.” 가너 부인이 말했다. “칼의 말버릇을 고쳐 놔야 해.”

“인디언 여자 친구가 있냐, 니키?” 조가 물었다.

"아니요."

"있어요, 아빠." 프랭크가 말했다. "프루던스 미첼이 얘 여자 친구예요."

"아니야."

"매일 걔 만나러 간대요."

"아니라니까." 어둠 속에서 두 소년 사이에 앉아 프루던스 미첼에 관해 놀림받고 있자니 닉은 공허하면서도 행복한 기분이 들었다. "걔는 내 여자 친구 아니야."

"아니긴." 칼이 말했다. "매일 같이 있던데."

"칼은 여자 친구가 없어." 그의 어머니가 말했다. "인디언 여자애도 못 사귀지."

칼은 입을 다물었다.

"칼은 여자애들이랑 잘 못 놀아." 프랭크가 말했다.

"닥쳐."

"괜찮다, 칼." 조 가너가 말했다. "여자가 많다고 좋은 것도 아니야. 아빠를 보렴."

"그래, 당신이라면 그런 소리를 할 만도 하지." 마차가 덜컹거리자 가너 부인은 조에게 다가붙었다. "당신도 젊었을 땐 여자가 참 많았으니까."

"아빠는 인디언 여자랑은 절대 연애 안 했을걸."

"꼭 그런 것도 아니야." 조가 말했다. "프루디를 잘 지키는 게 좋을 거다, 닉."

그의 아내가 그에게 뭐라고 속삭이자 조는 웃었다.

"왜 웃어요?" 프랭크가 물었다.

"말하지 마, 가너." 그의 아내가 경고하자 조는 또 웃었다.

"프루던스는 니키가 가지렴." 조 가너가 말했다. "나한테는 좋은 여자가 있으니까."

"이렇게 나오셔야지." 가너 부인이 말했다.

말들이 모랫길에서 힘겹게 마차를 끌고 있었다. 조는 어둠 속에서 채찍을 뺀었다.

"이봐, 힘들 좀 내. 내일은 더 세게 끌어야 한다고."

말들은 기나긴 언덕을 총총히 달려 내려갔고, 마차는 덜커덩거렸다. 농가에서 모두 내렸다. 가너 부인이 문을 열고 집 안으로 들어갔다가 램프를 들고 나왔다. 칼과 닉은 마차 뒤편에 실린 물건들을 내렸다. 프랭크는 마차를 헛간으로 끌고 가 말들을 풀어주기 위해 앞자리에 앉았다. 닉은 계단을 올라가 부엌문을 열었다. 가너 부인이 난로에 불을 지피고 있었다. 장작에 등유를 붓던 그녀가 돌아보았다.

"안녕히 계세요, 아주머니." 닉이 말했다. "데려다주셔서 고맙습니다."

"어머, 별말을 다 하는구나, 니키."

"정말 재미있었어요."

"우리도 너랑 같이 가서 좋았단다. 저녁 먹고 갈래?"

"가봐야 할 것 같아요. 아빠가 기다리고 계실 거예요."

"그래, 잘 가렴. 칼한테 집에 들어오라고 전해 주겠니?"

"알겠어요."

"잘 가, 니키."

"안녕히 계세요, 아주머니."

닉은 마당으로 나가 헛간으로 향했다. 조와 프랭크가 소젖을 짜고 있었다.

"안녕히 계세요." 닉이 말했다. "오늘 정말 즐거웠어요."

"잘 가거라, 닉." 조 가너가 큰 소리로 말했다. "좀 이따가 저녁 먹고 가지 그러냐?"

"안 될 것 같아요. 칼한테 어머니가 부른다고 전해 주실래요?"

"알았다. 잘 가거라, 니키."

닉은 헛간 아래의 초원에 난 오솔길을 맨발로 걸었다. 오솔길은 평평했고, 맨발에 닿는 이슬이 시원했다. 초원 끝에 쳐진 울타리를 타고 넘어, 습지의 진흙을 밟아 축축한 발로 골짜기를 지난 다음, 메마른 너도밤나무 숲을 올라가다 보니 오두막 불빛이 보였다. 닉은 울타리를 타고 넘어 집 옆을 돌아 앞쪽 포치로 갔다. 탁자에 큼직한 램프를 켜놓고 앉아 책을 읽고 있는 아버지가 창 너머로 보였다. 닉은 문을 열고 안으로 들어갔다.

"왔구나, 니키." 아버지가 말했다. "재미있었니?"

"정말 재미있었어요, 아빠. 독립기념일 행사가 멋지더라고요."

"배고프니?"

"고파요."

"신발은 어쨌어?"

"가너네 마차에 두고 내렸어요."

"부엌으로 가자."

닉의 아버지가 램프를 들고 앞장섰다. 그러다 걸음을 멈추고 아이스박스 뚜껑을 열었다. 닉은 내처 부엌으로 들어갔다. 아버지는 차가운 닭고기 한 조각을 접시에 담아서 우유 한 주전자와 함께 들고 와 닉 앞의 식탁에 내려놓았다. 그러고는 램프도 내려놓았다.

"파이도 조금 있는데, 이 정도면 되겠니?"

"충분해요."

아버지는 유포를 깔아놓은 식탁 옆의 의자에 앉았다. 부엌 벽에 그의 그림자가 커다랗게 드리워졌다.

"야구는 어디가 이겼어?"

"퍼토스키요. 5 대 3으로 이겼어요."

아버지는 닉이 먹는 모습을 지켜보며 유리컵에 우유를 따라주었다. 닉은 우유를 마시고 냅킨으로 입을 닦았다. 아버지는 시렁으로 손을 뻗어 파이를 꺼내 닉에게 큼직하니 한 조각 잘라주었다. 월귤 파이였다.

"아빠는 뭐 하셨어요?"

"아침에 낚시하러 나갔지."

"뭐 잡으셨어요?"

"농어밖에 못 잡았어."

아버지는 파이를 먹는 닉을 지켜보았다.

"오후에는 뭐 하셨는데요?"

"인디언 마을까지 산책 다녀왔어."

"만난 사람 있어요?"

"인디언들은 죄다 시내에 술 마시러 가고 없더구나."

"한 명도 못 봤어요?"

"네 친구 프루디를 봤지."

"어디서요?"

"프랭크 워시번이랑 숲속에 있더군. 우연히 만났어. 둘이서 즐거운 시간을 보내고 있던데."

아버지는 닉을 보고 있지 않았다.

"뭘 하고 있었는데요?"

"난 금방 자리를 떠서 잘 모르겠어."

"뭘 하고 있었는지 말해 줘요."

"모른다니까. 그냥 둘이 뒹구는 소리만 들었어."

"그런데 걔들인지 어떻게 알았어요?"

"봤거든."
"못 봤다면서요."
"어, 아니, 봤어."
"프루디가 누구랑 있었다고요?"
"프랭크 워시번."
"혹시 걔들이…… 걔들이……."
"걔들이 뭐?"
"즐거워 보였나요?"
"그랬던 것 같구나."
아버지는 식탁에서 일어나 방충망 문을 열고 밖으로 나갔다. 그가 돌아왔을 때 닉은 접시를 내려다보고 있었다. 내내 울고 있었던 것이다.
"더 줄까?" 아버지는 파이를 자르려 나이프를 집어 들었다.
"아니요."
"한 조각 더 먹어."
"아니요, 먹기 싫어요."
아버지는 식탁을 치웠다.
"걔들이 숲속 어디에 있었어요?" 닉이 물었다.
"마을 뒤편에." 닉이 접시를 바라보자 아버지가 말했다. "이제 자러 가, 닉."
"알았어요."
닉은 자기 방으로 가서 옷을 벗고 침대로 들어갔다. 아버지가 거실을 돌아다니는 소리가 들렸다. 닉은 침대에 누워 베개에 얼굴을 묻었다.
'내 심장이 찢어졌어.' 그는 생각했다. '심장이 찢어졌으니까 이런 기분이 들겠지.'

잠시 후 아버지가 램프 불을 끄고 그의 방으로 들어가는 소리가 들렸다. 밖에서 나무들 사이로 바람 이는 소리가 들리더니, 방충망으로 시원하게 들어오는 바람이 느껴졌다. 닉은 한참이나 베개에 얼굴을 묻은 채 누워 있다가, 얼마 후에는 프루던스에 대한 생각을 잊고 마침내 잠들었다. 밤중에 깨어난 닉은 오두막 밖의 솔송나무들 사이로 바람이 불고 호숫가로 물결이 밀려드는 소리를 듣다가 다시 잠들었다. 아침이 되자 바람이 거세게 불고 호숫가에 물결이 높이 일었다. 닉은 깨어난 지 한참 후에야, 그의 심장이 찢어졌다는 사실을 기억해 냈다.

## 인디언들은 떠났다

퍼토스키 도로는 베이컨 할아버지의 농장에서 곧장 이어지는 오르막길이었다. 할아버지의 농장은 도로 끝에 있었다. 하지만 언제나 도로는 농장에서 시작되어 퍼토스키까지 쭉 이어지면서, 길고 가파른 모래 언덕의 가장자리에 지린 나무들을 따라가다가, 경사진 기나긴 들판이 활엽수림에 탁 막혀버리는 숲속으로 사라져 버리는 것처럼 보였다.

숲속으로 뻗은 도로는 시원했고 발밑의 모래는 습기를 머금어 단단했다. 도로는 언덕을 오르락내리락하며 숲속을 지났는데, 양편의 산딸기 덤불과 어린 너도밤나무들을 정기적으로 잘라주지 않으면 도로를 완전히 뒤덮어 버렸다. 여름에 인디언들은 도로변에서 산딸기를 따서 오두막으로 가져가 팔았다. 바구니를 빽빽이 채운 붉은 라즈베리들은 제 무게를 못 이겨 뭉그러졌다. 라즈베리들이 뜨뜻해지지 않도록 참피나무 이파리들로 덮었다. 나중에는 단단하고 신선하게 반짝이는 블랙베리들이 양동이에 한가득 담겨 왔다. 인디언들은 숲을 지나 호숫가 오두막까지 산딸기를 가져왔다. 소리도 없이 와서는, 산딸기로 가득 찬 양철 양동이를 들고 부엌문 옆에 서 있었다. 가끔 닉은 해먹에 누워 책을 읽고 있다가, 인디언들이 대문으로 들어와 장작더미를 지나고 집을 빙 둘러오는 냄새를 맡았다. 인디언들의 냄새는 똑같았다. 모두들 하나같이 달큼한 냄새를 풍겼다. 베이컨 할아버지가 곶 근처의 판잣집을 인디언들에게 빌려주었을 때 그 냄새를 처음 맡았다. 그들이 떠난 후 판잣집 안에 들어가 봤더니 그런 냄새가 났다. 베이컨 할아버지는 그 후로 판잣집을 백인들에게 빌려줄 수 없었고, 인디언들도 더 이상 그 집을 빌리지 않았다. 그곳에 살았던 인디언이 독립기념일에 퍼토스키에 갔다가 취해서 돌아오는 길에 페어 마켓 철도 선로에서 잠들어 야간열차에 치였기 때문이다. 그는 아주 키가 큰 인디언으로, 닉에게 물푸레나무로 카누용 노를 만들어줬었다. 그는 판잣집에 혼자 살면서 진통제를 마시고 밤에 혼자 숲속을 걸어 다녔다. 많은 인디언들이 그런 식이었다.

성공한 인디언은 한 명도 없었다. 전에는 있었다. 농장을 소유하고 일구어 자녀들과 손주들을 많이 얻으며 점점 늙고 뚱뚱해진 인디언 노인들. 호턴스 크리크에 살면서 큰 농장을 가진 사이먼 그린 같은 인디언들. 하지만 사이먼 그린은 죽었고, 자녀들은 농장을 팔아 돈을 나눠 갖고 어딘가로 떠나버렸다.

닉은 호턴스 베이의 대장간에서 그의 말들이 편자를 박는 동안 그 앞의 의자에 앉아 햇볕 속에 땀을 흘리고 있던 사이먼 그린을 기억했다. 헛간 처마 밑에서 시원하고 축축한 흙을 삽으로 파서 손가락으로 벌레들을 끄집어내고 있던 닉은 망치로 쇠를 쨍쨍 재빠르게 두드리는 소리를 들었다. 벌레들이 든 깡통에 흙을 체로 쳐서 넣고, 삽으로 팠던 땅을 다시 메운 뒤 삽으로 톡톡 두드려 평평하게 골랐다. 바깥의 햇볕 속에서 사이먼 그린은 의자에 앉아 있었다.

"안녕, 닉." 닉이 처마 밖으로 나오자 그가 말했다.

"안녕하세요, 그린 아저씨."

"낚시 가려고?"

“네.”

“이렇게 더운데.” 사이먼이 방긋 웃었다. “이번 가을에 새들이 많을 거라고 네 아빠한테 말씀드려라.”

닉은 대장간 뒤편의 들판을 지나 집으로 가서 대나무 낚싯대와 바구니를 챙겼다. 개울로 가는 길에 사이먼 그린이 마차를 끌고 지나갔다. 닉은 덤불 속으로 들어가고 있던 참이라 사이먼은 그를 보지 못했다. 그것이 그가 마지막으로 본 사이먼 그린의 모습이었다. 그해 겨울 사이먼은 죽었고, 이듬해 여름 그의 농장은 팔렸다. 농장 외에 그가 남긴 것은 아무것도 없었다. 농장에 모든 걸 쏟아부었다. 아들 중 한 명은 농사를 이어가고 싶어 했지만 다른 아들들이 그의 생각을 무시하고 농장을 팔았다. 모두가 예상한 값의 절반도 받지 못했다.

농장을 물려받고 싶어 했던 아들 에디는 스프링 브룩 뒤쪽의 땅 한 뙈기를 샀다. 다른 두 아들은 펠스턴의 당구장을 샀다. 그들은 돈을 잃고 당구장 문을 닫았다. 인디언들은 이런 식이었다.

2부

# 혼자 힘으로

## 세상의 빛

우리가 문을 열고 들어가자 바텐더는 고개를 들고 우리를 보더니 손을 뻗어 무료 점심이 담긴 그릇을 유리 뚜껑으로 덮었다.

"맥주 한 잔 줘요." 내가 말했다. 바텐더는 맥주 통에서 맥주를 따르고 위에 뜬 거품을 주걱으로 걷어낸 다음 술잔을 손에 쥐고 있었다. 내가 5센트를 나무 카운터에 올려놓자 맥주를 내 쪽으로 밀어주었다.

"넌 뭐 마실래?" 바텐더가 톰에게 물었다.

"맥주 주세요."

바텐더는 맥주를 따르고 거품을 걷어낸 뒤 돈을 보고 나서야 맥주잔을 톰에게 밀어주었다.

"왜 이래요?" 톰이 물었다.

바텐더는 답하지 않았다. 그저 우리 머리 너머를 보더니 방금 들어온 남자에게 "뭐 마실래요?"라고 말했다.

"라이 위스키." 남자가 답하자 바텐더는 위스키 병과 술잔과 물 한 컵을 내밀었다.

톰이 손을 뻗어 무료 점심 그릇에 얹어진 유리 뚜껑을 벗겼다. 식초에 절인 족발들과 나무로 만든 물건이 하나 들어 있었다. 가위처럼 벌어졌다 오므려졌다 하는 그 도구의 끝에는 음식을 집을 수 있게 나무 포크 두 개가 달려 있었다.

"안 돼." 바텐더는 그릇에 유리 뚜껑을 도로 덮었다. 톰은 나무

가위 포크를 손에 쥐고 있었다. "그거 돌려놔." 바텐더가 말했다.

"참 나." 톰이 말했다.

바텐더는 우리 둘을 지켜보며 카운터 밑으로 한 손을 앞으로 뻗었다. 내가 50센트짜리 동전들을 내려놓자 그가 몸을 똑바로 폈다.

"넌 뭐였지?"

"맥주요." 내가 답하자, 그는 맥주를 따르기 전에 그릇 두 개의 덮개를 벗겼다.

"족발 냄새 한번 고약하네." 톰은 입안에 고인 침을 바닥에 탁 뱉었다. 바텐더는 아무 말도 없었다. 라이 위스키를 마신 남자가 계산하고는 뒤도 돌아보지 않고 나가 버렸다.

"네 몸에서 나는 냄새는 어떻고." 바텐더가 말했다. "너희 양아치들은 냄새가 고약해."

"우리더러 양아치라는데." 토미가 내게 말했다.

"야, 나가자." 내가 말했다.

"양아치들은 썩 꺼져." 바텐더가 말했다.

"가겠다잖아요." 내가 말했다. "내가 먼저 그렇게 말했잖아요."

"나중에 또 봐요." 토미가 말했다.

"아니, 오지 마." 바텐더가 말했다.

"이 작자 생각이 틀렸다고 말해 줘." 톰이 나를 보며 말했다.

"이러지 말고 그냥 나가자." 내가 말했다.

밖은 어두컴컴했다.

"뭐 이런 데가 다 있냐?" 토미가 말했다.

"그러게. 역으로 가자."

우리는 그 마을의 한쪽 끝에서 들어왔다가 반대쪽 끝으로 나가고 있었다. 가죽과 무두질용 나무껍질, 큼지막한 톱밥 더미들 냄새가 났다. 마을에 들어올 때는 날이 슬슬 어두워지고 있었는데, 캄캄해진 지금은 추웠고 길에 고인 물웅덩이의 가장자리가 얼어붙고 있었다.

역에서는 창녀 다섯 명과 백인 남자 여섯 명, 인디언 네 명이 기차를 기다리고 있었다. 역은 북적였고 난로를 피워 후끈거렸으며 퀴퀴한 연기가 자욱했다. 우리가 들어갔을 때 아무도 말이 없었고 매표소는 닫혀 있었다.

"문 좀 닫지?" 누군가 말했다.

나는 말한 사람을 쳐다보았다. 백인 남자들 중 한 명이었다. 그는 다른 사내들처럼 짧은 바지에 벌목꾼의 고무신을 신고 매키노 셔츠를 입었지만, 모자를 쓰지 않았고 얼굴은 희고 두 손은 창백하니 가냘팠다.

"안 닫을 거야?"

"닫아요." 나는 이렇게 말하고 문을 닫았다.

"고맙다." 그가 말했다. 다른 남자 한 명이 킬킬거렸다.

"요리사 희롱해 본 적 있나?" 그가 내게 말했다.

"아니요."

"이 인간한테 한번 해봐." 그는 요리사를 쳐다보았다. "좋아하니까."

요리사는 입을 굳게 다문 채 고개를 돌렸다.

"이 친구는 레몬즙으로 손을 씻어." 남자가 말했다. "구정물에는 절대 손을 안 담근다니까. 얼마나 허연지 한번 봐."

창녀 한 명이 소리 내어 웃었다. 그렇게 덩치 큰 창녀는, 그렇게 덩치 큰 여자는 내 평생 처음 보았다. 그녀는 몸을 움직일 때마다 색깔이 변하는 실크 드레스를 입고 있었다. 다른 두 창녀도 그녀 못지않게 몸집이 크긴 했지만, 거구의 창녀는 160킬로그램

가까이 되어 보였다. 두 눈으로 보면서도 그녀가 진짜 사람이라는 게 믿기지 않을 정도였다. 셋 모두 빛에 따라 색깔이 변하는 실크 드레스를 입고 있었다. 그들은 벤치에 나란히 앉아 있었다. 몸집이 엄청났다. 나머지 둘은 머리를 금발로 탈색한 평범한 외모의 창녀였다.

"저 인간 손 좀 보라니까." 남자가 요리사 쪽으로 고개를 까딱였다. 거구의 창녀가 또 웃으며 온몸을 흔들어댔다.

요리사가 그녀를 쳐다보더니 냅다 쏘아붙였다. "살만 뒤룩뒤룩 쪄서는, 역겨운 년."

그녀는 그저 계속 웃으며 몸을 흔들었다.

"어머, 기막혀." 그녀의 목소리는 듣기 좋았다. "기가 막혀 죽겠네."

나머지 덩치 큰 창녀들은 감각이 거의 없는 양 아주 과묵하고 차분하게 행동했지만, 제일 큰 창녀만큼이나 덩치가 컸다. 둘 모두 110킬로그램은 족히 넘어 보였다. 그들은 점잖았다.

남자들은 요리사와 말하는 남자 외에 벌목꾼 두 명이 또 있었는데, 한 명은 남들의 말을 관심 있게 듣고 있었지만 숫기가 없었고, 다른 한 명은 금방이라도 뭔가 말할 기세였다. 둘 모두 스웨덴 사람이었다. 인디언 두 명은 벤치 끝에 앉고, 한 명은 벽에 기대서 있었다.

입을 들썩이던 남자가 아주 나직한 목소리로 내게 말했다. "건초 더미 위에 올라타는 기분일걸."

나는 웃으며 토미에게 그 말을 전해 주었다.

"이런 덴 진짜 난생처음이라니까." 토미가 말했다. "저 셋 좀 봐."

그때 요리사가 큰 소리로 물었다. "너희는 몇 살이야?"

"난 아흔여섯, 얘는 예순아홉." 토미가 말했다.

"호! 호! 호!" 거구의 창녀가 몸을 흔들어대며 웃었다. 목소리가 정말 예뻤다. 다른 창녀들은 미소도 짓지 않았다.

"어이, 왜 이리 삐딱해?" 요리사가 말했다. "그냥 좀 친해지려고 물어본 건데."

"열일곱 살, 열아홉 살이에요." 내가 말했다.

"왜 이래?" 토미가 나를 보며 물었다.

"뭐 어때."

"앨리스라고 불러." 거구의 창녀가 이렇게 말하더니 또 몸을 흔들어대기 시작했다.

"그게 이름이야?" 토미가 물었다.

"그럼. 앨리스. 맞지?" 창녀는 요리사 옆에 앉은 남자를 쳐다보며 말했다.

"앨리스. 맞아."

"네가 지을 만한 이름이네." 요리사가 말했다.

"내 본명이야." 앨리스가 말했다.

"나머지는?" 톰이 물었다.

"헤이즐이랑 에설." 앨리스가 말하자 헤이즐과 에설이 빙긋 웃었다. 그리 밝은 얼굴은 아니었다.

"그쪽 이름은?" 나는 금발의 창녀들 중 한 명에게 물었다.

"프랜시스."

"프랜시스 뭐?"

"프랜시스 윌슨. 그건 알아서 뭐 하게?"

"그쪽은?" 나는 다른 금발에게 물었다.

"건방지긴."

"그냥 다 친구 하자는 거잖아." 떠들어대던 남자가 말했다. "친구 하기 싫어?"

"싫어." 금발로 탈색한 창녀가 말했다. "그쪽이랑은."

"까탈스럽긴." 남자가 말했다. "까탈스러운 아가씨네."

금발의 창녀가 다른 금발의 창녀를 쳐다보며 고개를 저었다.

"촌뜨기들은 하여간." 그녀가 말했다.

앨리스는 또 웃으며 온몸을 흔들어대기 시작했다.

"뭐가 재밌다고 이래." 요리사가 말했다. "하나도 재미없는데 계속 처웃고 있어. 두 젊은이는 어디로 가시나?"

"아저씨는 어디 가시는데?" 톰이 물었다.

"캐딜락에 가려고." 요리사가 답했다. "거기 가본 적 있나? 내 누이가 거기 살거든."

"자기가 누이래요." 짧은 바지를 입은 사내가 말했다.

"헛소리 좀 집어치우지 그래?" 요리사가 말했다. "점잖게 얘기 하자고."

"스티브 케철이 캐딜락 사람이고, 애드 월개스트[1]도 거기가 고향이야." 숫기 없는 남자가 말했다.

"스티브 케철." 금발 여자 중 한 명이 그 이름을 듣더니 그녀 안에서 방아쇠가 당겨지기라도 한 것처럼 날카로운 목소리로 말했다. "자기 아빠한테 총 맞아 죽었잖아. 정말이라니까, 자기 아빠한테. 스티브 케철 같은 사내는 이제 없어."

"그 사람 이름은 스탠리 케철 아니었나?" 요리사가 물었다.

"오, 닥쳐." 금발 여자가 말했다. "댁이 스티브에 대해서 뭘 알아? 스탠리라니. 그 사람은 스탠리 따위가 아니었어.[2] 스티브 케

1 1910년부터 1912년까지 라이트급 세계 챔피언이었던 아돌푸스 월개스트.

2 역사상 가장 위대한 미들급 세계 챔피언으로 꼽히는 스탠리 케철은 현역 시절 '스티브'라는 이름으로도 불렸으며, 1910년 한 목장 노동자에게 총으로 살해당했

철은 세상에서 가장 멋지고 가장 아름다운 사내였다고. 난 스티브 케철만큼 깨끗하고 하얗고 아름다운 남자를 본 적이 없어. 그이 같은 남자는 없었어. 몸놀림이 호랑이 같고, 세상에서 제일 멋지고 제일 통 큰 사내였다고."

"그자를 알았어?" 한 남자가 물었다.

"알았냐고? 내가 그이를 알았냐고? 그이를 사랑했냐고? 이게 궁금한 거야? 이 세상에서 나만큼 그이를 잘 아는 사람은 없고, 댁이 하느님을 사랑하는 것처럼 난 그이를 사랑했어. 스티브 케철 그이는 역사상 가장 위대하고, 가장 멋지고, 가장 하얗고, 가장 아름다운 사내였는데, 자기 아빠한테 총 맞고 개죽음당했지."

"캘리포니아에도 같이 갔나?"[3]

"아니. 그전에 그이를 알았어. 내가 사랑한 유일한 남자였지."

금발의 여자가 이 모든 말을 연극 대사 읊듯이 떠들어대는 동안 모두가 정중한 태도를 보였지만, 앨리스는 또 몸을 흔들어대기 시작했다. 옆에 앉은 나에게까지 그 떨림이 전해졌다.

"결혼하지 그랬어." 요리사가 말했다.

"그이 경력을 망칠 순 없잖아." 금발로 탈색한 여자가 말했다. "그이의 발목을 잡을 순 없었다고. 그이에게 필요한 건 아내가 아니었어. 아, 정말 좋은 남자였는데."

"그렇게 생각하는 것도 좋지." 요리사가 말했다. "그나저나 잭 존슨한테 케이오당하지 않았었나?"

"속은 거야." 금발로 탈색한 여자가 말했다. "그 덩치 큰 깜둥이가 기습 공격을 했어. 그이가 산만 한 깜둥이 잭 존슨을 자빠

다. 즉, 금발의 창녀는 그를 모르면서 아는 척하고 있는 것이다.

3 케철은 1903년 몬태나주에서 프로 권투 선수로 데뷔한 후 1907년 캘리포니아주로 옮겨갔다.

뜨렸는데, 그 깜둥이가 어쩌다 운 좋게 그이를 때린 거지."

매표창구가 열리자 세 인디언이 그쪽으로 갔다.

"스티브는 그놈을 때려눕히고 나서 나한테 웃어줬어." 금발로 탈색한 여자가 말했다.

"캘리포니아에 안 갔다며." 누군가 말했다.

"그 시합 때만 갔어. 스티브가 나한테 웃어주고 있는데 그 염병할 깜둥이 새끼가 벌떡 일어나서 갑자기 그이를 때리지 뭐야. 그런 깜둥이 새끼 백 명이 덤벼도 스티브한테는 상대도 안 됐을 텐데."

"대단한 선수였지." 벌목꾼이 말했다.

"그러게 말이야." 금발로 탈색한 여자가 말했다. "요즘은 그런 선수가 없어. 그이는 신 같았어, 정말로. 얼마나 하얗고 깨끗하고 아름답고 매끄럽고 날렵하고 호랑이나 번개 같았는데."

"권투 영화에서 그 사람 봤어." 톰이 말했다. 우리 모두 크게 감동받았다. 앨리스가 온몸을 흔들어대길래 봤더니 울고 있었다. 인디언들은 플랫폼으로 나가 있었다.

"그이는 세상 어떤 남편보다 좋은 남자였어." 금발로 탈색한 여자가 말했다. "하느님이 보시기에 우리는 부부나 마찬가지였어. 난 지금 그이 사람이고, 앞으로도 영원히 그럴 거야. 내 전부가 그이 거야. 내 몸은 어떻게 되든 상관없어. 내 몸이야 누구든 마음대로 가지라지. 내 영혼은 스티브 케철 거야. 그이는 진정한 사내였어."

모두가 한탄했다. 가슴 아프고 딱한 일이었다. 그때 여전히 몸을 흔들고 있던 앨리스가 그 나직한 목소리로 말했다. "이 파렴치한 거짓말쟁이. 스티브 케철이랑 자본 적도 없는 주제에."

"어떻게 그런 말을 해?" 금발로 탈색한 여자가 도도하게 말했다.

"사실이니까." 앨리스가 말했다. "여기서 스티브 케철을 알았던 사람은 나밖에 없어. 나는 맨셀로나에서 태어났고 거기서 그이를 알았어. 사실이야, 너도 알잖아. 내 말이 거짓이면 천벌을 받을 거야."

"나도 마찬가지야." 금발로 탈색한 여자가 말했다.

"진짜, 진짜, 진짜야. 너도 알면서 그래. 막 지어낸 얘기가 아니라, 그이가 나한테 한 말을 정확히 기억해."

"뭐랬는데?" 금발로 탈색한 여자가 느긋하게 물었다.

앨리스는 몸을 심하게 떨면서 우는 사이사이 겨우 말을 뱉었다.

"그이가 이렇게 말했어, '당신은 사랑스러워, 앨리스.' 정확히 이렇게 말했다고."

"거짓말." 금발로 탈색한 여자가 말했다.

"정말이라니까." 앨리스가 말했다. "정말로 그렇게 말했어."

"거짓말이야." 금발로 탈색한 여자는 도도하게 말했다.

"아니야, 정말이야, 정말, 정말, 예수님과 마리아님께 맹세해."

"스티브가 그런 말을 했을 리 없어. 그이 말투가 아니야." 금발로 탈색한 여자가 흐뭇해하며 말했다.

"정말이라니까." 앨리스가 본래의 듣기 좋은 목소리로 말했다. "네가 믿건 말건 달라지는 건 없어." 이제 울음을 그친 그녀는 차분했다.

"스티브가 그런 말을 하다니, 어림도 없지." 금발로 탈색한 여자가 단언했다.

"그렇게 말했어." 앨리스는 이렇게 말하고 미소 지었다. "그이가 언제 그 말을 했는지 기억나. 난 그이 말대로 사랑스러웠고, 지금도 너보다는 나아, 이 쭈글쭈글한 주책바가지 할망구야."

"네가 뭔데 날 욕해. 산만 한 고름덩어리 주제에. 나한테도 추억이 있어."

"아니." 앨리스는 그 감미롭고 사랑스러운 목소리로 말했다. "나팔관을 들어내고 코카인과 모르핀을 시작한 것만 빼면 넌 진짜 추억이 없어. 신문 기사 보고 떠들어댄 거지. 내가 깨끗하다는 거 너도 알잖아. 내가 덩치는 이래도 남자들은 나를 좋아해, 너도 알잖아. 난 절대 거짓말 안 해, 너도 알잖아."

"내 추억은 건드리지 마." 금발로 탈색한 여자가 말했다. "아주 멋진, 나의 진짜 추억은."

앨리스는 그녀를 보고 우리를 보더니 상처받은 표정을 지우고 빙긋 웃었다. 내가 이제껏 본 얼굴들 중 제일 예뻐 보였다. 그녀는 얼굴이 예쁘고 피부가 아주 매끄럽고 목소리가 사랑스럽고 확실히 친절하고 정말 다정했다. 하지만, 어쩐담, 거구였다. 세 여자를 합친 것만큼이나 덩치가 컸다. 톰은 그녀를 쳐다보고 있는 나를 보더니 말했다. "야, 가자."

"잘 가." 앨리스가 말했다. 정말 좋은 목소리였다.

"안녕." 내가 말했다.

"어디로 가는 거야?" 요리사가 말했다.

"아저씨랑 반대쪽으로." 톰이 말했다.

## 싸우는 사람

닉은 일어섰다. 다친 곳은 없었다. 철로를 바라보니, 승무원 칸의 불빛이 커브를 돌아 사라져 가고 있었다. 철로 양쪽에 물이 있고, 그 너머는 낙엽송이 우거진 늪지였다.

닉은 무릎을 만져보았다. 바지가 찢어지고 살갗이 까졌다. 두 손은 긁히고 손톱 밑에 모래와 석탄재가 끼어 있었다. 닉은 철로를 넘어 작은 비탈 밑에 고인 물로 내려가 손을 씻었다. 차가운 물로 꼼꼼히 씻으며 손톱에 낀 흙을 빼냈다. 쪼그려 앉아 무릎도 씻었다.

염병할 제동수. 언젠가 혼쭐을 내줄 테다. 다시 보게 될 테니. 어쨌거나 그의 연기는 훌륭했다.

"이리 와, 꼬마야." 그가 말했다. "줄 게 있으니까."

거기에 홀랑 속아 넘어가고 말았다. 어설픈 애송이처럼. 다시는 그런 수작에 당하지 않으리라.

"이리 와, 꼬마야, 줄 게 있으니까." 그러더니 **퍽**, 그리고 닉은 철로 옆으로 떨어져 두 손과 무릎으로 땅을 짚었다.

닉은 한쪽 눈을 비볐다. 큼직한 혹이 부어오르고 있었다. 보나마나 눈에 멍이 들 것이다. 벌써 쑤셨다. 그 빌어먹을 제동수 자식.

닉은 한쪽 눈에 솟아오른 혹을 만져보았다. 뭐, 이깟 멍쯤이야. 이것으로 계산을 끝냈으니 싸게 먹힌 셈이었다. 멍을 보고 싶었다. 물을 들여다봐도 멍은 보이지 않았다. 날은 어두웠고, 어느 마을이든 멀리 떨어져 있었다. 닉은 바지에 손을 닦고 일어난 다음 제방을 기어올라 철로로 돌아갔다.

그는 철로를 걷기 시작했다. 바닥이 단단히 다져져 있어 걷기 수월하고, 침목들 사이에 모래와 자갈이 빽빽이 채워진 덕분에 안정적으로 걸을 수 있었다. 둑길처럼 평탄한 노반이 앞으로 쭉 뻗어 늪지를 통과했다. 닉은 계속 걸었다. 걷다 보면 어딘가에는 닿을 것이다.

닉은 월턴 환승역 밖에서 속도를 늦추기 시작한 화물 열차에 휙 올라탔었다. 닉이 탄 기차는 날이 슬슬 어둑해질 무렵 캘캐스카를 지났다. 그러니 지금은 맨셀로나 부근일 것이다. 늪지가 5, 6킬로미터 정도 이어졌다. 침목 사이에 깔린 자갈을 밟으며 철로를 따라 걷다 보니, 늪지에 연무가 피어올라 유령이라도 나올 듯 으스스했다. 눈이 쑤시고 배가 고팠다. 수 킬로미터의 철로를 뒤로하고 계속 걸었다. 철로 양쪽으로 똑같은 늪지가 펼쳐졌다.

앞에 다리 하나가 놓여 있었다. 닉이 다리를 건널 때 부츠가 쇠를 밟으며 공허한 소리를 울렸다. 침목들의 기다란 틈 사이로 저 아래 시커먼 물이 보였다. 닉이 헐거운 대못 하나를 툭 차자 못이 물속으로 빠졌다. 다리 너머는 언덕이었다. 철로 양쪽은 높고 어두컴컴했다. 저 앞에 모닥불이 보였다. 닉은 그 불을 향해 조심스레 철로를 걸었다. 모닥불은 철로 한쪽 근처의 제방 밑에서 타오르고 있었다. 닉에게는 그 불빛만 보였다. 철로가 횡단로를 빠져나가자 모닥불이 타오르는 곳에 탁 트인 땅이 나타나더니 저 멀리 숲까지 펼쳐져 있었다. 닉은 조심조심 제방을 내려가 숲으로 들어간 뒤, 나무들을 지나 모닥불로 다가갔다. 너도밤나무 숲이었고, 나무들 사이로 걸을 때 땅에 떨어진 까끌까끌한 열매들이 밟혔다. 나무들 언저리에 이르자 이제 모닥불이 밝았다.

불가에 한 사내가 앉아 있었다. 닉은 나무 뒤에서 기다리며 지켜보았다. 남자는 혼자인 것 같았다. 머리를 두 손에 묻은 채 앉아 불을 바라보고 있었다. 닉은 나무 뒤에서 나가 불빛 속으로 걸어 들어갔다.

사내는 거기 앉아 불길을 들여다보고 있었다. 닉이 꽤 가까이 멈춰 섰는데도 그는 꼼짝하지 않았다.

"안녕하세요!" 닉이 말했다.

사내가 닉을 올려다보았다.

"그 멍은 뭐야?"

"제동수한테 한 방 먹었어요."

"그래서 직행 화물차에서 떨어졌나?"

"네."

"나도 그 개자식을 봤어. 한 시간 반쯤 전에 여길 지나갔거든. 혼자 기차 위를 걸으면서 자기 팔을 때리고 노래를 불러대더군."

"개자식!"

"자네한테 한 방 먹이고 기분이 좋아졌나 보지." 사내가 진지하게 말했다.

"그 자식 가만두나 봐라."

"나중에 또 지나가면 돌을 던져버려." 사내가 조언했다.

"그럴 거예요."

"너도 꽤 거친데?"

"아니에요." 닉이 답했다.

"너희 어린 것들은 다 거칠어."

"그래야 하니까요." 닉이 말했다.

"내 말이 그 말이야."

사내는 닉을 보며 빙긋 웃었다. 불빛 속에서 흉하게 일그러진 남자의 얼굴이 보였다. 코는 움푹 꺼져 있고, 눈은 좁고 기다란 구멍처럼 뚫려 있고, 입술 모양이 괴상했다. 닉은 이 모든 걸 한꺼번에 인지하지는 못했다. 그저 기묘한 꼴로 망가진 사내의 얼굴이 보였을 뿐이다. 색을 입히고 반죽한 접착제 같은 얼굴이었다. 불빛에 비친 모습이 꼭 시체의 얼굴 같았다.

"내 상판대기가 마음에 안 드냐?" 사내가 물었다.

닉은 당혹스러웠다.

"그렇긴 해요."

"이거 봐!" 사내가 모자를 벗었다.

귀가 하나밖에 없었다. 굵고 단단한 귀가 머리 옆쪽에 들러붙어 있었다. 다른 쪽 귀는 싹둑 잘려나가 있었다.

"이런 거 본 적 있어?"

"아니요." 닉은 속이 조금 메스꺼웠다.

"견딜 만했어." 사내가 말했다. "아닌 것 같냐, 꼬마야?"

"물론 그러셨겠죠!"

"놈들이 나를 두들겨 팼지만," 작은 몸집의 사내가 말했다. "난 아무렇지도 않았어."

사내는 닉을 쳐다보았다. "앉아. 뭐 좀 먹을래?"

"신경 쓰지 마세요. 마을로 갈 거예요."

"이봐!" 사내가 말했다. "날 애드라고 불러."

"네!"

"이봐." 작은 몸집의 사내가 말했다. "난 정상이 아니야."

"뭐가 문젠데요?"

"머리가 돌았어."

사내는 모자를 썼다. 닉은 웃음이 터질 것 같았다.

"아저씨는 안 돌았어요."

"아니. 돌았어. 이봐, 머리가 돌아본 적 있어?"
"없어요. 왜 머리가 도는데요?"
"나도 몰라." 애드가 말했다. "일단 머리가 돌면, 왜 그런지 알 수가 없으니까. 나 알지?"
"아니요."
"난 애드 프랜시스야."
"정말로요?"
"못 믿겠냐?"
"믿어요."
닉은 사실일 거라고 확신했다.
"내가 놈들을 어떻게 이겼는지 알아?"
"아니요."
"내 심장은 느려. 1분에 마흔 번밖에 안 뛰지. 한번 만져봐."
닉은 망설였다.
"얼른." 사내가 닉의 손을 붙잡았다. "내 손목을 잡고 거기에 손가락을 대봐."
작은 사내의 손목은 굵직하고, 뼈 위로 근육이 불룩 튀어나와 있었다. 닉의 손가락 아래에서 느릿느릿한 박동이 느껴졌다.
"시계 있냐?"
"아니요."
"나도 없어." 애드가 말했다. "시계가 없으면 이래 봐야 아무 소용 없지."
닉은 애드의 손목을 내려놓았다.
"이봐." 애드 프랜시스가 말했다. "다시 잡아. 네가 맥박수를 재봐, 내가 예순까지 셀 테니까."
닉은 손가락 밑에서 느리고 세차게 고동치는 맥박을 재기 시작했다. 작은 사내가 소리 내어 천천히 숫자 세는 소리가 들렸다. 하나, 둘, 셋, 넷, 다섯…….

"예순." 애드가 숫자 세기를 마쳤다. "1분이야. 맥박수는 얼마나 나왔어?"

"40이요."

"거봐." 애드는 흡족한 듯 말했다. "빨라지는 법이 없다니까."

한 남자가 철도 제방을 내려오더니 개간지를 지나 모닥불로 다가왔다.

"어이, 벅스!" 애드가 말했다.

"어이!" 벅스가 답했다. 흑인의 목소리였다. 닉은 그의 걸음걸이를 보고 흑인이라는 걸 알았다. 그는 닉과 애드를 등지고 선 채 모닥불 쪽으로 몸을 구부렸다. 그러다가 다시 똑바로 섰다.

"이쪽은 내 친구 벅스야." 애드가 말했다. "이 친구도 돌았어."

"만나서 반가워요." 벅스가 말했다. "어디서 왔어요?"

"시카고요." 닉이 답했다.

"좋은 도시죠." 흑인이 말했다. "이름을 못 들었는데."

"애덤스예요. 닉 애덤스."

"얘는 한 번도 돈 적이 없대, 벅스." 애드가 말했다.

"아직 어리니까요." 흑인이 말했다. 그는 모닥불 옆에서 어떤 꾸러미를 풀고 있었다.

"밥은 대체 언제 먹을 거야, 벅스?" 권투 선수가 물었다.

"지금이요."

"배고프냐, 닉?"

"배고파 죽겠어요."

"들었지, 벅스?"

"나도 귀가 있어요."

"그걸 물은 게 아니잖아."

"그래요. 저 신사분 말씀은 나도 들었어요."

그는 햄 조각들을 프라이팬에 놓고 있었다. 프라이팬이 뜨겁게 달구어져 기름이 지글거리자, 흑인의 기다란 다리로 불 옆에 쪼그리고 앉은 벅스가 햄을 뒤집고 달걀을 깨뜨려 넣은 뒤 프라이팬을 좌우로 기울여 달걀에 뜨거운 기름을 끼얹었다.

"저 봉투에 들어 있는 빵 좀 잘라줄래요, 애덤스 씨?" 벅스가 모닥불에서 몸을 돌려 말했다.

"네."

닉은 가방에서 빵 한 덩어리를 꺼내어 여섯 조각으로 잘랐다. 애드는 그를 지켜보다가 몸을 앞으로 기울였다.

"나이프 이리 내, 닉."

"안 돼요." 흑인이 말했다. "절대 주지 말아요, 애덤스 씨."

권투 선수는 뒤로 물러났다.

"빵 좀 갖다줄래요, 애덤스 씨?" 벅스가 물었다. 닉이 빵을 가져다주었다.

"빵을 햄 기름에 적셔 먹는 거 좋아해요?" 흑인이 물었다.

"당연하죠!"

"그건 나중에 합시다. 마지막에 그렇게 먹으면 맛있으니까. 이거 받아요."

흑인은 햄 한 조각을 집어 빵에 얹은 다음, 그 위에 달걀을 살짝 올렸다.

"그 샌드위치를 덮어서 프랜시스 씨한테 줄래요?"

애드는 샌드위치를 받아서 먹기 시작했다.

"달걀 흘러내리지 않게 조심해요." 흑인이 주의를 주었다. "애덤스 씨는 이거 받아요. 남은 건 내가 먹고."

닉은 샌드위치를 덥석 물었다. 흑인은 닉의 맞은편에 애드와 나란히 앉아 있었다. 뜨겁게 튀긴 햄과 달걀은 감탄스러울 정도로 맛있었다.

"애덤스 씨가 어지간히 배가 고프셨구나." 흑인이 말했다. 닉이 이름으로만 알고 있던 옛 권투 챔피언은 아무 말이 없었다. 흑인이 나이프에 대해 뭐라고 한 후 내내 입을 다물고 있었다.

"뜨거운 햄 기름에 적신 빵 드릴까요?" 벅스가 물었다.

"정말 고마워요."

작은 사내가 닉을 쳐다보았다.

"애돌프 프랜시스 씨도 좀 드실래요?" 벅스가 프라이팬을 들이밀며 물었다.

애드는 답하지 않았다. 그는 닉을 쳐다보고 있었다.

"프랜시스 씨?" 흑인이 부드러운 목소리로 불렀다.

애드는 답하지 않았다. 그는 닉을 쳐다보고 있었다.

"내가 묻잖아요. 프랜시스 씨." 흑인이 조용히 말했다.

애드는 계속 닉만 쳐다보고 있었다. 그의 모자가 눈 위까지 푹 눌러져 있었다. 닉은 긴장되기 시작했다.

"어디서 건방을 떨어?" 모자 아래에서 날카로운 목소리가 닉에게 쏘아붙였다. "네가 뭐라도 되는 줄 알아? 이 코흘리개 새끼야. 무작정 처들어와서 남의 밥 얻어먹는 주제에 나이프 하나 달라니까 건방을 떨어?"

닉을 노려보는 그의 얼굴은 새하얗고, 두 눈은 모자에 가려 거의 보이지 않았다.

"이거 참 웃긴 자식이잖아. 누가 너더러 여기 끼어도 된다고 했냐?"

"아무도 안 그랬어요."

"그래, 아무도 안 그랬지. 너한테 계속 있으라고 한 사람도 없어. 그냥 들이닥치더니 내 얼굴 가지고 버르장머리 없이 굴고 내 시가를 피우고 내 술을 마시고 또 건방진 소리나 떠들어대고 말이야. 대체 어디까지 할 작정이야?"

닉은 아무 말도 하지 않았다. 애드는 일어났다.

"잘 들어, 이 쫄보 시카고 자식아. 내가 네 궁둥이를 걷어차 주마. 알겠냐?"

닉은 뒤로 물러섰다. 작은 사내가 망설임 없이 발을 내디디며 그에게 천천히 다가왔다. 먼저 왼발을 앞으로 내민 다음 오른발을 그쪽으로 질질 끌었다.

"한 방 날려." 사내는 머리를 움직였다. "어디 한 방 날려 봐."

"싫어요."

"내뺄 생각 하지 마. 한 대 맞고 정신 차릴래? 자자, 먼저 한 방 날려 보라니까."

"그만둬요." 닉이 말했다.

"그럼 어쩔 수 없지, 이 개자식."

작은 사내는 닉의 발을 내려다보았다. 그때, 모닥불에서 떨어져 움직이는 사내를 뒤따라 왔던 흑인이 우뚝 멈춰 서더니 사내의 머리 밑을 툭 쳤다. 사내는 앞으로 고꾸라졌고, 벅스는 곤봉을 풀밭에 떨어뜨렸다. 작은 사내는 얼굴을 풀밭에 묻은 채 엎드려 있었다. 흑인은 사내를 일으켜 세워, 머리가 앞으로 축 늘어진 그를 불가로 데려갔다. 사내는 안색이 나빴고, 두 눈을 뜨고 있었다. 벅스는 그를 살며시 눕혔다.

"양동이에 든 물 좀 갖다줘요, 애덤스 씨." 벅스가 말했다. "내가 좀 세게 때렸나 봐요."

흑인은 손에 물을 묻혀 사내의 얼굴에 뿌리고 그의 귀를 살살

당겼다. 그러자 두 눈이 감겼다.

벅스가 일어섰다.

"이상 없어요. 걱정할 거 없어요. 미안해요, 애덤스 씨."

"괜찮아요." 닉은 작은 사내를 내려다보다가 풀밭에 떨어져 있는 곤봉이 보여서 주웠다. 들어보니 낭창낭창 흔들렸고, 손잡이는 신축성이 좋아 잘 휘었다. 곤봉은 검은 가죽에 싸여 있고, 묵직한 끝부분에 손수건이 감겨 있었다.

"고래수염으로 만든 손잡이랍니다." 흑인이 미소 지었다. "이제는 안 팔죠. 당신 실력이 어느 정도인지는 몰라도, 당신이 프랜시스 씨를 해치거나 지금보다 더 흉한 꼴로 만들까 봐 그랬어요."

흑인은 또 미소 지었다.

"그런데 당신이 애드를 때렸잖아요."

"다 요령이 있어요. 프랜시스 씨는 아무것도 기억 못 할 거예요. 프랜시스 씨가 이상해지면 이렇게 해야 제정신으로 돌아오거든요."

닉은 여전히 작은 사내를 내려다보고 있었다. 사내는 눈을 감은 채 불빛 속에 누워 있었다. 벅스가 모닥불에 장작을 조금 집어넣었다.

"이 사람 걱정은 할 필요 없어요, 애덤스 씨. 이런 적이 한두 번이 아니니까."

"어쩌다 머리가 돌아버린 거예요?" 닉이 물었다.

"뭐, 이런저런 일이 있었죠." 흑인이 불가에서 답했다. "커피 한 잔 마실래요, 애덤스 씨?"

그는 닉에게 컵을 건네고, 의식을 잃은 사내의 머리 밑에 깔아 둔 코트를 매만져 폈다.

"우선, 너무 많이 맞았어요." 흑인은 커피를 홀짝였다. "하지만 맞기만 했으면, 머리가 조금 모자라는 정도로 끝났겠죠. 그런데 프랜시스 씨 매니저가 누이라느니, 남매 사이가 어떻다느니, 누이가 오빠를 사랑하고 오빠가 누이를 사랑한다느니 하면서 신문에서 계속 시끄럽게 떠들어댔어요. 그러다 둘이 뉴욕에서 결혼했는데 그 후로 상황이 많이 안 좋아졌죠."

"그 일은 나도 기억나요."

"그렇겠죠. 물론 두 사람이 남매라는 건 순 헛소문이었지만, 무조건 그 결혼에 반감을 품은 사람들이 많았어요. 두 사람은 다투기 시작했고, 어느 날 아내가 집을 나가서는 영영 안 돌아왔죠."

벅스는 커피를 마시고는 분홍색 손바닥으로 입술을 닦았다.

"그래서 그냥 돌아버렸어요. 커피 더 마실래요, 애덤스 씨?"

"고마워요."

"나는 그 여자를 두어 번 봤어요." 흑인이 말을 이었다. "엄청난 미인이더라고요. 쌍둥이라 해도 믿을 정도로 프랜시스 씨랑 똑 닮았어요. 프랜시스 씨도 얻어맞지만 않았으면 못생긴 얼굴은 아니에요."

그는 말을 끊었다. 이야기가 끝난 모양이었다.

"애드는 어디서 만났어요?" 닉이 물었다.

"교도소에서요." 흑인이 말했다. "프랜시스 씨는 아내가 떠난 후로 사람을 패고 다니다가 감방에 처박혔죠. 나는 사람을 칼로 찔러서 들어갔고요."

그는 미소 짓고는 부드러운 목소리로 말을 이었다. "나는 보자마자 프랜시스 씨가 마음에 들었고, 그래서 교도소에서 나왔을 때 직접 찾아갔죠. 프랜시스 씨는 내가 돌았다고 생각하지만, 상관없어요. 프랜시스 씨와 함께 있는 게 좋고, 시골 풍경을 보는 것도 좋고, 도둑질을 할 필요도 없으니까요. 나는 신사처럼 사는 게 좋아요."

"무슨 일을 하는데요?" 닉이 물었다.

"뭐, 아무것도 안 해요. 그냥 떠돌아다니는 거죠. 프랜시스 씨한테 돈이 있으니까."

"돈을 많이 벌었나 보죠."

"그럼요. 하지만 번 돈은 몽땅 써버렸어요. 아니, 뺏긴 거죠. 그 여자가 돈을 보내줘요."

그는 불을 쑤석거렸다.

"정말 좋은 여자예요. 쌍둥이라 할 정도로 프랜시스 씨랑 똑 닮았죠."

흑인은 숨을 헐떡이며 누워 있는 작은 사내를 바라보았다. 그의 금발이 이마로 흘러내려 있었다. 흉하게 망가진 그의 얼굴도 평온 속에서는 어린아이처럼 보였다.

"이젠 언제든 프랜시스 씨를 깨워도 되겠어요, 애덤스 씨. 미안하지만 당신은 떠나줬으면 좋겠군요. 실례인 줄은 알지만, 프랜시스 씨가 깨어나서 당신을 보면 또 난리 칠지도 몰라요. 프랜시스 씨를 때리기 싫은데, 이상해지기 시작하면 그럴 수밖에 없거든요. 사람들한테서 떼어놓는 게 상책이에요. 괜찮겠죠, 애덤스 씨? 아니요, 고마워할 필요 없어요, 애덤스 씨. 미리 귀띔을 해줬어야 하는데, 프랜시스 씨가 당신을 마음에 들어 하는 것 같길래 아무 문제도 없을 줄 알았죠. 기찻길을 따라서 3킬로미터 정도 가면 마을이 나올 겁니다. 맨셀로나라는 곳이죠. 잘 가요. 여기서 하룻밤 보내라고 청하고 싶지만 안 되겠어요. 햄과 빵이라도 좀 가져갈래요? 됐다고요? 그럼 샌드위치 가져가요." 벅스는 처음부터 끝까지 나직하고 매끄럽고 정중한 흑인 목소리로 말했다.

"자, 그럼, 잘 가요, 애덤스 씨. 안녕히 가세요, 행운을 빕니다!"

닉은 모닥불을 떠나 개간지를 가로질러 기찻길로 향했다. 모닥불의 온기가 닿지 않는 곳까지 갔을 때 닉은 귀를 기울였다. 흑인의 낮고 부드러운 음성이 말하고 있었다. 무슨 말인지는 들리지 않았다. 그러다가 작은 사내의 말이 들렸다. "머리가 깨질 것 같아, 벅스."

"괜찮아질 거예요, 프랜시스 씨." 흑인이 달래는 목소리로 말했다. "뜨거운 커피 좀 마셔요."

닉은 제방을 기어 올라가 철로를 걷기 시작했다. 손에 들려 있는 햄 샌드위치를 주머니에 집어넣었다. 철로가 언덕으로 굽어 들기 전 오르막길에서 뒤를 돌아보자 개간지에서 타오르고 있는 모닥불이 보였다.

# 살인자들

헨리 식당 문이 열리고 두 남자가 들어왔다. 그들은 카운터에 앉았다.

"뭐 드릴까요?" 조지가 그들에게 물었다.

"글쎄." 한 남자가 말했다. "뭐 먹을래, 앨?"

"글쎄." 앨이 답했다. "뭐 먹지?"

밖은 어두워지고 있었다. 창밖에 가로등이 켜졌다. 카운터에 앉은 두 남자는 메뉴판을 읽었다. 카운터 반대쪽 끝에서 닉 애덤스가 그들을 지켜보았다. 그들이 들어왔을 때 닉은 조지와 얘기를 나누고 있던 중이었다.

"난 돼지 안심구이에 애플소스랑 매시트포테이토." 첫 번째 남자가 말했다.

"그건 아직 안 돼요."

"그런데 왜 적어놨어?"

"그건 저녁 식사 메뉴예요." 조지가 설명했다. "6시에 먹을 수 있어요."

조지는 카운터 뒤의 벽에 걸린 시계를 바라보았다.

"지금은 5시네요."

"5시 20분이잖아." 두 번째 남자가 말했다.

"저 시계는 20분 빠르거든요."

"저딴 것도 시계라고." 첫 번째 남자가 말했다. "그럼 뭘 먹을 수 있는데?"

"샌드위치는 종류별로 다 돼요." 조지가 말했다. "햄 에그 샌드위치, 베이컨 에그 샌드위치, 간 베이컨 샌드위치, 아니면 스테이크 샌드위치도 되고요."

"치킨 크로켓에 완두콩, 크림소스, 매시트포테이트 줘."

"그건 저녁 식사 메뉴예요."

"우리가 먹고 싶은 건 죄다 저녁 식사라고? 이런 식으로 나온다 이거지?"

"햄 에그 샌드위치, 베이컨 에그 샌드위치, 간……."

"난 햄 에그 샌드위치로 줘." 앨이라는 남자가 말했다. 그는 중산모를 쓰고, 가슴께에 단추가 달린 검은색 오버코트를 입고 있었다. 작고 하얀 얼굴에 입술은 앙다물려 있었다. 실크 목도리를 두르고 장갑을 낀 채였다.

"난 베이컨 에그." 다른 남자가 말했다. 그는 앨과 거의 비슷한 체구였다. 얼굴은 서로 달랐지만, 옷차림은 쌍둥이처럼 똑같았다. 둘 모두 몸에 너무 꽉 끼는 오버코트를 입었다. 그들은 팔꿈치로 카운터를 짚고 상체를 앞으로 수그린 채 앉아 있었다.

"한잔할 건 없어?" 앨이 물었다.

"실버 비어, 베보, 진저에일[1] 있어요." 조지가 말했다.

"**한잔할** 거 없냐니까?"

"방금 말씀드렸잖아요."

"정말 끝내주는 마을이군그래." 다른 남자가 말했다. "여기 이름이 뭐라고?"

"서밋이요."

1 셋 모두 무알코올 음료들이다.

"들어본 적 있어?" 앨이 친구에게 물었다.
"아니." 친구가 답했다.
"여기 사람들은 밤에 뭘 하지?" 앨이 물었다.
"저녁을 먹겠지." 그의 친구가 말했다. "다들 여기 와서 포식하겠지."
"맞아요." 조지가 말했다.
"정말 그렇단 말이지?" 앨이 조지에게 물었다.
"그럼요."
"너 꽤 똑똑한 녀석이구나?"
"그럼요." 조지가 말했다.
"설마." 작은 몸집의 다른 사내가 말했다. "얘가 똑똑하다고, 앨?"
"멍청하지." 앨이 말하고는 닉을 쳐다보며 물었다. "네 이름은 뭐야?"
"애덤스요."
"똑똑한 녀석이 여기 또 있었네." 앨이 말했다. "재는 똑똑할까, 맥스?"
"이 마을은 똑똑한 녀석들 천지네." 맥스가 말했다.
조지는 햄 에그 샌드위치와 베이컨 에그 샌드위치를 각각 담은 접시 두 개를 카운터에 올려놓았다. 그런 다음 감자튀김 두 접시를 그 옆에 곁들여 내고는 주방으로 들어가는 쪽문을 닫았다.
"손님은 뭘 주문하셨죠?" 조지가 앨에게 물었다.
"기억 안 나?"
"햄 에그 샌드위치죠."
"과연 똑똑한 녀석일세." 맥스는 몸을 앞으로 구부려 햄 에그 샌드위치를 집었다. 두 사내 모두 장갑을 낀 채 먹었다. 조지는 그들이 먹는 모습을 지켜보았다.

"뭘 봐?" 맥스가 조지를 쳐다보며 물었다.

"안 봤는데요."

"봤잖아. 날 보고 있었잖아."

"그냥 장난으로 그랬겠지, 맥스." 앨이 말했다.

조지가 웃었다.

"넌 웃지 마." 맥스가 조지에게 말했다. "네가 웃긴 왜 웃어?"

"알았어요." 조지가 말했다.

"알았다는데?" 맥스가 앨을 쳐다보았다. "알았다잖아. 대단한 걸."

"오, 이 녀석은 생각이라는 걸 하나 보지." 앨이 말했다. 두 사람은 계속 먹었다.

"저기 앉아 있는 똑똑한 녀석 이름이 뭐더라?" 앨이 맥스에게 물었다.

"어이, 똑똑이." 맥스가 닉에게 말했다. "카운터 안쪽으로 들어가서 네 남자 친구랑 같이 있어 봐."

"왜요?" 닉이 물었다.

"그냥."

"가라면 가, 똑똑이." 앨이 말했다. 닉은 빙 돌아 카운터 뒤로 갔다.

"어쩌려고요?" 조지가 물었다.

"그건 네 알 바 아니고." 앨이 말했다. "주방에는 누가 있지?"

"검둥이요."

"검둥이라니, 무슨 뜻이야?"

"요리하는 검둥이요."

"여기로 나오라고 해."

"왜요?"

"그냥 나오라고 해."

"여기가 어딘 줄 알고 이래요?"

"여기가 어딘 줄은 우리도 잘 알아." 맥스라는 사내가 말했다. "우리가 바보로 보이냐?"

"네가 바보처럼 말하고 있잖아." 앨이 맥스에게 말했다. "이 꼬마랑 다퉈서 뭐 하게? 이봐." 그가 조지에게 말했다. "검둥이한테 여기로 나오라고 해."

"그 사람을 어쩌려고요?"

"아무것도 안 해. 머리를 좀 써, 똑똑이. 우리가 검둥이한테 뭘 하겠어?"

조지는 부엌으로 통하는 좁고 기다란 문을 열며 큰 소리로 불렀다. "샘, 잠깐만 나와 봐."

주방 문이 열리고 검둥이가 나왔다. "무슨 일인데요?" 그가 물었다. 카운터의 두 사내는 그를 쳐다보았다.

"좋아, 검둥이. 거기 가만히 서 있어." 앨이 말했다

검둥이 샘은 앞치마를 두른 채 서서, 카운터에 앉은 두 사내를 바라보았다. "네, 손님."

앨은 스툴에서 내려왔다.

"난 검둥이랑 똑똑이를 데리고 주방으로 가겠어." 그가 말했다. "주방으로 다시 들어가, 검둥이. 너도 같이 가, 똑똑이." 작은 몸집의 사내는 닉과 요리사 샘을 뒤따라 주방으로 들어갔다. 그들 뒤로 문이 닫혔다. 맥스라는 사내는 카운터에 조지와 마주 앉아 있었다. 그는 조지를 보지 않고, 카운터 뒤편을 따라 쭉 붙어 있는 거울을 들여다보았다. 헨리 식당은 라운지 바를 고쳐 만든 간이식당이었다.

"자, 똑똑이." 맥스가 거울을 보며 말했다. "무슨 말이든 해보지 그래?"

"이게 다 무슨 일이에요?"

"어이, 앨." 맥스가 큰 소리로 말했다. "이게 다 무슨 일이냐고 똑똑이가 묻는데."

"말해 주지 그래?" 주방에서 앨의 목소리가 들려왔다.

"무슨 일인 것 같냐?"

"모르겠어요."

"네 생각을 말해 보라니까?"

맥스는 말하는 내내 거울을 보고 있었다.

"말 안 할래요."

"어이, 앨, 똑똑이가 이게 다 무슨 일인지 자기 생각을 말하기 싫다는데."

"그래, 다 들려." 앨이 주방에서 말했다. 그는 접시를 주방으로 전달할 때 사용하는 기다란 구멍을 케첩 병으로 받쳐 열어두었었다. "잘 들어, 똑똑이." 앨이 주방에서 조지에게 말했다. "넌 더 저쪽으로 가. 맥스 자네는 조금 왼쪽으로 옮기고." 그는 단체 사진을 찍기 위해 자리를 배치하는 사진사 같았다.

"말해 봐, 똑똑이." 맥스가 말했다. "이제 무슨 일이 벌어질 것 같냐?"

조지는 아무 말도 하지 않았다.

"내가 말해 주지." 맥스가 말했다. "우리가 스웨덴 놈을 하나 죽일 거야. 올레 안드레손이라고, 덩치 큰 스웨덴 놈 알아?"

"네."

"밤마다 여기 와서 먹지?"

"가끔 와요."

"6시에 오는 거 맞지?"

"오면 그 시간에 오죠."

"그건 우리도 다 알아, 똑똑이." 맥스가 말했다. "다른 얘기나 하지. 영화관에는 가나?"

"어쩌다 한 번씩 가죠."

"더 자주 가도록 해. 너처럼 똑똑한 녀석한테는 영화가 좋거든."

"올레 안드레손은 왜 죽이려고요? 그 사람이 손님한테 무슨 짓을 했길래요?"

"우리한테 무슨 짓을 할 기회가 없었지. 우리를 본 적도 없으니까."

"이제 우리를 딱 한 번 보게 될 거야." 주방에서 앨이 말했다.

"그런데 왜 죽이려는 거예요?" 조지가 물었다.

"친구한테 부탁을 받았거든. 친구 부탁은 들어줘야 하지 않겠냐, 똑똑이?"

"입 다물어." 주방에서 앨이 말했다. "말이 너무 많잖아."

"뭐, 똑똑이를 재미있게 해주려고 그러지. 안 그러냐, 똑똑이?"

"그만 좀 떠들어." 앨이 말했다. "검둥이랑 내 똑똑이는 자기들끼리 알아서 재미있게 놀고 있는데 말이야. 내가 수녀원의 여자 친구들처럼 둘을 꽁꽁 묶어놨거든."

"자넨 수녀원에 있었던 모양이지?"

"글쎄, 혹시 또 모르지."

"유대교 수녀원. 거기 있었겠지."

조지는 시계를 올려다보았다.

"손님이 오면 요리사가 없다고 말해. 그래도 안 가면 네가 직접 요리하겠다고 해. 알아들었냐, 똑똑이?"

"알았어요." 조지가 말했다. "나중에 우리는 어떻게 할 거예요?"

"그때 봐서." 맥스가 말했다. "지금 당장은 알 수 없지."

조지는 시계를 올려다보았다. 6시 15분이었다. 식당 문이 열렸다. 전차 운전사가 들어왔다.

"어이, 조지." 그가 말했다. "저녁 좀 주겠나?"

"지금은 샘이 없어요." 조지가 말했다. "30분쯤 후에 올 거예요."

"그럼 다른 식당에 가야겠군." 전차 운전사가 말했다. 조지는 시계를 보았다. 6시 20분이었다.

"잘했어, 똑똑이." 맥스가 말했다. "진짜 꼬마 신사잖아."

"내가 자기 모가지를 날려버릴 걸 안 거지." 주방에서 앨이 말했다.

"아니." 맥스가 말했다. "그런 게 아니야. 똑똑이가 착한 거지. 착한 녀석이라고. 마음에 들어."

6시 55분에 조지가 말했다. "안 올 모양이에요."

두 명이 더 식당에 왔었다. 한 손님이 포장을 원해서 조지가 직접 주방에서 햄 에그 샌드위치를 만들었다. 주방에 들어가자, 앨이 중산모를 뒤로 젖혀 쓰고 쪽문 옆 의자에 앉아 총신을 짧게 자른 엽총 총구를 벽면에 붙은 선반에다 얹어놓고 있었다. 닉과 요리사는 구석에서 수건을 입에 물린 채 등을 맞대고 있었다. 조지는 샌드위치를 만들어 기름종이에 싸서 봉투에 집어넣은 뒤 가지고 나갔고, 손님은 계산을 하고 떠났다.

"똑똑이가 못 하는 게 없네." 맥스가 말했다. "요리까지 할 줄 알고. 네 마누라가 될 여자는 참 좋겠어, 똑똑이."

"그래요?" 조지가 말했다. "손님 친구, 올레 안드레손은 안 올

것 같은데요."

"10분만 더 기다려보지." 맥스가 말했다.

맥스는 거울과 시계를 가만히 바라보았다. 시곗바늘이 7시를 가리키다가 어느덧 7시 5분이 되었다.

"이봐, 앨." 맥스가 말했다. "이만 가는 게 좋겠어. 안 올 모양이야."

"5분만 더 기다려." 주방에서 앨이 말했다.

5분 후 한 남자가 들어오자 조지는 요리사가 아파서 안 나왔다고 설명했다.

"왜 다른 요리사를 안 구했어?" 남자가 물었다. "식당을 하겠다는 거야, 말겠다는 거야?" 그는 나가버렸다.

"이봐, 앨." 맥스가 말했다.

"똑똑이 둘이랑 검둥이는 어쩌지?"

"이 녀석들은 괜찮아."

"그래?"

"그럼. 여기서 우리가 볼일은 끝났어."

"마음에 안 들어." 앨이 말했다. "영 찝찝하단 말이야. 자네가 너무 많이 떠들어댔어."

"참 나." 맥스가 말했다. "심심하면 안 되잖아, 안 그래?"

"자넨 말이 너무 많아서 탈이야." 앨이 이렇게 말하며 주방에서 나왔다. 꽉 끼는 오버코트의 허리 밑이 엽총의 짧은 총신 때문에 살짝 불룩해져 있었다. 앨은 장갑 낀 손으로 코트를 똑바로 폈다.

"잘 있어라, 똑똑이." 앨이 조지에게 말했다. "운 좋은 줄 알아."

"그건 그래." 맥스가 말했다. "경마장에 꼭 가봐, 똑똑이."

두 사내가 문밖으로 나갔다. 조지는 창 너머로 아크등 밑을 지나 거리를 건너는 그들을 지켜보았다. 꽉 끼는 오버코트에 중산모를 쓴 모습이 꼭 보드빌 배우처럼 보였다. 조지는 여닫이문을 열고 주방으로 들어가 닉과 요리사를 풀어주었다.

"이런 일은 두 번 다시 당하고 싶지 않아." 요리사 샘이 말했다. "이런 일은 두 번 다시 당하고 싶지 않아."

닉이 일어섰다. 입에 재갈이 물린 건 태어나 처음이었다.

"와, 별일을 다 당해보네!" 닉은 허세로 이 일을 넘기려 했다.

"놈들은 올레 안드레손을 죽이려고 했어." 조지가 말했다. "밥 먹으러 오면 쏴 죽일 작정이었지."

"올레 안드레손?"

"맞아."

요리사는 엄지손가락으로 입가를 만져보았다.

"다 갔어요?" 그가 물었다.

"응." 조지가 말했다. "갔어."

"기분 나빠요." 요리사가 말했다. "기분 정말 더럽다고요."

"이봐." 조지가 닉에게 말했다. "네가 올레 안드레손한테 한번 가봐."

"알겠어요."

"이런 일에는 아예 안 끼는 게 좋아." 요리사 샘이 말했다. "그냥 모른 척 지나가."

"가기 싫으면 안 가도 돼." 조지가 말했다.

"괜히 끼어들었다가 좋을 거 하나 없어." 요리사가 말했다. "상관 마."

"가볼게요." 닉이 조지에게 말했다. "그 사람이 어디 사는데요?"

요리사는 고개를 돌리며 말했다. "어린 녀석 고집을 누가 꺾어."

"허시네 하숙집." 조지가 닉에게 말했다.

"내가 가볼게요."

밖에서는 헐벗은 나뭇가지들 사이로 아크등 불빛이 반짝였다. 닉은 전차 선로 옆의 거리를 걸어가다가, 또 아크등이 나오자 샛길로 꺾어 들어갔다. 골목을 따라 세 번째 집이 허시의 하숙집이었다. 닉은 두 계단을 올라가 초인종을 눌렀다. 한 여자가 나왔다.

"올레 안드레손 씨 계신가요?"

"만나려고?"

"네, 집에 계시면요."

닉은 여자를 따라 계단을 한 층 올라가 복도 끝까지 들어갔다. 여자가 문을 두드렸다.

"누구요?"

"누가 찾아왔어요, 안드레손 씨." 여자가 말했다.

"닉 애덤스예요."

"들어와."

닉은 문을 열고 방으로 들어갔다. 올레 안드레손은 옷을 입은 채로 침대에 누워 있었다. 한때 헤비급 권투 선수였던 그에게는 조금 짧은 침대였다. 그는 베개 두 개를 베고 드러누워 있을 뿐 닉은 쳐다보지도 않았다.

"뭐야?" 그가 물었다.

"헨리 식당에 있었는데, 두 남자가 들어와서 나랑 요리사를 꽁꽁 묶더니, 아저씨를 죽일 거랬어요."

말로 뱉으니 얼빠진 소리처럼 들렸다. 올레 안드레손은 아무 말이 없었다.

“우리를 주방에 가둬놨어요.” 닉은 말을 이었다. “아저씨가 저녁 먹으러 오면 총으로 쏴 죽이려고요.”

올레 안드레손은 벽을 보며 아무 말도 하지 않았다.

“조지가 나더러 아저씨한테 가서 알려주라고 했어요.”

“내가 뭘 어쩌겠냐.” 올레 안드레손이 말했다.

“어떻게 생긴 남자들인지 말씀드릴게요.”

“놈들이 어떻게 생겼는지 알고 싶지 않아.” 올레 안드레손은 이렇게 말하고 벽을 바라보았다. “어쨌든 알려줘서 고맙다.”

“아니에요.”

닉은 침대에 드러누운 거구의 남자를 바라보았다.

“내가 가서 경찰에 신고할까요?”

“아니.” 올레 안드레손이 말했다. “그래 봤자 아무 소용 없어.”

“내가 할 수 있는 일이 있을까요?”

“없어. 아무것도 없어.”

“어쩌면 그냥 허풍일지도 몰라요.”

“아니. 그냥 허풍이 아니야.”

올레 안드레손은 벽 쪽으로 몸을 돌렸다.

“그런데 문제는,” 그가 벽에 대고 말했다. “밖에 나가기가 싫단 말이지. 하루 종일 여기 처박혀 있었어.”

“마을을 떠나면 안 돼요?”

“아니.” 올레 안드레손이 말했다. “도망 다니는 것도 이젠 지긋지긋해.”

그는 벽을 바라보고 있었다.

“그냥 이렇게 있을 수밖에.”

“어떻게든 해결할 방법이 있지 않을까요?”

“없어. 미운털 제대로 박혔거든.” 그의 목소리는 한결같이 무덤

덤했다. "뭘 어떻게 할 수가 없어. 좀 이따가 마음먹고 한번 나가봐야지."

"난 조지한테 가봐야겠어요."

"잘 가라." 올레 안드레손은 이렇게 말하면서도 닉을 쳐다보지 않았다. "와줘서 고맙다."

닉은 방에서 나왔다. 문을 닫을 때, 옷을 벗지도 않고 침대에 드러누워 벽을 바라보고 있는 올레 안드레손이 보였다.

"하루 종일 방에 처박혀 있더라고." 아래층에서 하숙집 주인이 말했다. "몸이 안 좋은가 봐. '안드레손 씨, 오늘처럼 날씨 좋은 가을날에는 밖에 나가서 좀 걸어요'라고 했더니 싫다지 뭐야."

"밖에 나가기 싫대요."

"몸이 안 좋다니 딱하기도 하지." 여자가 말했다. "얼마나 착한 양반인지 몰라. 예전에 권투 선수였잖아."

"알아요."

"얼굴만 저렇게 상하지 않았어도 절대 권투 선수로 안 보이지." 여자와 닉은 현관문 바로 안쪽에 서서 얘기를 나누고 있었다. "진짜 신사라니까."

"그럼 안녕히 계세요, 허시 아주머니." 닉이 말했다.

"난 허시 아주머니가 아니야." 여자가 말했다. "허시 부인은 여기 주인이고, 난 부인 대신 집을 관리하지. 내 이름은 벨이란다."

"그럼 안녕히 계세요, 벨 아주머니."

"잘 가."

닉은 어두컴컴한 거리를 걷다가 아크등이 켜진 모퉁이를 돈 다음 전차 선로를 따라 헨리 식당으로 돌아갔다. 조지는 카운터 뒤에 있었다.

"올레를 만났어?"

"네. 방에 있던데 밖으로 안 나오려고 하더라고요."
요리사가 닉의 목소리를 듣고 주방 문을 열었다.
"난 못 들은 걸로 할게." 그는 이렇게 말하고 문을 닫았다.
"그 얘기는 해줬어?" 조지가 물었다.
"그럼요. 얘기해 줬는데, 이미 아는 눈치던데요."
"어떡하겠대?"
"아무것도 안 하겠대요."
"놈들이 죽일 텐데."
"그러겠죠."
"시카고에서 무슨 일에 휘말렸었나 봐."
"그런가 봐요."
"참 무섭네."
"끔찍하죠."
그러고 나서는 둘 모두 말이 없었다. 조지는 수건을 집어 들어 카운터를 닦았다.
"무슨 짓을 저질렀을까요?" 닉이 말했다.
"누군가를 배신했겠지. 배신자는 가만두지 않으니까."
"이 마을을 떠나야겠어요."
"그래, 그거 좋지."
"자기가 죽을 걸 알면서 방에 앉아 기다리는 그 사람을 생각하면 미치겠어요. 너무 끔찍하잖아요."
"그럼, 생각하지 마." 조지가 말했다.

## 마지막 남은 좋은 땅

"오빠." 동생이 닉에게 말했다. "내 말 좀 들어봐, 오빠."

"싫어."

닉은 보글보글 올라오는 물과 함께 모래가 조금씩 뿜어져 나오는 샘 바닥을 지켜보고 있었다. 샘 옆의 자갈밭에 꽂힌 양 갈래 진 나뭇가지에 양철 컵이 걸쳐져 있었다. 닉 애덤스는 컵을 보다가, 샘에서 솟아올라 길가의 자갈밭으로 흘러가는 맑은 물을 보았다. 길의 양방향이 모두 보였다. 닉은 구릉지를 올려다보다가 선창과 호수로 시선을 내렸다. 만 건너의 곶에는 나무가 울창하고, 호수 저 너머로 흰 물결이 부서졌다. 닉은 우람한 삼나무 한 그루를 등지고 있었고, 그의 뒤에는 삼나무가 우거진 깊은 습지가 펼쳐져 있었다. 닉의 동생은 그와 나란히 이끼를 깔고 앉아 그의 어깨에 한 팔을 둘렀다.

"그 아저씨들이 오빠가 저녁 먹으러 집에 돌아오기를 기다리고 있어." 동생이 말했다. "두 명이야. 마차 끌고 와서 오빠가 어디 있느냐고 묻던데."

"혹시 누가 말해 줬어?"

"오빠가 어디 있는지 나밖에 몰라. 많이 잡았어, 오빠?"

"스물여섯 마리."

"통통한 놈들로?"

"저녁상에 올릴 수 있을 만큼 커."

"아, 오빠, 안 팔았으면 좋겠는데."

"1파운드당 1달러 받을 수 있어."

동생은 구릿빛 피부에 눈동자는 짙은 갈색이었고, 암갈색 머리칼은 햇볕을 받아 노란 줄무늬가 져 있었다. 동생과 닉은 서로만을 사랑할 뿐, 다른 사람은 사랑하지 않았다. 다른 가족은 그들에게 남이나 마찬가지였다.

"다 들켰어, 오빠." 동생은 체념한 듯 말했다. "본보기로 오빠를 소년원에 보내버리겠대."

"꼬리가 잡힌 건 한 건밖에 없어." 닉이 말했다. "그래도 잠시 떠나 있는 게 좋겠다."

"나도 데려가 줄래?"

"그건 안 돼. 미안해, 리틀리스. 우리한테 돈이 얼마나 있지?"

"14달러 65센트. 내가 가져왔어."

"그 인간들이 또 뭐래?"

"다른 말은 없었어. 오빠가 집에 올 때까지 기다릴 거라고만 했어."

"그 작자들한테 밥 먹여주느라 엄마가 피곤하겠는걸."

"벌써 점심 줬어."

"그 인간들은 뭘 하고 있는데?"

"그냥 방충망 달린 포치에 앉아서 빈둥거려. 엄마한테 오빠 라이플총 어디 있냐고 묻던데, 내가 울타리 근처에서 아저씨들 보고 장작 헛간에 총 숨겨놨어."

"놈들이 올 줄 알고 있었어?"

"응. 오빠는 몰랐어?"

"몰랐지. 망할 놈들."

"나한테도 망할 놈들이야." 동생이 말했다. "나도 이젠 클 만큼

켰잖아? 내가 총을 숨겼어. 돈도 가져왔고."

"네가 걱정돼서 그래." 닉 애덤스는 동생에게 말했다. "어디로 갈지도 모르겠단 말이야."

"알면서."

"우리 둘이 다니면 사람들이 더 쳐다볼 거야. 남자애랑 여자애가 같이 있으면 눈에 띄니까."

"내가 남자처럼 하고 다니면 되지. 어차피 옛날부터 남자가 되고 싶었는걸. 머리를 자르면 아무도 못 알아볼 거야."

"그건 그래." 닉 애덤스가 말했다.

"좋은 방법을 생각해 보자. 부탁이야, 오빠, 제발. 나를 데리고 다니면 쓸모가 많을 거야. 그리고 내가 없으면 오빠도 외로울걸. 안 그래?"

"너랑 떨어진다는 생각만 해도 외로워."

"그렇지? 그리고 몇 년이나 떠나 있어야 할지도 모르잖아. 누가 알아? 그러니까 나도 데려가, 오빠. 제발 데려가." 동생은 닉에게 키스하고 두 팔로 그를 꼭 끌어안았다. 닉 애덤스는 동생을 바라보며 이성적으로 생각하려 애써 봤지만 잘되지 않았다. 선택의 여지가 없었다.

"널 데려가면 안 되는데. 하기야, 하면 안 되는 짓을 저지른 게 한두 번인가. 널 데려갈게. 딱 며칠만이야."

"상관없어. 오빠가 가라고 하면 당장 집으로 돌아갈게. 나 때문에 오빠가 성가시거나 골치 아프거나 돈이 많이 들면 바로 돌아갈게."

"한번 생각해 보자." 닉 애덤스는 동생에게 이렇게 말하고는 길을 쭉 훑어보다가 하늘을 올려다보았다. 저 높이 오후의 구름이 뭉게뭉게 피어오르고 있었다. 곶 너머의 호수에는 하얀 물결이 일었다.

"숲을 지나 곶 너머의 호텔로 가서 송어를 팔 거야." 닉이 동생에게 말했다. "거기 주인아주머니가 오늘 저녁 식사로 내놓을 송어를 주문했거든. 지금은 닭보다 송어를 찾는 사람이 많아. 이유는 모르겠지만. 송어가 아주 실해. 내장을 뺀 다음 무명천에 싸놨으니까 시원하고 싱싱할 거야. 수렵 감시인들이랑 껄끄러워져서 그 인간들이 나를 찾고 있으니까 잠시 떠나 있어야 한다고 아주머니한테 말해야지. 작은 프라이팬이랑 소금, 후추, 베이컨, 쇼트닝, 옥수수 가루를 조금 얻을 거야. 그걸 다 넣을 포대 자루랑, 말린 살구, 말린 자두, 차 조금씩이랑, 성냥은 많이, 그리고 손도끼도 하나 달라고 해야지. 담요는 한 장밖에 못 얻어. 송어를 사는 건 파는 것만큼이나 큰 죄니까 나를 도와줄 거야."

"담요는 나도 하나 가져올게." 동생이 말했다. "그걸로 라이플총을 쌀 거야. 오빠 모카신이랑 내 모카신도 챙기고, 다른 멜빵바지랑 셔츠로 갈아입은 다음 지금 입고 있는 옷은 숨겨둬야지. 그래야 내 옷차림을 착각할 테니까. 비누랑 빗이랑 가위랑 바느질 도구랑 『로나 둔*Lorna Doone*』이랑 『스위스의 로빈슨 가족*Swiss Family Robinson*』도 가져갈 거야."

"22구경 총도 보이는 대로 싹 다 가져와." 닉 애덤스는 이렇게 말하고는 얼른 덧붙였다. "뒤로 물러나. 숨어." 길을 달려오는 마차 한 대를 본 것이다.

그들은 삼나무들 뒤의 푹신푹신한 이끼에 얼굴을 묻은 채 납작 엎드렸다. 말굽이 모래를 차는 부드러운 소리와 나지막한 바퀴 소리가 들렸다. 마차에 탄 사람들 중 누구도 말을 하지 않았지만, 닉 애덤스는 지나가는 남자들과 땀에 젖은 말 냄새를 맡았다. 그들이 저만치 선창으로 달려갈 때까지 닉 자신도 땀을 흘렸다. 그들이 말에게 물을 먹이거나 자신들이 물을 마시기 위해 샘가에 멈춰 설까 봐 두려웠기 때문이다.

"저 인간들이야, 리틀리스?" 닉이 물었다.

"응."

"뒤로 기어가자." 닉 애덤스는 물고기 자루를 끌어당기며 습지로 기어갔다. 이곳의 습지는 이끼가 끼어 있어 질퍽거리지 않았다. 닉은 몸을 일으켜 자루를 삼나무 뒤에 숨긴 다음 동생에게 더 들어오라고 손짓했다. 그들은 사슴처럼 조심조심 움직이며 삼나무 습지로 들어갔다.

"한 놈을 알아." 닉 애덤스가 말했다. "지독한 개자식이야."

"4년 전부터 오빠를 쫓고 있었다던데."

"맞아."

"씹는담배처럼 생겨 갖고 파란 정장 입은 덩치 큰 아저씨는 주 남부에서 왔대."

"좋아." 닉이 말했다. "그 인간들 봐뒀으니까 이제 출발해야겠다. 너 혼자 집에 갈 수 있겠어?"

"당연하지. 도로는 피하고 언덕 꼭대기로 가로질러 갈 거야. 오늘 밤에 어디서 만날까, 오빠?"

"아무래도 넌 안 가는 게 좋겠어, 리틀리스."

"나도 갈래. 어떻게 될지 모르잖아. 내가 엄마한테 쪽지 남길게. 오빠랑 같이 갈 거고, 오빠가 나를 잘 챙겨줄 거라고."

"알았어." 닉 애덤스가 말했다. "큰 솔송나무 옆에 있을게, 벼락 맞았던 나무 있잖아. 쓰러진 나무. 만 바로 위쪽에. 그 나무 알아? 도로로 가는 지름길에 있는데."

"집에서 엄청 가깝잖아."

"넌 짐까지 가져와야 하는데 너무 멀면 힘드니까."

"오빠 말대로 할게. 하지만 위험한 짓은 하지 마, 오빠."

"지금 당장 총 들고 숲 끝으로 가서 선창에 있는 개자식 둘 다 죽여버린 다음, 오래된 공장에서 가져온 쇳덩어리 달아서 수로에 던져버리고 싶어."

"그다음엔 어떻게 하려고?" 동생이 물었다. "그 아저씨들을 보낸 사람이 있을 거 아냐."

"그 첫 번째 작자는 누가 보내서 온 게 아니야."

"하지만 오빠가 무스를 죽이고, 송어를 팔고, 감시인들이 오빠 배에서 가져간 그걸 죽인 건 맞잖아."

"그걸 죽인 건 아무 문제 없었어."

닉은 그게 뭔지 말하고 싶지 않았다. 그것이 바로 그들이 가진 증거였기 때문이다.

"나도 알아. 하지만 오빠가 사람은 죽이지 않을 테니 내가 오빠랑 같이 가겠다는 거야."

"그 얘긴 그만하자. 그래도 그 두 자식을 죽이고 싶어."

"그렇겠지. 나도 그러니까. 하지만 사람을 죽이진 말자, 오빠. 약속해 줄 거지?"

"아니. 지금 호텔에 송어를 가져가도 괜찮을지 모르겠어."

"내가 가져갈게."

"안 돼. 너무 무거워. 내가 송어를 가지고 습지를 지나서 호텔 뒤편 숲으로 갈 거야. 넌 곧장 호텔로 가서 아주머니가 있는지, 안전한 상황인지 살펴봐. 별문제 없으면, 큰 참피나무 옆으로 날 찾아와."

"습지로 가면 한참 걸려, 오빠."

"소년원에서 돌아오는 데도 한참 걸리지."

"나도 오빠랑 같이 습지로 호텔까지 갈까? 오빠는 밖에 있고 내가 호텔 안으로 들어가서 주인아주머니가 있나 본 다음 밖으로 나와서 송어를 갖고 들어가면 되잖아."

"좋아. 하지만 넌 빙 돌아서 가."

"왜, 오빠?"

"그럼 가는 길에 그 작자들이 보일 테니까 놈들이 어디로 갔는지 나중에 알려줘. 호텔 뒤쪽의 이차림에 있는 큰 참피나무 옆에서 만나."

* * *

닉은 이차림에서 한 시간 넘게 기다렸지만 동생은 오지 않았다. 이윽고 도착한 동생은 흥분한 상태였고 지쳐 보였다.

"그 아저씨들이 우리 집에 있어." 동생이 말했다. "포치에 앉아서 위스키랑 진저에일을 마시고 있더라고. 말들은 풀어놓고. 오빠가 돌아올 때까지 기다릴 거래. 오빠가 개울로 낚시하러 갔다고 말해 준 사람은 바로 우리 엄마야. 고의는 아니었을 거야. 아니었으면 좋겠어."

"패커드 아주머니는?"

"호텔 주방에서 만났는데, 오빠를 봤느냐고 묻길래 못 봤다고 했어. 오늘 저녁에 쓸 물고기를 오빠가 가져와야 할 텐데, 라면서 걱정하더라고. 오빠가 직접 가져가는 게 좋겠어."

"알았어. 통통하고 싱싱한 놈들이야. 고사리로 다시 싸놨어."

"나도 같이 갈까?"

"그래."

호텔은 포치에서 호수가 바라다보이는 기다란 목조 건물이었다. 널따란 나무 계단을 내려가면 선창이 호수 저 멀리까지 뻗어 있고, 계단을 따라 늘어선 삼나무들과 포치를 둘러싼 삼나무들이 천연 난간 역할을 했다. 포치에 놓인 삼나무 의자들에는 흰옷 차림의 중년들이 앉아 있었다. 잔디밭에 박힌 세 개의 파이프에서 샘물이 보글보글 솟아올랐고, 작은 오솔길이 거기로 이어졌다. 물은 광천수라 썩은 달걀 맛이 났지만, 닉과 동생은 일종의 극기 훈련으로 그 물을 마시곤 했다. 주방이 있는 호텔 뒤편으로 향하며 두 사람은 호텔 옆의 호수로 흘러드는 작은 개울을 널빤지 다리로 건넌 다음, 주방 뒷문으로 슬그머니 들어갔다.

"송어 씻어서 아이스박스에 넣어둬, 니키." 패커드 부인이 말했다. "무게는 나중에 재볼게."

"패커드 아주머니." 닉이 말했다. "잠깐 얘기 좀 할 수 있을까요?"

"그냥 말해. 나 바쁜 거 안 보이니?"

"지금 돈을 받았으면 좋겠는데요."

깅엄 앞치마를 두른 패커드 부인은 당당한 풍채의 아름다운 여인이었다. 낯빛이 고왔고, 주방 보조들을 거느릴 만큼 바빴다.

"설마 송어를 팔겠다는 소리는 아니겠지. 불법인 거 몰라?"

"알아요. 송어는 선물이에요. 그거 말고, 제가 장작을 패서 쌓아드렸었잖아요."

"알겠어. 별관으로 가자."

닉과 동생은 그녀를 따라 밖으로 나갔다. 패커드 부인은 주방에서 얼음 저장고로 이어지는 판자 길을 걷다가 멈춰 서더니 앞치마 주머니에서 지갑을 꺼냈다.

"여기서 떠나." 부인은 상냥한 목소리로 다급하게 말했다. "얼른. 얼마나 필요해?"

"지금 16달러 있어요." 닉이 말했다.

"20달러 줄게. 그리고 저 아이는 괜히 끌어들이지 마. 집에 있으면서, 일이 깨끗이 해결될 때까지 그치들을 주시하라고 해."

"그 인간들 얘기는 언제 들으셨어요?"

부인은 고개를 저었다.

"송어를 사는 건 파는 것만큼, 아니 더 큰 죄야. 잠잠해질 때까지 떠나 있어. 니키, 누가 뭐래도 넌 착한 아이야. 상황이 안 좋아지면 패커드 아저씨를 찾아가. 필요한 게 있으면 밤에 여기로 오고. 난 깊이 못 자거든. 그냥 창문만 두드려."

"오늘 저녁엔 송어를 안 내놓을 거죠, 아주머니? 저녁 식사로 안 낼 거죠?"

"당연하지. 그냥 버리지도 않을 거야. 내 남편이 여섯 마리 정도는 거뜬히 해치울 테고, 그럴 만한 사람들이 더 있어. 조심해, 니키, 무사히 지나갈 거야. 놈들 눈에 띄지만 마."

"리틀리스가 같이 가겠대요."

"데려가지 마." 패커드 부인이 말했다. "오늘 밤에 들러. 먹을 걸 만들어줄게."

"프라이팬 가져가도 될까요?"

"뭐든 가져가. 뭐가 필요한지는 패커드 아저씨가 알 거야. 돈은 더 주지 않을게. 문제가 생길 수도 있으니까."

"아저씨를 만나서 몇 가지 물건을 좀 얻었으면 하는데요."

"필요한 건 뭐든 그이가 준비해 줄 거야. 하지만 가게 근처에는 가지 마, 닉."

"리틀리스를 통해서 아저씨한테 편지를 전할게요."

"필요한 게 있으면 언제든 그렇게 해." 패커드 부인이 말했다. "걱정하지 마. 아저씨가 방법을 생각해 낼 거야."

"안녕히 계세요, 핼리 아주머니."

"잘 가." 패커드 부인이 닉에게 입을 맞추었다. 닉에게 입을 맞추는 그녀에게서 근사한 냄새가 났다. 주방에서 빵을 구울 때 나는 냄새였다. 패커드 부인은 그녀의 주방 같은 냄새가 났고, 그녀의 주방은 항상 좋은 냄새가 났다.

"걱정하지 마. 그리고 나쁜 짓은 절대 하지 마."

"괜찮을 거예요."

"물론이지. 그리고 그이가 어떻게든 손을 쓸 거야."

* * *

그들은 이제 집 뒤편 언덕의 거대한 솔송나무들 사이에 있었다. 호수 건너편 구릉지 뒤로 해가 뉘엿뉘엿 지는 저녁이었다.

"내가 전부 다 찾아놨어." 닉의 동생이 말했다. "짐이 꽤 많을 거야, 오빠."

"그렇겠지. 놈들은 뭘 하고 있어?"

"저녁을 푸짐하게 먹고, 지금은 포치에 앉아서 술 마시고 있어. 서로 자기가 더 똑똑하다고 떠들어대면서."

"지금까지는 별로 똑똑하지가 못했는데."

"오빠를 굶길 거래." 닉의 동생이 말했다. "숲속에서 이틀 밤만 보내고 나면 오빠가 돌아올 거라던데. 쫄쫄 굶었을 때 아비새[1] 울음소리 두어 번만 들으면 바로 돌아올 거래."

"엄마가 놈들한테 저녁으로 뭘 줬어?"

"지독하게 맛없는 걸로 차려줬어."

"쌤통이다."

1 북미산 큰 새로, 사람의 웃음소리와 비슷한 소리로 운다.

"필요한 물건들이 어디에 있는지 알아뒀어. 엄마는 머리 아프다면서 자러 들어갔고. 엄마가 아빠한테 편지를 썼어."

"편지 봤어?"

"아니. 내일 장 볼 거리 써놓은 목록이랑 같이 엄마 방에 있어. 내일 아침에 물건들이 싹 다 없어진 걸 알면 목록을 새로 써야 할 거야."

"놈들이 술을 얼마나 마셨어?"

"한 병 정도."

"술에 약을 몇 방울 타서 놈들을 기절시키면 좋을 텐데."

"방법만 알려주면 내가 할게. 병에 넣으면 되는 거야?"

"아니, 술잔에. 하지만 약이 없잖아."

"약품 수납장에 없을까?"

"없어."

"술병에 설사약을 넣으면 어때? 술이 한 병 더 있거든. 아니면 감홍[1]이나. 우리 집에 있어."

"아니." 닉이 말했다. "놈들이 잠들면, 다른 병에 든 술을 절반 정도 가져다줘. 오래된 약병 아무 데나 넣어서."

"내가 가서 그 사람들을 감시해야겠어." 닉의 동생이 말했다. "칫, 그 마취용 물약이 있으면 좋을 텐데. 그런 약이 있다는 얘기는 처음 들어봐."

"사실 물약이 아니라, 포수클로랄이라는 거야. 창녀들이 벌목꾼들 주머니 털 때 술에 타는 거."

"그건 좀 심한데." 닉의 동생이 말했다. "그래도 비상용으로 조금 가지고 다니는 게 좋겠어."

1 '염화수은'을 일상적으로 이르는 말로, 설사약이나 살충제에 사용된다.

"말 잘했어." 그녀의 오빠가 말했다. "그저 비상용으로 말이지. 내려가서 놈들이 얼마나 퍼마시는지 보자. 우리 집에 앉아서 무슨 헛소리를 지껄여대나 들어봐야겠어."

"발끈해서 나쁜 짓 저지르는 건 아니지?"

"당연한 소리."

"말들도 건드리지 마. 말들은 잘못한 거 없으니까."

"말도 안 건드릴게."

"기절시키는 약이 있으면 좋을 텐데." 동생이 닉의 기분을 맞춰주며 말했다.

"없다니까. 보인 시티 이쪽에는 아예 없을걸."

그들은 장작 헛간 안에 자리를 잡고서, 포치의 테이블에 앉아 있는 두 사내를 지켜보았다. 달이 뜨지 않아 어두컴컴했지만, 뒤편 호수의 빛에 그들의 윤곽이 비쳤다. 사내들은 이제 입을 다문 채 테이블 위로 몸을 구부리고 있었다. 그때 얼음이 통에 쨍그랑 부딪히는 소리가 들렸다.

"진저에일이 동났군." 한 사내가 말했다.

"오래 못 갈 거라고 했잖소." 다른 사내가 말했다. "그런데 댁은 충분하다고 했지."

"물 좀 가져와요. 부엌에 물통이랑 국자 있어요."

"난 마실 만큼 마셨소. 이제 좀 자야겠어."

"그 꼬마 녀석 안 기다리고요?"

"아니. 난 잘 거요. 댁이 기다려요."

"오늘 밤에 올까요?"

"나야 모르지. 난 좀 자야겠소. 졸리면 날 깨워요."

"난 밤샘할 수 있어요." 이 지역의 수렵 감시인이 말했다. "야간 밀렵꾼들 잡으려고 뜬눈으로 밤을 지새운 게 하루 이틀이 아니란 말이죠."

"그건 나도 마찬가지요." 남부에서 온 사내가 말했다. "하지만 지금은 좀 자야겠소."

닉과 동생은 집 안으로 들어가는 그를 지켜보았다. 그들의 어머니가 사내들에게 거실 옆방에서 자라고 일러두었었다. 방에 들어간 사내가 성냥을 그었다. 그런 다음 창은 다시 컴컴해졌다. 테이블에 앉은 다른 감시인은 두 팔에 머리를 기대더니 이내 코를 골았다.

"저 인간이 푹 잠들 때까지 기다렸다가 짐 챙기러 가자." 닉이 말했다.

"오빠는 울타리 밖으로 나가 있어." 동생이 말했다. "나야 돌아다녀도 상관없지만, 감시인이 깨서 오빠를 보면 어떡해."

"알았어." 닉은 동의했다. "나는 여기 있는 물건들 챙길게. 대부분은 여기 있으니까."

"불 안 켜고 찾을 수 있겠어?"

"그럼. 라이플총은 어딨는데?"

"안쪽 서까래에. 올라가다가 미끄러지거나 장작을 떨어뜨리면 안 돼, 오빠."

"걱정 마."

동생은 울타리의 맨 끝을 통해 밖으로 나갔다. 닉은 지난여름 벼락에 맞고 그해 가을 폭풍우에 쓰러진 커다란 솔송나무 너머에서 짐을 싸고 있었다. 이제 저 먼 언덕들 뒤로 달이 떠오르면서 나무들 사이로 밝은 달빛이 내리비쳐 닉은 자신이 챙기고 있는 것을 똑똑히 볼 수 있었다. 그의 동생은 지고 온 자루를 내려놓으며 말했다. "그 사람들은 돼지처럼 자고 있어, 오빠."

"좋았어."

"남부에서 온 남자도 포치에 있는 아저씨랑 똑같이 코를 골더라. 내가 챙겨 올 건 다 가져온 것 같아."

"잘했어, 우리 착한 리틀리스."

"엄마한테 오빠가 지금 곤란한 상황이니까 내가 같이 갈 거라고, 아무한테도 말하지 말라고, 오빠가 나를 잘 챙겨줄 거라고 썼어. 쪽지는 방문 밑으로 넣어놨어. 문이 잠겨 있어서."

"젠장." 닉은 이렇게 말한 다음 덧붙였다. "미안, 리틀리스."

"오빠 잘못도 아니고 내가 다 망친 거니까 뭐."

"비꼬긴."

"지금은 그냥 아무 걱정 안 하면 안 돼?"

"그래, 그럼."

"내가 위스키 가져왔어." 동생이 기대감에 찬 목소리로 말했다. "조금 남겨놓고. 한 명은 다른 한 명이 마셨는지 안 마셨는지 모를 테니까. 어쨌든 한 병 더 있어."

"네가 덮을 담요 가져왔어?"

"당연히 가져왔지."

"이제 가자."

"내가 생각하는 거기로 간다면 아무 문제 없어. 내 담요만 아니면 짐이 더 작을 텐데. 라이플총은 내가 가지고 있을게."

"그렇게 해. 신발은 뭘 가져왔어?"

"모카신."

"책은?"

"『로나 둔』이랑 『납치*Kidnapped*』랑 『폭풍의 언덕*Wuthering Heights*』."

"『납치』 빼고는 네가 읽기에 너무 어른스러운 책들이잖아."

"『로나 둔』은 아니야."

"난 책을 소리 내서 읽는단 말이야." 닉이 말했다. "그래야 더 오래 기억에 남거든. 그런데, 리틀리스, 너 때문에 그럴 수 없게 됐잖아. 이제 가자. 그 개자식들이 정말 그렇게 멍청할 리 없어. 아깐 술을 마셔서 그랬을 거야."

짐을 돌돌 말아 끈으로 단단히 묶은 닉은 털썩 앉아 모카신을 신었다. 그러고는 한 팔로 동생을 감싸 안았다. "정말 가도 괜찮겠어?"

"그래야 한다니까, 오빠. 이제 와서 흔들리고 약한 소리 하면 어떡해. 내가 편지까지 써놓고 왔다니까."

"알았어, 가자. 총은 네가 들고 다니다가 힘들면 말해."

"얼른 가기나 해." 닉의 동생이 말했다. "짐 메는 거 도와줄게."

"한숨도 못 자고 계속 가야 한다는 거 알지?"

"알아. 테이블에서 코 골던 아저씨는 밤샘한다고 해놓고 잠들어 버렸지만 난 정말 밤샐 수 있어."

"그 작자도 옛날엔 밤샘할 수 있었겠지. 아무튼, 발 아프지 않게 조심해. 계속 모카신 신고 가다가 살 까지는 거 아니야?"

"괜찮아. 여름 내내 맨발로 다녀서 발이 단단해졌거든."

"내 발도 튼튼해." 닉이 말했다. "자, 이제 가자."

그들은 보드라운 솔잎을 밟으며 걷기 시작했다. 나무들은 높다랗고, 나무줄기들 사이에 덤불은 전혀 없었다. 그들이 오르막길을 오를 때 나무들 사이로 달이 나타나, 큼직한 짐꾸러미를 멘 닉과 22구경 라이플총을 든 동생을 비추었다. 언덕 꼭대기에 이르러 뒤를 돌아보니 달빛 어린 호수가 보였다. 달빛이 어찌나 밝은지, 거무스름한 곶과 저 먼 호반의 높은 구릉지까지 눈에 들어왔다.

"작별 인사라도 하자." 닉 애덤스가 말했다.

"안녕, 호수야." 리틀리스가 말했다. "나도 사랑해."

그들은 언덕을 내려가 기나긴 들판을 가로질러 과수원을 지나고 가로장 울타리를 넘어 그루터기 밭으로 들어갔다. 그루터기 밭을 지나다 오른쪽을 보니, 움푹 꺼진 땅에 도축장과 큼직한 헛간이 있고, 호수가 내려다보이는 고지대에는 통나무로 지어진 오래된 농가가 있었다. 호수까지 기다랗게 줄지은 양버들이 달빛에 잠겨 있었다.

"발 안 아파, 리틀리스?" 닉이 물었다.

"안 아파." 동생이 답했다.

"개들 때문에 이쪽으로 온 거야. 우리라는 걸 알면 바로 닥치겠지만, 그전에 누군가 개 짖는 소리를 들으면 안 되니까."

"알겠어. 그리고 개들이 조용해지면 사람들은 우리였다는 걸 바로 알겠지."

저 앞에 봉긋 솟아오른 거뭇한 언덕들이 길 너머까지 쭉 이어졌다. 닉과 동생은 어느 그루밭의 끝까지 가서, 스프링하우스[1]로 흘러가는 작고 움푹 꺼진 개울을 건넜다. 그런 다음 봉긋한 또 다른 그루밭을 올라가자 가로장 울타리가 또 나왔고, 그 너머 모랫길에는 벌채 후 다시 자란 나무들이 우거져 있었다.

"내가 먼저 울타리를 넘어가서 너 도와줄게." 닉이 말했다. "길이 어떤지 좀 봐야겠어."

울타리 위에 올라선 닉은 굽이진 땅과 그들 집 근처의 거뭇한 삼림지대, 달빛 속에 빛나는 호수를 바라보았다. 그런 다음 길을 보았다.

"여기까지 우리를 쫓아오지 못할 거야. 모래가 깊어서 발자국

1 샘 위에 지어진 방 한 칸짜리 조그만 건물. 원래 목적은 낙엽이나 동물들로부터 샘물을 깨끗하게 유지하는 것이었지만, 얼음이 판매되고 전기냉장고가 발명되기 전에는 음식을 차갑게 유지하는 역할도 했다.

을 알아보기 힘드니까." 닉이 동생에게 말했다. "심하게 따끔거리지만 않으면 길가로 걸어야겠어."

"오빠, 솔직히 그 무식한 사람들이 누굴 찾아내겠어? 오빠가 올 때까지 기다리고만 있다가 저녁 먹기도 전에 취하고 나중에도 술이나 마시고 있는 것 좀 봐."

"선창까지 갔잖아." 닉이 말했다. "내가 거기 있었는데. 네가 미리 안 알려줬으면 놈들한테 잡혔을 거야."

"오빠가 낚시 갔을 거라고 엄마가 말해 줬는데, 아무리 바보라도 오빠가 큰 개울에 있을 거라고 짐작할 수 있어야 하잖아. 내가 집에서 나온 후에 그 사람들도 개울에 배들이 다 모여 있는 걸 봤을 텐데, 그럼 당연히 오빠도 거기서 낚시하고 있을 거라고 생각해야지. 오빠가 평소에 제분소랑 사과주 공장 밑에서 낚시한다는 걸 모르는 사람이 없잖아. 그 아저씨들은 둔해 빠졌어."

"맞아." 닉이 말했다. "어쨌거나 그때는 정말 아슬아슬했어."

동생은 울타리 너머 닉에게 총을 건넨 다음 엉덩이부터 가로장 사이로 집어넣어 반대편으로 기어나갔다. 닉은 자기 옆으로 내려선 동생의 머리를 쓰다듬었다.

"피곤해 죽겠지, 리틀리스?"

"아니, 괜찮아. 너무 좋아서 피곤한 줄도 모르겠어."

"못 견딜 정도로 힘들지만 않으면, 놈들 말들이 구멍을 파놓은 모랫길로 걸어가. 그 길은 푹신하고 말라서 발자국이 안 남을 거야. 나는 딱딱한 길가로 걸어갈게."

"나도 길가로 걸을 수 있어."

"안 돼, 긁히면 어떡해."

그들은 두 호수 사이를 가로지르는 산마루를 향해 올라갔다. 가는 길에 조그만 내리막길도 끊이지 않았다. 길 양쪽의 이차림에는 거목들이 빽빽이 우거져 있고, 길가에서 수풀까지 블랙베리와 라즈베리 덤불이 자라 있었다. 저 앞에 보이는 언덕 꼭대기들은 마치 삼림지에 V자를 새겨넣은 것 같았다. 달은 이제 어지간히 내려와 있었다.

"안 힘들어, 리틀리스?" 닉이 동생에게 물었다.

"기분 좋기만 한걸. 오빠, 원래 가출하면 이렇게 재미있어?"

"아니. 보통은 외롭지."

"얼마나 외로운데?"

"암담할 정도로 지독하게 외롭지. 끔찍해."

"나랑 같이 있어도 외로울 것 같아?"

"아니."

"트루디 대신 나랑 같이 가도 괜찮겠어?"

"왜 툭하면 그 애 얘길 하는 거야?"

"내가 언제? 오빠가 그 애 생각을 많이 하니까 내가 자주 얘기한다고 착각하나 보지."

"넌 하여간 약아빠졌어." 닉이 말했다. "걔가 어디 있다고 네가 얘길 하니까 나도 걔를 생각한 거지. 걔가 어디 있다는 걸 아니까 뭘 하고 있는지 궁금했던 것뿐이고."

"괜히 따라왔나 봐."

"그러게 오지 말라고 했잖아."

"짜증 나." 동생이 말했다. "우리도 남들처럼 싸우는 거야? 그럼 지금 돌아갈래. 싫으면 나 데려가지 마."

"닥쳐."

"그런 말 좀 하지 마, 오빠. 오빠가 가라면 가고 남으라면 남을게. 오빠가 가라고 하면 당장 돌아갈 거야. 하지만 싸우지는 말자. 싸우는 가족들은 물리도록 봤잖아?"

"그래." 닉이 말했다.

"내가 억지로 오빠를 따라왔다는 건 알아. 하지만 오빠가 곤란해지지 않게 내가 잘 정리하고 왔잖아. 그리고 그 아저씨들이 오빠를 못 잡게 막아줬고."

산마루에 오르자 다시 호수가 보였지만, 여기에서는 좁다랗게 보이니 마치 큰 강의 일부 같았다.

"여기까지 들판을 가로질러 왔어." 닉이 말했다. "이제부터는 오래된 벌목용 도로로 갈 거야. 돌아가고 싶으면 지금 돌아가."

닉이 짐꾸러미를 벗어 나무에 기대어놓자, 동생은 그 위에 라이플총을 얹었다.

"앉아, 리틀리스, 좀 쉬자." 닉이 말했다. "우리 둘 다 지쳤어."

닉은 짐꾸러미를 베고, 동생은 그의 어깨를 베고 누웠다.

"난 안 돌아가, 오빠가 가라고만 안 하면. 그냥 싸우기 싫을 뿐이야. 약속해, 우리 안 싸우는 거다?"

"약속해."

"트루디 얘기는 안 할게."

"그놈의 트루디."

"난 쓸모 있는 좋은 길동무가 되고 싶어."

"이미 그래. 혹시 내가 불안해져서 나 혼자 있는 것처럼 굴어도 괜찮겠어?"

"괜찮아. 우리 둘이 서로를 잘 챙기면 재미있을 거야. 즐거운 시간을 보낼 수 있어."

"좋아. 이제부터 즐거울 거야."

"난 처음부터 그랬는걸."

"꽤 힘든 구간을 지나고 정말 힘든 구간을 지나고 나면 거기 도착할 거야. 날이 밝으면 출발하자. 좀 자둬, 리틀리스. 춥지는 않아?"
"안 추워, 오빠. 스웨터 입었거든."
그녀는 오빠 옆에 몸을 웅크린 채 잠들었다. 닉도 곧 잠들었다. 두 시간 후 아침 햇살이 그의 잠을 깨웠다.

* * *

닉은 빙 돌아 이차림을 뚫고 오래된 벌목용 도로로 들어왔다.
"큰길로 들어오면 발자국이 남으니까." 그가 동생에게 말했다.
이 오래된 길에는 나무들이 지나치게 우거져 있어 여러 번 몸을 수그려 가지들을 피해야 했다.
"무슨 굴에 들어온 것 같네." 동생이 말했다.
"좀 있으면 길이 넓게 트일 거야."
"내가 전에 여기 와본 적이 있었나?"
"아니. 내가 너 데리고 사냥 나갔던 때보다 더 멀리까지 온 거야."
"여기만 지나면 비밀 장소가 나와?"
"아니, 리틀리스. 벌목 잔해가 남아 있는 험한 터를 한참이나 가야 해. 그 길로 다니는 사람은 아무도 없어."
그들은 길을 따라 걷다가 나무들이 훨씬 더 우거진 다른 길로 들어섰다. 그러고 나서 빈터가 나왔다. 분홍바늘꽃들과 덤불들, 그리고 옛날에 벌목 캠프용으로 쓰였던 오두막들이 있었다. 아주 낡아서 몇 채는 지붕이 무너져 내려 있었다. 하지만 길가에 샘이 있어서 두 사람은 샘물을 마셨다. 아직 해가 뜨지 않은 새벽이었지만 밤새도록 걸은 탓에 몹시 허기졌다.
"원래 이쪽은 솔송나무 숲이었어." 닉이 말했다. "나무를 베서 껍질만 쏙 벗겨가고 통나무는 쓰지도 않았지."

"그런데 길은 어떻게 된 거야?"

"처음엔 반대쪽 끝에 있는 나무들을 베서 껍질을 끌고 갈 수 있게 길가에 쌓아놨을 거야. 그렇게 계속 베다가 결국 길까지 왔고, 여기다 껍질을 쌓아놓은 다음 철수해 버린 거지."

"그 험한 터를 지나면 비밀 장소가 나와?"

"그래, 리틀리스. 거기를 지나고 조금 가다가 또 한 번 그런 데를 지난 다음 원시림에 들어갈 거야."

"여기는 다 벴으면서 거긴 왜 남겼을까?"

"나도 몰라. 그 숲 주인이 안 팔았나 봐. 벌목 회사들이 숲 가장자리에 자란 나무들을 훔치고 돈을 냈어. 하지만 아직도 나무들이 많이 남아 있고, 거기로 들어갈 수 있는 도로가 없어."

"개울을 따라 내려가면 되지 않아? 그 개울도 어딘가에서 흘러왔을 거 아냐?"

험한 여행을 앞두고 쉬는 틈을 타 닉은 동생에게 설명해 주고 싶었다.

"들어봐, 리틀리스. 개울은 우리가 왔던 큰길을 가로지른 다음 어떤 농장주의 땅을 지나가. 그 농장주는 초원에 울타리를 쳐놓고 낚시하러 온 사람들을 쫓아내. 그래서 사람들은 그 사람 땅에 있는 다리 앞에서 멈춰 서지. 농장 반대편으로 초원을 지나서 갈 수 있는 개울 근처에는 그 인간이 황소를 풀어놨어. 그 황소는 못돼서 사람들이 보이기만 하면 무조건 쫓아내 버려. 그렇게 못돼먹은 황소는 처음이야. 계속 거기 있으면서 항상 야비하게 사람들을 쫓아다닌다니까. 황소를 지나고 나면 농장주 땅이 끝나고, 여기저기 땅이 파여 있는 삼나무 습지가 나오는데 통과하려면 잘 알아둬야 해. 잘 알아도 힘들어. 그 아래가 비밀 장소야.

우리는 언덕을 넘어서 뒷길로 들어갈 거야. 그리고 비밀 장소 밑에 진짜 습지대가 있어. 지나갈 수 없는 무시무시한 습지대. 이제부터 길이 험해질 거야."

* * *

힘든 부분과 더 힘든 부분은 이제 지나갔다. 닉은 그의 머리보다 높은 통나무들 여러 개와 허리까지 오는 통나무들을 타 넘었다. 라이플총을 통나무 위에 올려놓고 동생을 올려주면 동생이 반대편으로 미끄러져 내려가거나, 닉이 먼저 내려가 총을 잡은 다음 동생을 내려주었다. 무더기로 쌓인 나뭇가지들은 타 넘거나 돌아갔다. 벌목의 잔해가 남은 터는 무더웠고, 리틀리스는 돼지풀과 분홍바늘꽃의 꽃가루를 머리에 뒤집어쓴 채 재채기를 했다.

"정말 미치겠어." 리틀리스가 닉에게 말했다. 그들은 껍질이 고리 모양으로 벗겨져 있는 커다란 통나무에 앉아 쉬고 있었다. 그 고리는 썩어가는 잿빛 통나무에서 덩달아 잿빛을 띠고 있었다. 사방에 온통 잿빛의 기다란 나무줄기들과 잿빛 덤불과 나뭇가지들 천지였고, 선명한 빛깔의 쓸모없는 잡초들이 자라고 있었다.

"여기가 마지막이야." 닉이 말했다.

"정말 싫어." 동생이 말했다. "그리고 저 빌어먹을 잡초들은 아무도 관리를 안 한 나무 묘지에 핀 꽃들 같잖아."

"내가 왜 어두울 때 안 다니려고 했는지 너도 이젠 알겠지."

"그럴 수가 없겠는걸."

"그렇지. 그리고 여기로는 아무도 우리를 안 쫓아올 거야. 이제부터는 편안하게 갈 수 있어."

그들은 햇볕이 뜨겁게 내리쬐는 벌목지를 벗어나 거목들의 그늘 속으로 들어갔다. 벌목지가 산등성이 꼭대기를 넘어서까지 이어지더니 숲이 시작되었다. 이제 그들이 걷고 있는 갈색의 수풀 바닥은 푹신푹신하고 시원했다. 덤불 하나 보이지 않고, 나뭇가지들은 18미터보다 높이 달려 있었다. 나무 그늘은 시원했고, 나무 저 높은 곳에서 이는 산들바람 소리가 들렸다. 그들이 걷는 동안 햇빛은 비치지 않았다. 닉은 정오가 가까워질 때까지 우듬지의 가지들 사이로 햇빛이 들어오지 않으리라는 걸 알았다. 동생은 그의 손을 잡고 가까이서 걸었다.

"무섭지는 않아, 오빠. 그런데 너무 낯선 기분이 들어."

"나도 그래." 닉이 말했다. "여기 올 때마다."

"이런 숲에는 처음 들어와 봐."

"이 부근에 남은 원시림은 여기뿐이야."

"숲을 벗어나려면 한참 가야 해?"

"제법 가야 돼."

"혼자라면 무서울 것 같아."

"난 낯설기는 하지만 무섭지는 않아."

"그 말은 내가 먼저 했잖아."

"맞아. 아마도 우리가 무서워서 그런 말을 하나 봐."

"아니야. 난 오빠랑 같이 있어서 안 무서운 거지, 혼자라면 무서울 거야. 다른 사람이랑 여기 와본 적 있어?"

"아니. 혼자 왔었어."

"안 무서웠어?"

"안 무서웠어. 하지만 올 때마다 낯선 기분이 들어. 교회에 있을 때처럼."

"오빠, 우리가 지낼 곳이 여기처럼 엄숙하진 않겠지?"

"그럼. 걱정 마. 거긴 유쾌한 곳이니까. 여기를 즐겨, 리틀리스. 그게 너한테도 좋아. 옛 시절의 숲은 이런 모습이었어. 여기가 마지막 남은 좋은 땅이야. 여기로 들어오는 사람이 아무도 없어."

"옛 시절은 좋아. 하지만 이렇게 엄숙한 분위기는 싫어."

"그리 엄숙하지 않았어. 하지만 솔송나무 숲은 그랬지."

"걸어 다니기에 멋진 곳이야. 우리 집 뒤쪽이 멋지다고 생각했는데 여기가 더 좋아. 오빠, 오빠는 신을 믿어? 대답하기 싫으면 안 해도 돼."

"나도 모르겠는데."

"괜찮아. 꼭 말하지 않아도 돼. 하지만 내가 밤에 기도를 올려도 될까?"

"상관없어. 혹시 네가 잊어버리면 내가 가르쳐줄게."

"고마워. 이런 숲에 있으니까 신앙심이 마구 생기지 뭐야."

"그래서 사람들이 이런 분위기로 성당을 짓는 거야."

"오빤 성당을 한 번도 못 봤잖아?"

"못 봤지. 하지만 책으로 읽어봐서 상상할 수 있어. 이 부근에서는 여기가 최고야."

"언젠가 우리도 유럽에 가서 성당을 볼 수 있을까?"

"물론. 하지만 먼저 이 문제를 해결한 다음 돈 버는 법을 배워야지."

"오빠가 글을 써서 돈을 벌 수 있을까?"

"실력이 좋아지면."

"더 가벼운 글을 쓰면 돈을 벌 수 있지 않을까? 내 생각이 아니라, 엄마가 오빠 글은 죄다 우울하대."

"『세인트 니컬러스*St. Nicholas*』[1]에 싣기에는 우울하지. 그쪽에서 그

1 1873년부터 1943년까지 간행된 미국의 월간 아동 잡지.

렇게 말하진 않았지만 내 글을 마음에 안 들어 했어."

"『세인트 니컬러스』는 우리가 좋아하는 잡지잖아."

"그래. 하지만 난 그 잡지랑 안 어울리게 너무 우울한 사람이 돼버렸어. 그렇다고 어른도 아니고."

"남자는 언제 어른이 되는데? 결혼할 때?"

"아니야. 어른이 되기 전까지 소년원에 갇혀 있다가, 어른이 된 다음엔 감방에 가지."

"그럼 오빠가 어른이 아니라서 다행이야."

"난 아무 데도 안 갈 거야." 닉이 말했다. "내가 우울한 글을 쓰긴 하지만 우울한 얘기는 하지 말자."

"난 오빠 글이 우울하다는 말 안 했어."

"알아. 어쨌든 다른 사람들은 다들 그렇게 말하잖아."

"우울해지지 말자, 오빠." 그의 동생이 말했다. "이 숲 때문에 우리가 너무 엄숙해지고 있어."

"이제 곧 숲을 빠져나갈 거야. 빠져나가면 우리가 지낼 곳이 보여. 배고파, 리틀리스?"

"조금."

"그럴 줄 알았어. 사과 몇 알 먹자."

* * *

기나긴 언덕을 내려가다 저 앞의 나무줄기들 사이로 내리비치는 햇빛이 보였다. 이제 도착한 숲 끝자락에는 노루발풀과 약간의 호자덩굴이 자라고 있고, 숲 바닥은 온갖 생물들로 활기를 띠기 시작했다. 나무줄기들 사이로 보이는 탁 트인 초원은 물가를 따라 자작나무가 자라는 개울을 향해 비탈져 있었다. 초원과 자작나무들 아래는 암녹색의 삼나무 습지대였고, 습지 너머 저 멀리 검푸른 구릉지가 있었다. 습지와 구릉지 사이에는 호수의 작은 줄기가 뻗어 나와 있었다. 하지만 그들이 있는 곳에서는 보이지 않았다. 그저 멀리서 호수의 존재가 느껴질 뿐이었다.

"여기 샘이 있어." 닉이 동생에게 말했다. "그리고 여기 이 돌밭에서 전에 야영한 적 있어."

"아름다워, 아름다운 곳이야, 오빠. 호수도 보일까?"

"호수가 보이는 곳이 있긴 해. 하지만 여기서 야영하는 게 좋아. 내가 땔감을 좀 구해 올 테니까 아침 만들어 먹자."

"부싯돌들이 아주 오래됐네."

"여긴 아주 오래된 곳이거든." 닉이 말했다. "부싯돌들은 인디언들이 쓰던 거야."

"오솔길도 없고 나무에 새겨진 표식도 없는데 어떻게 헤매지도 않고 곧장 숲을 빠져 나왔어?"

"세 산마루에서 방향 알려주는 막대기들 못 봤어?"

"못 봤어."

"나중에 보여 줄게."

"오빠가 만든 거야?"

"아니. 옛날부터 있었어."

"왜 나한테 안 보여 줬어?"

"글쎄." 닉이 말했다. "잘난 척하고 싶었나 봐."

"오빠, 여기 있으면 사람들이 절대 못 찾을 거야."

"그랬으면 좋겠어."

* * *

닉과 동생이 첫 벌목지에 들어서고 있을 즈음, 호수 위의 나무 그늘에 잠긴 집의 포치에서 잠들었던 수렵 감시인은 집 뒤편의 드넓은 언덕 위로 해가 솟아올라 그의 얼굴 가득 햇살이 내리비치자 잠에서 깨어났다.

밤사이 그는 목이 말라 일어났다가 부엌에서 돌아온 후 의자 쿠션을 베개 삼아 바닥에 누웠었다. 이제 깨어난 그는 자신이 어디 있는지 깨닫고 일어났다. 38구경 스미스 앤드 웨슨 리볼버가 들어 있는 가죽 권총집을 왼쪽 겨드랑이에 멨기 때문에 오른쪽으로 누워 잤었다. 그는 정신을 차려 총을 만져보고 따가운 햇살을 피해 고개를 돌리고는 부엌으로 가서 식탁 옆의 물통에 든 물을 한 국자 떴다. 그는 스토브에 불을 지피고 있는 가정부에게 물었다. "아침은?"

"아침은 없어요." 그녀는 집 뒤편의 오두막에서 자고 30분 전에 부엌으로 들어왔다. 아까 포치 바닥에 누운 감시인과 테이블에 놓인 거의 빈 위스키 병을 봤을 때 두려움과 역겨움을 동시에 느꼈었다. 그런 다음엔 화가 났다.

"아침이 없다니, 무슨 소리야?" 감시인은 여전히 국자를 든 채 물었다.

"말 그대로예요."

"왜?"

"먹을 게 없으니까요."

"커피는?"

"없어요."

"차는?"

"차도 없어요. 베이컨도, 옥수숫가루도, 소금도, 후추도 없어요. 커피도 없고요. 보든 통조림 크림도, 앤트 제미마 메밀가루도 없고. 아무것도 없어요."
"무슨 소리야? 어젯밤만 해도 먹을 게 잔뜩 있었는데."
"지금은 없다니까요. 얼룩다람쥐가 훔쳐갔나 보죠."
남부에서 온 감시인이 잠에서 깨어 그들의 목소리를 듣고 부엌에 들어와 있었다.
"몸은 좀 어때요?" 가정부가 그에게 물었다.
감시인은 가정부를 무시하고 말했다. "무슨 일이요, 에번스?"
"그 개자식이 어젯밤에 와서 먹을 걸 한 짐 싸갔어요."
"내 부엌에서 욕하지 말아요." 가정부가 말했다.
"나갑시다." 남부에서 온 감시인이 말했다. 두 사내는 포치로 나가며 부엌문을 닫았다.
"저건 어떻게 된 거요, 에번스?" 남부에서 온 사내는 1쿼트짜리 올드 그린 리버 병을 가리켰다. 그 안의 위스키는 4분의 1도 남아 있지 않았다. "고주망태가 되도록 마셨소?"
"댁이랑 똑같이 마셨죠. 그런 다음엔 테이블 옆에 똑바로 앉아서……."
"뭘 했소?"
"그 망할 애덤스 자식이 나타날까 봐 기다렸죠."
"술을 마시면서 말이지."
"안 마셨어요. 그러다가 4시 반쯤 부엌에 가서 물을 마시고, 좀 쉬려고 여기 현관문 앞에 누웠죠."
"왜 부엌문 앞에 눕지 않고?"
"만약 그 자식이 오면 여기서 더 잘 보이니까요."
"그래서 어떻게 됐소?"
"그 자식이 부엌 창으로 들어가서 짐을 챙겨 갔나 봐요."
"말도 안 되는 소리를 하시네."

"그런 댁은 뭘 하고 있었는데요?" 현지 감시인이 물었다.

"댁이랑 똑같이 자고 있었소."

"좋아요. 그만 싸웁시다. 그래 봤자 소용없으니까."

"가정부한테 이리 나오라고 해요."

가정부가 나오자 남부에서 온 사내가 말했다. "애덤스 부인한테 우리가 얘기 좀 하자더라고 전해 주시오."

가정부는 아무 말 없이 본채로 들어가며 문을 닫았다.

"안 딴 병들이랑 빈 병들은 좀 치워요." 남부에서 온 사내가 말했다. "이 정도로는 아무 도움도 안 되지. 한잔하시겠소?"

"됐어요. 오늘도 일해야 하니까."

"난 좀 마셔야겠소." 남부에서 온 사내가 말했다. "나만 너무 못 마셨으니까."

"댁이 자리를 뜬 후로는 나도 안 마셨다니까요." 현지 감시인은 고집스럽게 우겼다.

"왜 그런 말도 안 되는 거짓말을 계속하는 거요?"

"거짓말이 아니라니까."

남부에서 온 사내는 병을 내려놓고, 다시 밖으로 나온 가정부에게 말했다. "그래, 부인이 뭐라시던가?"

"머리가 아파서 못 나오시겠대요. 영장이 있으니까 마음껏 뒤져보고 가시래요."

"그 녀석에 대해서는?"

"못 봤고 아무것도 모르신대요."

"다른 아이들은 어디 있소?"

"샤를부아에 놀러 갔어요."

"누구 집에?"

"그건 나도 몰라요. 부인도 모르시고요. 춤추러 갔는데 친구들이랑 일요일까지 거기 있을 거예요."
"어제 근처에서 얼쩡거리던 그 아이는 누구요?"
"어제 근처에서 얼쩡거리는 아이는 한 명도 못 봤는데요."
"있었소."
"애들을 찾아온 친구겠죠. 휴양객의 아이이거나. 남자애였어요, 여자애였어요?"
"열한두 살로 보이는 여자애였소. 머리도 갈색, 눈도 갈색. 주근깨가 있고. 피부는 까무잡잡하고. 멜빵바지에 남자 셔츠를 입었더군. 맨발이고."
"그런 애가 어디 한둘이라야 말이죠." 가정부가 말했다. "열한두 살이라고요?"
"젠장." 남부에서 온 사내가 말했다. "이런 시골뜨기한테서 뭘 알아내겠다고."
"내가 시골뜨기면 저 아저씨는요?" 가정부가 현지 감시인을 쳐다보았다. "에번스 아저씨는 뭐죠? 내가 아저씨네 애들이랑 같은 학교에 다녔는데."
"그 아이가 누구였어?" 에번스가 물었다. "그냥 말해, 수지. 어차피 밝혀질 텐데."
"알아야 말하죠." 가정부 수지가 말했다. "이제 여기도 온갖 인간들이 돌아다니잖아요. 무슨 대도시에 있는 것 같다니까요."
"괜히 문제에 휘말리는 건 너도 싫을 거 아냐, 수지." 에번스가 말했다.
"싫죠."
"그냥 하는 말이 아니야."
"아저씨도 괜히 문제에 휘말리기 싫을 거 아니에요?" 수지가 그에게 물었다.

* * *

헛간 밖에서 말을 마차에 맨 후 남부에서 온 사내가 말했다. "별 소득이 없었군, 안 그렇소?"

"이제 녀석은 고삐 풀린 망아지나 마찬가지예요." 에번스가 말했다. "먹을 것도 챙겨 갔겠다, 총도 있겠다. 하지만 아직 이 지역을 못 벗어났으니 잡을 수 있어요. 혹시 발자국으로 추적할 줄 알아요?"

"설마 그럴 리가. 댁은?"

"눈이라도 내리면 모를까." 다른 감시인은 웃었다.

"그럴 필요 없소. 녀석의 행방을 추측하면 되니까."

"그 많은 짐을 챙겨 간 걸 보면 남부로 가지는 않을 모양이에요. 남부로 갈 생각이면 먹을 걸 조금 챙겨서 철도 쪽으로 가겠죠."

"장작 헛간에서 뭐가 없어졌는지는 모르겠지만, 부엌에서 한 짐 챙겨 갔잖소. 꽤 먼 곳으로 떠나고 있는 거요. 녀석의 습관, 친구들, 자주 가던 곳을 확인해 봐야겠소. 댁은 녀석이 샤를부아, 퍼토스키, 세인트이그너스, 시보이건으로 못 들어가게 막아요. 댁이 녀석이라면 어디로 가겠소?"

"나라면 상부 반도로 가지요."

"나라도 그러겠소. 녀석이 거기에 간 전적도 있으니. 페리를 타면 거기만큼 가기 쉬운 곳도 없지. 하지만 여기랑 시보이건 사이에 아주 험하고 큰 땅이 있고, 녀석이 그곳도 잘 알고 있소."

"패커드를 한번 만나봐야겠어요. 오늘 확인해 봅시다."

"이스트 조던과 그랜드 트래버스를 거쳐서 밑으로 내려갈 생각은 안 할 것 같소?"

"그럴 수도 있죠. 하지만 녀석이 놀던 곳이 아니잖습니까. 자기가 잘 아는 곳으로 갈 겁니다."

그들이 울타리에 달린 대문을 열 때 수지가 나왔다.

"가게까지 데려다주실래요? 장을 좀 보려고요."

"왜 우리가 가게에 간다고 생각하지?"

"어제 그랬잖아요, 패커드 씨 보러 갈 거라고."

"장 본 건 어떻게 들고 오려고?"

"길거리나 호수 근처에서 차를 얻어 타면 돼요. 토요일이잖아요."

"알았어. 마차에 타." 현지 감시인이 말했다.

"고맙습니다, 에번스 아저씨." 수지가 말했다.

잡화점 겸 우체국에 도착하자 에번스는 말들을 상품 운반대에 묶어두고, 가게로 들어가기 전 남부에서 온 사내와 이야기를 나누었다.

"그 빌어먹을 수지가 옆에 있으니까 무슨 말을 할 수가 있어야죠."

"그러게 말이오."

"패커드는 좋은 사람이에요. 이 고장에서 싫어하는 사람이 없을 정도로. 송어 건으로 패커드가 유죄 판결을 받을 일은 절대 없을 겁니다. 무서울 거 없는 위인이니 적으로 만들어봤자 좋을 거 없어요."

"그 사람이 협조적으로 나올 것 같소?"

"함부로 대하지만 않으면요."

"가서 만나봅시다."

가게 안에 들어간 수지는 유리 진열장, 열려 있는 통들, 상자들, 선반에 놓인 통조림들을 그냥 지나치며 아무것도, 아무도 보지 않고 곧장 우체국으로 향했다. 우체국에는 일반 우편물을 취급하며 우표를 파는 창구와 자물쇠 달린 우편함들이 있었다. 창구는 닫혀 있었고 그녀는 곧장 가게 뒤쪽으로 들어갔다. 패커드 씨가 쇠지레로 포장용 상자를 열고 있었다. 그는 수지를 보더니 빙긋 웃었다.

“존 아저씨.” 가정부는 다급하게 말했다. “니키를 잡으러 온 수렵 감시인 두 명이 가게에 들어올 거예요. 니키는 어젯밤에 떠났고 어린 여동생도 같이 갔어요. 아무 말씀도 하지 말아 주세요. 니키 어머니도 알고 계시는데, 괜찮아요. 어쨌든 부인은 아무 말씀 안 하실 거래요.”

“녀석이 먹을 걸 다 가져가 버렸나?”

“거의 다요.”

“필요한 걸 골라서 목록을 작성해 놔. 그럼 내가 확인해 볼 테니까.”

“그 사람들이 금방 들어올 거예요.”

“넌 뒤로 나갔다가 다시 앞으로 들어와. 그 사람들은 내가 상대하지.”

수지는 기다란 건물 근처에서 기다리다가 다시 앞 계단을 올라갔다. 이번에는 들어가면서 모든 것을 눈여겨보았다. 그녀는 바구니를 들고 온 인디언들을 알았고, 왼편의 첫 진열장에서 낚시도구를 보고 있는 두 인디언 소년을 알았다. 그 옆 진열장에 어떤 의약품이 있는지, 보통 어떤 사람들이 그 약을 사는지 알고 있었다. 어느 해 여름 이 가게에서 일한 적 있는 그녀는 신발, 겨울용 덧신, 엄지장갑, 모자, 스웨터가 든 판지 상자들에 연필로 암호처럼 적힌 글자들과 숫자들의 의미를 알았다. 인디언들이 들고 온 바구니들이 얼마를 받을 수 있는지, 좋은 값을 받기에는 철이 너무 지났다는 걸 알았다.

"왜 이렇게 늦게 가져왔어요, 테이브쇼 아주머니?" 수지가 물었다.

"독립기념일 행사 너무 재미있었어." 인디언 여자는 웃었다.

"빌리는 잘 지내요?" 수지가 물었다.

"몰라, 수지. 4주 동안 못 봐."

"호텔에 가서 관광객들한테 팔아보지 그래요?"

"그럴까." 테이브쇼 부인이 말했다. "한 번 갔어."

"매일 가야죠."

"멀어."

수지가 아는 사람들과 얘기를 나누며 필요한 물건의 목록을 작성하는 사이, 두 수렵 감시인은 가게 뒤편에 존 패커드 씨와 함께 있었다.

회청색 눈동자에 머리칼도 콧수염도 새카만 존 씨는 항상 우연히 가게에 들른 사람처럼 보였다. 젊은 시절 18년간 미시간 북부를 떠나 있었던 그는 가게 주인보다는 보안관이나 정직한 도박꾼처럼 보였다. 옛날에는 좋은 술집을 소유하고 잘 운영했었다. 하지만 고장의 나무들이 다 베어져 나갔을 때도 그는 떠나지 않고 농지를 샀다. 마침내 미시간주에서 금주법이 시행되자 그는 이 가게를 샀다. 이미 호텔을 갖고 있었지만, 바 없는 호텔은 싫다며 그 근처에도 잘 가지 않았다. 패커드 부인이 호텔 운영을 맡았다. 그녀는 존 씨보다 의욕적이었고, 존 씨는 원하는 곳 어디로든 휴가를 떠날 수 있을 만큼 돈이 많으면서 바 없는 호텔에 와서는 포치의 흔들의자에 앉아 빈둥거리는 인간들을 상대하느라 시간을 허비하고 싶지 않다고 했다. 그는 휴양객들을 '갱년기 인간들'이라 부르며 조롱했지만, 패커드 부인은 남편을 사랑했고 남편에게 놀림받아도 개의치 않았다.

"손님을 갱년기 인간이라 부르든 말든 당신 맘대로 해." 어느 날 밤 침대에서 그녀는 남편에게 말했다. "내가 그 망할 일을 하고 있긴 하지만, 당신이 감당할 수 있는 여자는 나밖에 없잖아?"

패커드 부인은 고장에 교양을 더해주는 휴양객들을 좋아했고, 존 씨는 벌목꾼들이 맛 좋은 씹는담배 피얼리스를 좋아하듯이 자기 아내가 교양을 좋아한다고 말했다. 하지만 교양에 대한 아내의 애정을 존중해 주었다. 그가 보세 창고[1]에서 숙성된 양질의 위스키를 좋아하는 것과 똑같은 이치라고 그녀가 말했기 때문이다. "패커드, 당신이 교양에 무관심하든 말든 상관없어. 내가 그걸로 당신을 귀찮게 할 일은 없을 거야. 하지만 난 교양이 너무 좋단 말이야."

존 씨는 그를 교양 강연이나 자기 계발 강좌에 보내지만 않으면 아내가 질릴 때까지 실컷 교양을 즐겨도 상관없다고 말했다. 그는 교양 강연에는 절대 가지 않아도 전도 집회와 부흥회에는 참석했다. 전도 집회와 부흥회도 만만찮게 괴롭지만, 모임 후에 정말 흥분해서 성교를 하는 사람들도 있다고 했다. 전도 집회나 부흥회 후에 돈을 내는 사람은 한 명도 보지 못했지만 말이다. 그가 닉 애덤스에게 말하기를, 패커드 부인은 그 위대한 전도사인 집시 스미스 같은 누군가가 개최한 큰 부흥회에 다녀온 후 남편의 불멸의 영혼이 구원받지 못할까 봐 걱정했지만, 패커드 자신이 집시 스미스를 닮았으니 아무 문제 없을 거라고 했다. 그런데 교양 강연은 어딘가 이상야릇한 구석이 있었다. 종교보다는 교양이 더 나을지도 모른다고 존 씨는 생각했다. 하지만 교양은

1 수입 수속이 끝나지 않은 화물을 보관하는 창고로서, 이 창고에 보관하는 동안에는 관세가 붙지 않는다.

냉혹했다. 그런데도 사람들은 거기에 열광했다. 이런 열풍이 잠깐 스쳐 지나가는 유행은 아니라는 걸 그도 알았지만 말이다.

"그게 사람들을 휘어잡아 버렸어." 그는 닉 애덤스에게 이렇게 말했었다. "교회에서 예배 중에 성령 받았다고 미쳐 날뛰는 사람들 있잖아. 그런 거랑 비슷한 거야. 이 사람들은 뇌 속에서만 날뛸 뿐이지. 언제 한번 공부해 보고 네 생각을 말해 줘. 작가가 되려면 일찍 알아두는 게 좋지. 남들한테 너무 뒤처지면 안 되잖아."

존 씨는 닉 애덤스에게 원죄가 있어서 그가 마음에 든다고 말했다. 닉은 이 말의 의미를 이해하지는 못했지만 뿌듯했다.

"앞으로 잘못을 뉘우칠 일들이 생길 거다, 꼬마야." 존 씨는 닉에게 이렇게 말했었다. "그것만큼 좋은 일도 없지. 뉘우칠지 말지는 네가 언제든 결정할 수 있어. 중요한 건 그런 일들을 저질러 보는 거지."

"나쁜 짓은 하기 싫어요."

"그러라는 게 아니야. 하지만 살아 있는 이상 이런저런 짓을 저지를 수밖에 없지. 거짓말하지 말고 도둑질하지 말라지만, 거짓말 안 하고 살 수는 없어. 그래도 누군가를 정해서 그 사람한테만은 절대로 거짓말하지 마."

"아저씨로 정할래요."

"좋아. 무슨 일이 있어도 나한테 거짓말하면 안 된다. 나도 너한테 거짓말 안 할 테니까."

"노력해 볼게요."

"노력이 아니라 반드시 그래야 해."

"알겠어요, 아저씨한테는 절대 거짓말 안 할게요."

"여자 친구는 어떻게 됐어?"

"누가 그러는데, 수 운하에서 일하고 있대요."

"참 예쁜 애였어. 처음부터 마음에 들었는데 말이야."

"저도요."

"너무 상심하지 마."

"그래도 슬픈 걸 어쩌겠어요. 그 애는 아무 잘못도 없어요. 그냥 그렇게 생겨 먹은 사람인 거예요. 다시 우연히 마주치면 또 사귀게 될 것 같아요."

"설마."

"혹시 또 모르니까요. 그러지 않도록 노력해야죠."

* * *

존 씨는 닉을 생각하면서, 두 사내가 그를 기다리고 있는 뒤쪽 카운터로 갔다. 거기 서서 그들의 행색을 훑어보니 둘 다 마음에 들지 않았다. 지역민인 에번스는 예전부터 싫고 가소로웠다면, 남부에서 온 사내에게서는 위험한 냄새가 풍겼다. 아직 분석에 들어가지는 않았지만, 그의 눈빛은 무감정하고, 담배를 씹는 사람들보다 더 단단히 입을 다물고 있었다. 그의 회중시계 사슬에는 진짜 엘크 이빨이 달려 있었다. 다섯 살 정도 된 수컷 엘크의 멋들어진 엄니였다. 존 씨는 그 아름다운 엄니를 한 번 더 보고, 사내가 어깨에 멘 권총집 때문에 코트가 툭 불거져 나온 부분도 보았다.

"겨드랑이에 차고 다니는 그 총으로 엘크를 죽이셨소?" 존 씨가 남부에서 온 사내에게 물었다.

남부에서 온 사내는 심드렁하게 존 씨를 쳐다보았다.

"아니요. 와이오밍의 시골에서 윈체스터 45-70으로 죽였소."

"큰 총을 좋아하시는군?" 존 씨는 이렇게 말하며 카운터 밑을 보았다. "발도 크시고. 아이들 잡으러 다닐 때도 그렇게 큰 총이 필요하신가?"

"아이들이라니, 무슨 소리요?" 남부에서 온 사내가 꼬투리를 하나 잡았다.

"댁이 찾고 있는 아이 말이오."

"아이들, 이라고 했잖소."

존 씨는 그들에게로 몸을 들이밀었다. 이런 전략이 꼭 필요했다. "자기 아들 두 번 핥은 사내아이 하나 잡겠다고 에번스가 뭘 들고 다녔더라? 중무장해야 할 거야, 에번스. 그 녀석은 자네를 핥을지도 몰라."

"그 녀석을 내놔 봐요, 그러는지 어디 한 번 보게." 에번스가 말했다.

"방금 아이들, 이라고 했소, 잭슨 씨." 남부에서 온 사내가 말했다. "왜 그렇게 말했소?"

"이 더러운 놈." 존 씨가 말했다. "이 평발 새끼야."

"그딴 식으로 말하려면 그 카운터 뒤에서 나오지 그래?" 남부에서 온 사내가 말했다.

"이 몸은 미국의 우체국장이시다." 존 씨가 말했다. "똥 얼굴 에번스 말고는 아무 목격자도 없는 데서 댁이 이 몸한테 말을 걸고 있단 말이지. 왜 이 작자한테 똥 얼굴이라고 하는지는 댁도 알겠지. 딱 보면 알 거야. 조사관이시니까."

그는 이제 기분이 좋아졌다. 공격을 시작하고 나니, 호텔 포치에서 호수를 바라보며 시골풍 의자에 앉아 몸을 흔들거리는 휴양객들을 먹이고 재워주는 일로 먹고살기 전의 옛 시절로 돌아간 느낌이었다.

"이봐, 평발 씨, 이제 확실히 기억나는군. 날 기억 못 하시겠나, 평발?"

남부에서 온 사내는 존 씨를 보았다. 하지만 기억이 나지 않았다.

"톰 혼이 교수형당한 날 샤이엔에서 댁을 봤지." 존 씨가 그에게 말했다. "높으신 양반들하고 뒷거래하고 톰한테 애먼 누명 뒤집어씌운 놈들 중 하나잖아. 이제 기억나시나? 톰을 죽인 놈들 밑에서 댁이 일하고 있을 때 내가 메디신 보에서 술집을 했었는데? 그래서 결국 이런 일을 하고 계시나? 아무것도 기억 안 나셔?"

"언제 여기로 왔소?"

"톰이 죽고 2년 후에."

"환장하겠네."

"그레이불에서 짐 챙겨 나올 때 내가 댁한테 그 엄니 준 건 기억나시나?"

"그럼요. 이봐요, 짐, 이 아이를 잡아야 해요."

"내 이름은 존이야." 존 씨가 말했다. "존 패커드. 뒤쪽으로 가서 한잔해. 옆의 이 인간에 대해 알아두는 게 좋을 거야. 이름은 불알 얼굴 에번스. 원래는 똥 얼굴인데, 내가 방금 친절하게 바꿔줬지."

"존 씨." 에번스 씨가 말했다. "그냥 좋게 협조해 주지 그래요."

"내가 방금 자네 이름을 바꿔줬잖아?" 존 씨가 말했다. "또 무슨 협조를 바라는 거야?"

존 씨는 가게 안쪽 모퉁이의 어느 낮은 선반에서 병 하나를 꺼내어 남부에서 온 사내에게 건넸다.

"쭉 마셔, 평발." 그가 말했다. "술 한 잔 필요한 얼굴인데."

둘이서 한 모금씩 마신 뒤 존 씨가 물었다. "그 아이는 무슨 일로 찾으시나?"

"수렵법을 어겼소." 남부에서 온 사내가 말했다.

"구체적으로 뭘 어겼길래?"

"지난달 20일에 수사슴을 죽였소."

"지난달 20일에 사슴 한 마리 죽인 어린애 한 명 잡겠다고 어른 둘이 총을 갖고 다닌단 말이지." 존 씨가 말했다.

"그것뿐만이 아니오."

"이 건은 증거가 있다, 이 말씀인가?"

"그렇소."

"또 뭘 어겼는데?"

"한두 건이 아니오."

"증거가 없잖아."

"그런 말 한 적 없어요." 에번스가 말했다. "이번 건에 증거가 있다고 했죠."

"그리고 그 날짜가 20일이었다?"

"맞아요." 에번스가 말했다.

"대답은 그만하고 이제 질문을 좀 하지 그래요?" 남부에서 온 사내가 파트너에게 말하자 존 씨는 웃었다. "그냥 내버려둬, 평발. 저 대단한 대가리를 어떻게 굴리는지 한번 보자고."

"그 녀석을 얼마나 잘 아시오?" 남부에서 온 사내가 물었다.

"아주 잘 알지."

"녀석하고 무슨 거래라도 해본 적 있소?"

"그 애가 가끔 여기 와서 물건을 사 가지. 현금으로."

"녀석이 어디로 갈지 짐작 가는 데 없소?"

"오클라호마에 친척이 있어."

"그 녀석을 언제 마지막으로 봤어요?" 에번스가 물었다.

"어이, 에번스." 남부에서 온 사내가 말했다. "괜히 시간 낭비하지 맙시다. 술 잘 마셨소, 짐."

"존이라니까." 존 씨가 말했다. "댁 이름은 뭔가, 평발?"

"포터. 헨리 J. 포터요."

"평발, 설마 그 아이한테 총질을 하진 않겠지."

"잡아서 데려올 거요."

"댁은 옛날부터 사람 못 죽여 안달이었지."

"어이, 에번스." 남부에서 온 사내가 말했다. "여기서 시간 낭비하지 말자니까요."

"총 쏘지 말라는 내 말 잊지 마." 존 씨는 나지막이 말했다.

"똑똑히 들었소." 남부에서 온 사내가 말했다.

두 사내는 가게 밖으로 나가 작은 마차를 몰고 떠났다. 존 씨는 도로를 달려가는 그들을 지켜보았다. 에번스가 마차를 몰고 남부에서 온 사내는 그에게 무슨 말인가 하고 있었다.

'헨리 J. 포터라.' 존 씨는 생각했다. '나한테 저 작자 이름은 그냥 평발이야. 발이 더럽게 커서 신발을 맞춰 신었잖아. 사람들은 놈을 평발 씨라고 부르다가 나중엔 그냥 평발이라고 불렀지. 톰이 쏴 죽였다는 네스터의 아들이 죽어 있던 샘 주변에 저 작자 발자국이 남아 있었어. 평발. 평발 뭐였더라? 원래 몰랐을지도 모르지. 평발 포터? 아니, 포터가 아니었는데.'

"그 바구니들은 미안하게 됐소, 테이브쇼 부인." 그가 말했다. "이젠 철이 너무 지나서 가게에 놓고 팔 수가 없어. 그래도 호텔에 가져가면 팔아 치울 수 있을지도 몰라요."

"당신이 사서 호텔에 팔아요." 테이브쇼 부인이 제안했다.

"아니. 부인이 팔아야 사람들이 더 많이 사죠." 존 씨가 말했다.

"부인이 예쁘니까."

"옛날에는." 테이브쇼 부인이 말했다.

"수지, 나 좀 봐." 존 씨가 말했다.

가게 뒤편에서 그가 말했다. "어떻게 된 일인지 말해 봐."

"말씀드렸잖아요. 그 인간들이 니키를 잡으러 왔다면서, 니키가 집에 올 때까지 기다렸어요. 감시인들이 기다리고 있다고 막냇동생이 니키한테 알려줬고요. 그 인간들이 술에 취해서 잠든 사이에 니키가 짐을 챙겨서 떠났어요. 그 정도 음식이면 두 주는 거뜬히 버틸 테고, 총도 가져갔어요. 리틀리스가 자기 오빠를 따라갔고요."

"걔는 왜 갔어?"

"나도 몰라요, 아저씨. 오빠를 챙겨주고, 나쁜 짓을 못 저지르게 막고 싶었나 봐요. 아저씨도 니키를 잘 아시잖아요."

"넌 에번스네 근처에 살잖아. 닉이 잘 다니는 곳을 그 작자가 얼마나 잘 알 것 같으냐?"

"알 만큼 알겠죠. 얼마나 아는지는 나도 몰라요."

"애들이 어디로 갔을까?"

"모르겠어요. 니키가 여기저기 많이 알잖아요."

"에번스랑 같이 온 놈은 질이 안 좋아. 악질이지."

"그리 똑똑하진 않아요."

"보기보다는 똑똑해. 지금은 술 때문에 머리가 잘 안 돌아가서 그렇지. 영악한 악질이야. 예전에 알았던 놈이거든."

"저는 어떻게 하면 될까요?"

"그냥 가만있어, 수지. 뭐든 나한테 알려주기만 해."

"제가 장 본 것들 가져올 테니까 계산해 주세요, 아저씨."

"집까지 어떻게 가려고?"

"헨리네 선착장까지 배를 타고 간 다음 오두막에서 노 젓는 배 빌려서 짐을 실어 가면 돼요. 아저씨, 그 인간들이 니키를 어떻게 할까요?"

"나도 그게 걱정이야."

"소년원에 보낸다 어쩐다 하던데요."

"니키가 사슴을 안 죽였으면 좋았잖아."

"니키도 후회하고 있어요. 총알이 짐승을 스쳐 가게만 할 수 있다고 책에서 읽었다면서 아무 문제도 없을 거라고 했거든요. 그럼 동물이 깜짝 놀라기만 할 거라면서, 한번 해보고 싶다고 했어요. 바보 같은 짓이라면서도 해보고 싶댔어요. 그러더니 사슴을 쏴서 목을 부러뜨렸지 뭐예요. 엄청 후회했어요. 애초에 사슴을 건드리려고 했던 게 잘못이라면서."

"그랬겠지."

"그 오래된 스프링하우스에 매달아 놨던 고기를 에번스가 발견했나 봐요. 어쨌든 누군가 그걸 가져갔어요."

"누가 에번스한테 고자질했을까?"

"그 아저씨네 아들이 보지 않았을까 싶어요. 닉을 졸졸 쫓아다니니까요. 몰래 숨어서요. 그러다가 니키가 사슴 죽이는 걸 봤겠죠. 얼마나 못돼 먹은 녀석인지 몰라요, 아저씨. 남의 뒤를 밟는 재주 하나는 끝내준다니까요. 지금도 여기 어딘가 있을지도 몰라요."

"없어." 존 씨가 말했다. "밖에서 몰래 엿듣고 있다면 모를까."

"아마 지금은 닉을 쫓고 있을걸요."

"그 작자들이 에번스 자식놈에 대해 무슨 얘기든 하지 않았어?"

"이름도 안 나왔어요." 수지가 말했다.

"에번스가 집안일 하라고 아들놈을 집에 남겨뒀을 거야. 그 작자들이 에번스네 집에 가기 전까지 그 녀석은 걱정 안 해도 되겠어."

"제가 오늘 오후에 우리 집에 가서, 에번스 아저씨가 집안일 시킬 사람을 구하는지 애들한테 알아보라고 할게요. 만약 사람을 구하면 아들을 집 밖으로 내보냈다는 뜻이니까요."

"하기야 그 작자들은 늙다리라서 남의 뒤를 쫓기도 힘들지."

"하지만 개가 얼마나 지독한데요, 아저씨. 걔는 니키에 대해 빠삭해서 어디로 다니는지 너무 잘 알아요. 개가 니키랑 리틀리스를 찾아서 감시인들을 데려갈 거예요."

"우체국 뒤편으로 가자." 존 씨가 말했다.

뒤편에는 서류 보관함들, 사서함들, 등기부, 그리고 소인과 인주를 거느린 납작한 우표책들이 있었고, 일반 우편 창구는 닫혀 있었다. 수지가 옛날에 가게에서 일했을 때 느꼈던 자부심을 되새기고 있는데 존 씨가 말했다. "아이들이 어디로 갔을까, 수지?"

"정말 모르겠어요. 너무 먼 곳은 아닐 거예요, 그러면 리틀리스를 데려갈 수 없으니까요. 아주 좋은 곳일 거예요, 아니면 동생을 안 데려갈 테니까요. 그 작자들은 송어를 호텔 요리로 올린다는 것도 알아요, 아저씨."

"아들놈이 일러바친 건가?"

"그렇겠죠."

"에번스 아들놈을 어떻게 해야겠는걸."

"나라면 그 자식을 죽여버리겠어요. 그래서 리틀리스가 따라갔나 봐요. 혹시 니키가 개를 죽일까 봐."

"그 작자들이 어떻게 움직이는지 잘 주시해."

"그럴게요. 하지만 아저씨가 무슨 수를 내셔야 해요. 애덤스 부인은 완전히 제정신이 아니에요. 항상 그렇지만 머리가 아파 죽겠대요. 여기요. 이 편지 좀 받아주세요."

"우체통에 넣어." 존 씨가 말했다. "우편물이니까."

"어젯밤에 그 작자들이 잠들었을 때 둘 다 죽이고 싶더라니까요."

"안 돼." 존 씨가 수지에게 말했다. "그런 말도, 그런 생각도 하지 마."

"사람을 죽이고 싶었던 적 한 번도 없어요, 아저씨?"

"있지. 하지만 살인은 잘못된 일이고, 그런다고 문제가 해결되지도 않아."

"우리 아버지는 사람을 죽였어요."

"백해무익한 짓이었지."

"아버지도 어쩔 수 없었어요."

"넌 참는 법을 배워야 할 거다." 존 씨가 말했다. "지금 잘하고 있어, 수지."

"오늘 밤이나 내일 아침에 봬요. 여기서 계속 일하고 있으면 좋을 텐데."

"그러게 말이다, 수지. 하지만 패커드 부인께서는 생각이 다르지."

"알아요. 세상일이 다 그렇더라고요."

닉과 동생은 비탈진 언덕 아래 삼나무 습지와 그 너머의 푸른 구릉지가 바라다보이는 솔송나무 숲 끝자락에 나뭇가지들을 엮어 지붕을 만들고 그 밑에 어린 이파리들을 깔아 침대 삼아 누워 있었다.

"불편하면, 솔송나무 잎 위에 전나무 잎을 더 깔아도 돼. 오늘 밤엔 피곤해서 이 정도로도 잠이 잘 올 거야. 내일 정말 좋게 고

치자."

"기분 좋아." 그의 동생이 말했다. "아무렇게나 편하게 누워 있으니까 정말 기분 좋아, 오빠."

"야영지로 딱이야. 잘 보이지도 않잖아. 모닥불을 작게 피우자."

"불을 피우면 언덕에서 보이지 않을까?"

"그럴지도 모르지." 닉이 말했다. "밤에는 불빛이 멀리까지 보이니까. 그래도 담요로 뒤쪽을 막으면 돼. 그러면 안 보일 거야."

"오빠, 우리가 쫓기는 게 아니라 그냥 여기 놀러 와 있는 거라면 얼마나 좋을까?"

"벌써부터 그런 생각 하지 마." 닉이 말했다. "이제 막 출발했는데. 그리고 놀러 온 거라면 여기 있지도 않겠지."

"미안해, 오빠."

"아니야. 리틀리스, 나는 내려가서 저녁으로 먹을 송어 몇 마리 잡아 올게."

"나도 같이 갈까?"

"아니, 넌 여기서 쉬고 있어. 오늘 힘들었잖아. 잠깐 책을 읽든지 아니면 그냥 가만있어."

"벌목지 지나올 때 힘들지 않았어? 무지 힘들다고 생각했는데. 나 잘했어?"

"정말 잘했고, 야영지도 정말 잘 만들었어. 지금은 좀 쉬어."

"여기 이름을 뭐로 할까?"

"제1호 캠프라고 부르자."

* * *

닉은 개울을 향해 언덕을 내려가다가 기슭에 거의 이르렀을 때 걸음을 멈추고 120센티미터 정도 길이의 버드나무 가지를 꺾어 껍질은 남겨둔 채 다듬었다. 빠른 속도로 흘러가는 맑은 개울물이 보였다. 좁고 깊은 개울이 습지로 흘러들기 전 여기 기슭에는 이끼가 끼어 있었다. 검고 맑은 물이 빨리 흘렀고, 급물살에 수면 여기저기가 불룩 솟아올랐다. 닉은 기슭 밑에 물이 흐르고 있다는 걸 알고 있었기 때문에, 둑을 걸어 물고기를 겁주고 싶지 않아 그 가까이로 가지 않았다.

지금쯤이면 여기에 물고기들이 꽤 많을 거라고 닉은 생각했다. 꽤 늦은 여름이니까.

닉은 셔츠의 왼쪽 가슴 주머니에 넣어 온 담배쌈지에서 실크 줄 한 가닥을 꺼내어 버드나무 가지보다는 짧게 끊은 뒤, 살짝 홈을 파놓은 나뭇가지 끝에다 묶었다. 그런 다음 쌈지에서 꺼낸 낚싯바늘을 달고, 바늘 축을 잡아 줄이 얼마나 강하게 끌어당길 수 있는지, 버드나무 가지가 얼마나 휘어지는지 시험해 보았다. 이제 낚싯대를 내려놓고, 개울가의 삼나무들에 접해 있는 자작나무 숲으로 갔다. 거기에는 수년 전 죽어 야윈 자작나무 몸통 하나가 옆으로 누워 있었다. 통나무를 뒤집어 보니 그 밑에 지렁이가 여러 마리 있었다. 그리 통통하지는 않았다. 하지만 붉은 몸통으로 힘차게 꿈틀거렸고, 닉은 윗면에 구멍을 여럿 뚫어 놓은 납작하고 동그란 코펜하겐 코담배 깡통에 지렁이들을 집어넣었다. 지렁이들 위에 흙을 조금 덮은 다음, 통나무를 제자리로 굴렸다. 3년째 바로 이곳에서 미끼를 구하고 있었고, 지렁이를 꺼낸 후에는 항상 통나무를 원래 상태로 돌려놓았다.

이 개울이 얼마나 큰지 아무도 모른다니까, 하고 닉은 생각했다. 저 위의 험한 습지에서 엄청난 양의 물이 여기로 흘러든다.

닉은 개울을 위아래로 쭉 훑어보다가 언덕 너머 솔송나무 숲의 야영지까지 쭉 올려다보았다. 그런 다음 줄과 바늘을 달아놓은 장대를 두었던 곳으로 걸어가 낚싯바늘에 조심스레 미끼를 달고는 행운을 비는 의미로 바늘에다 침을 탁 뱉었다. 미끼를 매단 줄과 장대를 오른손에 들고서, 좁고 깊숙이 흐르는 개울의 기슭으로 아주 조심스럽게 천천히 다가갔다.

이 구간은 버드나무 장대를 건너편까지 걸쳐놓을 수 있을 만큼 좁았고, 기슭에 가까워지자 거센 물살 소리가 요란하게 들렸다. 닉은 물속이 전혀 보이지 않는 기슭 근처에 멈춰 서서, 한쪽이 쪼개진 납으로 된 봉돌 두 개를 담배쌈지에서 꺼내 줄에 연결한 다음 낚싯바늘 위로 30센티미터쯤 되는 곳까지 끌어 내리고 이로 깨물어 줄에다 죄었다.

지렁이 두 마리가 몸을 동그랗게 말고 있는 낚싯바늘을 물 위로 던져 살며시 떨어뜨리자, 바늘이 급류에 휘말려 빙빙 돌며 가라앉았다. 닉은 버드나무 장대의 끝을 기슭 아래로 내려 낚싯줄과 미끼 달린 바늘이 물살을 타도록 내버려두었다. 줄이 똑바로 펴지더니 갑자기 묵직한 단단함이 느껴졌다. 장대를 휙 들어 올렸더니 거의 반으로 접히다시피 구부러졌다. 맥박이 뛰듯 툭툭 당겨지는 줄을 잡아당겨 봤지만, 꿈쩍도 하지 않았다. 그러다 상대는 결국 굴복하고 줄에 딸려 물 위로 솟구쳤다. 좁고 깊은 물살 속에서 묵직하고 사나운 움직임이 일더니, 송어가 수면을 찢고 나와 공중제비를 하며 닉의 어깨 너머로 날아가서는 뒤의 기슭으로 툭 떨어졌다. 햇빛에 반짝이던 녀석은 어느새 고사리들 속에서 퍼덕이고 있었다. 닉이 두 손으로 들어 올려 보니 강하고 묵직한 녀석이었다. 기분 좋은 냄새가 났으며, 거무스름한 등에 화려한 빛깔의 반점들이 찍혀 있고, 지느러미 끝은 아주 선명

한 색을 띠었다. 가장자리가 흰 지느러미 뒤에는 검은 줄이 하나 그어져 있고, 배는 석양의 아름다운 황금빛이었다. 오른손으로 송어를 쥐어보니 몸통이 간신히 손안에 들어왔다. 프라이팬으로 요리하기에는 제법 큰데, 하고 닉은 생각했다. 하지만 상처를 입혔으니 죽일 수밖에.

닉은 사냥용 칼의 자루로 송어 대가리를 세게 내리친 뒤 자작나무 줄기에 기대어놓았다.

"젠장, 패커드 아주머니한테 호텔 식사용으로 팔기에 딱 좋은데. 리틀리스랑 내가 먹기에는 너무 커."

상류 쪽에서 얕은 데를 찾아 작은 놈으로 두어 마리 잡는 게 좋겠어, 하고 닉은 생각했다. 와, 그래도 이놈을 낚아 올릴 때 정말 짜릿했어. 미끼를 문 물고기를 갖고 놀면서 진을 빼놓는 것도 좋지만, 낚아 올리는 손맛을 보지 못한 사람은 그 기분을 몰라. 아주 짧은 순간이지. 놈이 고집스럽게 뻗대다가 갑자기 허공으로 치솟는 그 찰나의 시간.

참 묘한 개울이야, 하고 닉은 생각했다. 큰 놈을 마다하고 작은 놈을 잡아야 하다니 웃기잖아.

그는 내던졌던 낚싯대를 집어 들었다. 구부러진 바늘을 똑바로 편 다음 묵직한 물고기를 들고 개울의 상류로 올라가기 시작했다.

위쪽 습지에서 내려온 물이 얕게 흐르고 조약돌이 많은 구간이 있지, 하고 닉은 생각했다. 거기서 작은 놈들로 두어 마리 잡을 수 있을 거야. 리틀리스는 이 커다란 놈을 안 좋아할지도 몰라. 리틀리스가 집을 그리워하면 데리고 돌아가야지. 그 작자들은 지금 뭘 하고 있을까? 그 망할 에번스네 꼬마가 여기는 모르겠지. 개새끼. 여기서 낚시질하는 사람은 인디언들밖에 없을걸.

나도 인디언이면 좋을 텐데, 하고 그는 생각했다. 그럼 성가신 일도 훨씬 적을 테고.

닉은 물줄기로부터 거리를 둔 채 개울을 따라 올라갔지만, 한 번은 물이 땅속으로 흐르는 기슭에 올라섰다. 커다란 송어 한 마리가 거칠게 물 밖으로 튀어나오며 수면에 큰 파문을 일으켰다. 물속에서 몸을 돌리기가 힘겨워 보일 정도로 엄청나게 큰 놈이었다.

"넌 언제 올라왔냐?" 물고기가 상류 쪽으로 더 올라간 지점에서 다시 기슭 밑으로 가라앉자 닉이 말했다. "와, 엄청난 놈이네."

조약돌이 깔린 여울에서 닉은 작은 송어 두 마리를 잡았다. 단단하고 실한 그놈들도 아름다웠다. 닉은 세 마리의 내장을 빼내 개울물로 던진 다음 차가운 물로 송어를 꼼꼼히 씻고, 주머니에서 작고 색 바랜 설탕 자루를 꺼내어 물고기를 쌌다.

리틀리스가 물고기를 좋아해서 다행이야, 하고 그는 생각했다. 산딸기를 딸 수 있었으면 좋았을 텐데. 그래도 어딜 가면 항상 산딸기가 있는지 아니까, 뭐. 닉은 그들의 야영지를 향해 다시 비탈을 오르기 시작했다. 해는 언덕 뒤로 넘어갔고 날씨는 좋았다. 습지를 바라보다 하늘을 올려다보니, 호수 후미 쪽에서 물수리 한 마리가 날고 있었다.

닉은 아주 조용히 야영지로 올라갔고 동생은 그 소리를 듣지 못했다. 리틀리스는 옆으로 누워 책을 읽고 있었다. 동생을 보며 닉은 그녀가 놀라지 않게 나지막이 말했다.

"이 장난꾸러기야, 무슨 짓을 한 거야?"

리틀리스는 몸을 돌려 오빠를 보더니 빙긋 웃으며 머리를 흔들었다.

"잘랐어."

"어떻게?"

"가위로. 어때?"

"거울도 없이 어떻게 잘랐어?"

"그냥 머리카락 들고 잘라버렸지. 쉬워. 이제 남자애 같아?"

"보르네오섬의 야생아 같아."

"주일학교 학생처럼은 못 자르겠더라. 너무 부스스한가?"

"아니."

"너무 신나. 난 이제 오빠 여동생이면서 남자애잖아. 이러다 남자로 변하는 거 아니야?"

"아니."

"변했으면 좋겠는데."

"미쳤구나, 리틀리스."

"그럴지도 몰라. 내가 멍청한 남자애처럼 보여?"

"조금."

"오빠가 더 깔끔하게 잘라주면 되잖아. 빗으로 잘라줘."

"내가 잘라봤자 조금 더 나아질 뿐이야. 배고프냐, 바보 남동생아?"

"바보 말고 그냥 남동생 하면 안 돼?"

"네가 남동생이 되는 건 싫어."

"이젠 그래야 해, 오빠, 모르겠어? 어쩔 수 없잖아. 오빠한테 묻지도 않고 잘라버려서 미안하긴 한데, 어차피 해야 할 일이니까 깜짝 선물로 내가 해치워 버린 거야."

"잘 잘랐어." 닉이 말했다. "아무것도 신경 쓰지 마. 내 마음에 쏙 들어."

"고마워, 오빠, 정말로. 오빠가 말한 대로 누워서 쉬려고 했는데, 오빠를 위해서 내가 뭘 할 수 있을까, 이런저런 상상만 하게 되는 거야. 시보이건 같은 데 있는 큰 술집에서 사람 기절시키는 약을 구해다가 씹는담배 깡통에 가득 채워 올까, 하고."

"약을 누구한테서 구하게?"

이제 닉은 앉아 있고, 동생은 그의 무릎에 앉아 두 팔로 그의 목을 감은 채 짧게 깎은 머리를 그의 뺨에다 비벼댔다.

"창녀들의 여왕한테서. 술집 이름이 뭔지 알아?"

"아니."

"로열 텐 달러 골드 피스 선술집 겸 상점."

"넌 거기서 뭘 하는데?"

"어떤 창녀의 비서야."

"창녀의 비서는 무슨 일을 하는데?"

"아, 창녀가 걸어갈 때 드레스 자락을 들어주고, 마차 문을 열어주고, 손님이 기다리는 방으로 안내해 주지. 시녀랑 비슷해."

"창녀한테 무슨 말을 하지?"

"무례한 말만 아니면, 생각나는 대로."

"예를 들면, 남동생아?"

"예를 들면, '아가씨, 오늘처럼 더운 날에는 황금빛 새장에 갇혀 있는 새도 꽤 피곤하겠어요.' 이런 말을 하는 거지."

"그럼 창녀가 뭐라고 답하는데?"

"이렇게 답해. '그러게. 그래서 기분 끝내줘.' 왜냐하면 내가 모시는 이 창녀는 가난한 집에서 태어났거든."

"넌?"

"난 어떤 우울한 작가의 여동생 아니면 남동생이고, 고상하게 자랐어. 그래서 모든 창녀들이 날 무지 탐내."

"기절시키는 약은?"

"물론 구하지. 창녀가 '자기, 이 약 조금 줄게'라고 해서, 내가

'고마워요'라고 인사해. '네 우울한 오빠한테 안부 전해 줘. 시보이건에 오면 언제든 여기 들르라고 해.'"
"내 무릎에서 이만 내려와."
"거기서는 다들 이렇게 말하는걸."
"저녁 준비해야지. 배 안 고파?"
"내가 준비할게."
"아니. 넌 계속 얘기해."
"우리끼리 재미있게 보낼 수 있을 것 같지 않아, 오빠?"
"지금도 재미있잖아."
"내가 상상 속에서 또 뭘 했는지 들려줄까?"
"현실적인 일을 하기로 결정하고 머리를 자르기 전에 말이야?"
"상상 속에서도 충분히 현실적인 일을 했어. 들어보기나 해. 오빠가 저녁 만드는 동안 내가 키스해도 돼?"
"잠깐만 기다려, 내가 해도 된다고 말할 때까지. 상상 속에서 뭘 했는데?"
"저기, 아무래도 어젯밤에 위스키 훔쳤을 때 내 도덕성이 망가진 것 같아. 그런 일 하나 때문에 도덕성이 망가지기도 할까?"
"아니. 어차피 먹다 남은 술이었잖아."
"맞아. 하지만 1파인트짜리 빈 병이랑 위스키가 들어 있는 1쿼트짜리 병을 부엌으로 가져가서 빈 병을 채우다가 손에 위스키가 조금 흘렀는데 그걸 핥아 먹었어. 그래서 내 도덕성이 망가졌을지도 모른다고 생각했지."
"맛이 어땠어?"
"엄청 독하고 이상하고 조금 메스꺼워."
"그런다고 네 도덕성이 망가지진 않았을 거야."

"그럼 다행이야. 내 도덕성이 망가졌다면 어떻게 오빠한테 좋은 영향을 줄 수 있겠어?"

"글쎄." 닉이 말했다. "상상 속에서 뭘 하려고 했어?"

닉은 불을 지피고 프라이팬을 올린 후 프라이팬에 베이컨을 여러 줄 얹고 있었다. 그의 동생은 두 손으로 무릎을 껴안고 깍지를 낀 채 오빠를 지켜보았고, 닉은 동생이 깍지를 풀고 한 팔로 땅을 짚은 채 두 다리를 쭉 뻗는 모습을 지켜보았다. 그 애는 남자애가 되는 연습을 하고 있었다.

"손을 어디에 둬야 하는지 배워야겠어."

"머리는 만지지 마."

"나도 알아. 흉내 낼 또래 남자애가 있으면 쉬울 텐데."

"날 흉내 내면 되지."

"그러면 자연스럽겠다. 안 웃을 거지?"

"아마도."

"휴, 길을 떠나는 중에 또 여자애처럼 돼버리면 어떡하지?"

"걱정 마."

"우린 어깨도 똑같이 생겼고 다리도 비슷하잖아."

"상상 속에서 또 뭘 했어?"

닉은 이제 송어를 요리하고 있었다. 베어진 나무에서 갓 떼어낸 부스러기로 지핀 모닥불 위에서 베이컨이 갈색으로 익으며 오그라들었고, 송어가 베이컨 기름에 튀겨지는 냄새가 풍겼다. 닉은 송어에 육즙을 끼얹은 다음 물고기를 뒤집어 또 육즙을 끼얹었다. 송어는 점점 거무스름해졌고, 닉은 불빛이 새어나가지 않도록 작은 모닥불 뒤에 캔버스 천을 드리워놓았다.

"뭘 했는데?" 닉이 다시 묻자, 리틀리스는 몸을 앞으로 구부려 모닥불을 향해 침을 뱉었다.

"어땠어?"

"어쨌든 프라이팬은 빗나갔어."

"아, 아까워. 성경에서 힌트를 얻었어. 대못을 세 개 가져가는 거야, 한 명당 한 개씩 필요하니까. 그래서 그 아저씨들이랑 남자애가 잠든 사이 관자놀이에 못을 박아버리는 거지."

"뭘로 박게?"

"소리가 안 나게 천으로 감싼 망치로."

"어떻게 감쌀 거야?"

"잘 감싸면 되지."

"못 박는 게 그렇게 쉬운 일이 아니야."

"뭐, 성경의 그 여자는 했어.[1] 그리고 나도 밤에 총 들고 술에 취해 잠든 남자들 사이로 돌아다니면서 위스키까지 훔쳤는데, 왜 안 된다는 거야? 더군다나 성경에서 배운 건데?"

"성경에 나온 건 천으로 감싼 망치가 아니잖아."

"천으로 싼 노櫓랑 헷갈렸나 봐."

"그렇겠지. 그리고 사람은 안 죽이는 게 좋아. 네가 날 따라온 이유도 그거잖아."

"맞아. 하지만 오빠랑 난 범죄를 쉽게 저지를 수 있는 사람들이야. 남들과 달라. 그리고 이왕 내 도덕성이 망가져 버린 김에 나도 도움이 되겠다 싶었지."

"미쳤구나, 리틀리스." 닉이 말했다. "저기, 차를 마시면 못 자?"

"모르겠어. 밤에는 차를 안 마시거든. 페퍼민트 차만 마셔봤어."

1 구약성경 사사기(4:18~22)에서, 가나안 왕 야빈의 군대와 이스라엘 사이에 싸움이 일어났을 때 야빈의 군대장관 시스라가 야빈과 화친 관계였던 헤벨의 장막으로 피신하자, 헤벨의 아내인 야엘이 잠든 시스라의 관자놀이를 장막 말뚝과 방망이로 쳐 살해한다.

“아주 약하게 끓여서 통조림 크림을 탈게.”

“그럴 필요 없어, 오빠, 먹을 게 모자라면.”

“크림을 타면 우유가 조금 맛있어질 거야.”

이제 그들은 저녁을 먹고 있었다. 호밀빵을 두 조각씩 먹으면서, 그중 한 조각은 프라이팬의 베이컨 기름에 적셨다. 겉은 바삭바삭하게 구워지고 속살은 아주 부드러운 송어도 함께 먹었다. 그런 다음 송어 뼈를 모닥불에 버리고, 남은 빵과 베이컨으로 샌드위치를 만들어 먹었다. 리틀리스는 연유를 탄 묽은 차를 마시고, 닉은 통조림 깡통에 뚫어놓은 구멍들에다 나무 조각 두 개를 톡톡 박아 넣었다.

“배불러?”

“응. 송어 정말 맛있었어, 베이컨도. 호밀빵이 있어서 정말 다행이지 않아?”

“사과 먹어.” 닉이 말했다. “내일은 맛있는 걸 먹자. 오늘 저녁은 조금 부실했는지도 몰라, 리틀리스.”

“아니야. 난 충분히 먹었어.”

“정말 배 안 고파?”

“응. 배불러. 초콜릿 있는데 먹을래?”

“어디서 났어?”

“내 저장소에서.”

“뭐?”

“내 저장소. 모든 걸 모아두는 곳이야.”

“아.”

“이건 생 초콜릿이야. 부엌에서 가져온 딱딱한 것도 있어. 그것부터 먹고 생 초콜릿은 특별한 때를 위해서 남겨 두자. 이것 봐, 내 저장소에 담배쌈지 같은 주머니도 있어. 조그만 음식 같은 건 여기 넣으면 돼. 우리가 서쪽으로도 가게 될까, 오빠?"

"아직 생각 안 해봤어."

"온스당 16달러짜리 음식으로 내 저장소를 가득 채우고 싶어."

닉은 프라이팬을 닦고 짐을 야영지의 앞머리에 두었다. 담요 한 장은 풀밭에 깔고 그 위에 한 장을 더 깔아, 리틀리스가 눕는 자리 밑으로 끝자락을 쑤셔 넣었다. 그런 다음 차를 끓였던 2쿼트들이 양철통을 닦고 거기에 차가운 샘물을 채웠다. 샘에서 돌아와 보니, 동생은 모카신을 청바지로 돌돌 말아 만든 베개를 벤 채 잠들어 있었다. 키스해도 그녀는 깨어나지 않았다. 닉은 낡은 매키노 코트를 입고 배낭 속을 더듬어 위스키 병을 찾았다. 병을 열어 냄새를 맡아보니 아주 좋은 향이 났다. 샘에서 가져온 작은 양철통에서 물 한 컵을 뜨고 거기에 위스키를 조금 따랐다. 그러고는 앉아서 그 물을 아주 천천히 홀짝여 혀 밑에 잠시 머금고 있다가 천천히 혀 위로 다시 올려 삼켰다.

모닥불의 작은 숯덩이들이 저녁 미풍에 더욱 밝아졌다. 닉은 위스키를 탄 차가운 물을 마시고 숯덩이들을 바라보며 생각에 잠겼다. 컵이 비워지자 차가운 물을 조금 떠서 마신 후 잠자리에 들었다. 왼쪽 다리 밑에 라이플총을 두고, 모카신을 바지로 돌돌 말아 만든 튼튼한 베개를 벴다. 닉은 담요로 몸을 단단히 감싼 채 기도를 올린 후 잠들었다.

밤공기가 쌀쌀해지자 닉은 매키노 코트를 동생에게 덮어주고 그녀에게로 더 가까이 몸을 굴렸다. 그러자 밑에 깔린 담요에서 그의 자리가 많이 비었다. 그는 총을 더듬어 다리 밑으로 다시 끼워 넣었다. 들이마신 공기는 얼얼할 정도로 차가웠고, 솔송나무와 발삼나무에서 꺾은 가지들 냄새가 풍겼다. 추위에 잠을 깨고 나서야 피로감이 제대로 느껴졌다. 등으로 전해지는 동생의 따스한 체온에 다시 마음이 편안해진 닉은 생각했다. 리틀리스를 잘 돌보고 행복하게 해주고 무사히 데리고 돌아가야지. 그는 동생의 숨소리와 밤의 적요함에 귀를 기울이다가 다시 잠들었다.

닉이 깨어났을 땐 습지 너머 저 멀리 구릉지가 보일 만큼 날이 밝아 있었다. 그는 가만히 누워, 뻣뻣하게 굳은 몸으로 기지개를 켰다. 그런 다음 일어나 앉아 카키색 바지를 입고 모카신을 신었다. 닉은 따뜻한 매키노 코트의 옷깃을 턱 밑에 댄 채 잠든 동생을 바라보았다. 툭 불거져 나온 광대뼈, 밑에서 광채가 스며 나오는 듯한 주근깨투성이의 갈색 피부, 아름다운 얼굴 윤곽을 돋보이게 하고 쭉 뻗은 콧날과 통통한 귀를 부각해 주는 짧게 자른 머리칼. 그녀의 얼굴을 그릴 수 있으면 좋겠다고 생각하며, 닉은 그녀의 뺨에 드리워진 기다란 속눈썹을 바라보았다.

조그만 야생동물처럼 생겼어, 하고 그는 생각했다, 잠도 꼭 야생동물처럼 자는구나. 머리는 어떻게 표현해야 할까. 마치 나무판에 머리통을 얹어놓고 도끼로 머리칼을 벤 것 같잖아. 싹둑 베어낸 느낌이야.

닉은 동생을 무척 사랑했고, 동생은 그를 지나치게 사랑했다. 하지만 이런 일도 바로잡아지겠지, 하고 그는 생각했다. 그래야 할 텐데.

괜히 깨우지 말자, 하고 그는 생각했다. 나도 이렇게 피곤한데 리틀리스는 정말 피곤하겠지. 이렇게 무탈하다면 우리가 잘하고 있다는 증거야. 상황이 잠잠해져서 남부에서 온 그 작자가 손을 뗄 때까지 잘 피해 다녀야 해. 하지만 리틀리스를 제대로 못 먹여서 큰일이야. 여유가 없어서 뭘 제대로 챙겨오지 못한 게 아쉽네.

그래도 꽤 많이 가져오긴 했어. 짐이 그렇게 무거웠던 걸 보면. 하지만 오늘은 산딸기를 따야겠어. 들꿩도 한두 마리 잡고.

맛있는 버섯도 구할 수 있을 거야. 베이컨은 아껴 먹어야겠지만, 쇼트닝만 있으면 괜찮을 텐데. 리틀리스가 어제 저녁을 너무 부실하게 먹은 것 같단 말이야. 평소에는 우유를 많이 마시고 단 음식을 즐겨 먹는 아이인데. 걱정하지 말자. 앞으로는 잘 먹을 테니까. 리틀리스가 송어를 좋아해서 다행이야. 어제 먹은 송어는 정말 맛있었어. 리틀리스 걱정은 하지 말자. 앞으로 맛있는 것만 먹이면 돼. 하지만, 닉, 이 자식아, 어제는 부실했다고. 지금은 깨우지 말고 더 자게 해주자. 넌 할 일이 많잖아.

닉이 짐꾸러미에서 물건들을 조심조심 꺼내기 시작할 때 동생은 잠결에 미소 지었다. 미소 짓자 광대뼈 위의 갈색 살갗이 탱탱하게 부풀면서 속 빛깔이 드러났다. 리틀리스는 깨어나지 않았고, 닉은 아침 식사를 준비하며 모닥불을 피우기 시작했다. 땔감은 충분했다. 모닥불을 조그맣게 피운 후, 아침을 준비하기 전에 차를 끓였다. 아무것도 타지 않은 차를 마시고, 말린 살구 세 개를 먹고, 『로나 둔』을 펼쳤다. 하지만 예전에 이미 읽은 이 책은 이제 아무런 재미도 없었다. 이번 여행으로 한 가지를 잃은 느낌이었다.

어제 오후 늦게 야영지를 만들 때 양철통 물에 넣어 불려놨던 말린 자두를 불에 올려 끓이기 시작했다. 짐꾸러미에서 메밀가루를 찾고, 에나멜을 입힌 냄비와 양철 컵을 함께 꺼냈다. 메밀가루와 물을 섞어 반죽을 만들 계획이었다. 채소 쇼트닝을 한 통 준비하고, 텅 빈 밀가루 자루의 윗부분에서 잘라낸 천 조각으로 나뭇가지를 돌돌 감싼 다음 낚싯줄로 꽁꽁 묶었다. 오래된 밀가루 자루 네 개를 가져온 리틀리스가 기특했다.

닉은 반죽을 만들고 프라이팬을 불에 올려, 나뭇가지를 감싼 천으로 쇼트닝을 펴 발랐다. 처음엔 프라이팬이 거뭇하게 반짝이더니 지글지글 소리가 나며 기름이 튀었다. 닉은 프라이팬에 쇼트닝을 한 번 더 바르고 반죽을 부드럽게 부었다. 반죽이 보글보글 끓다가 가장자리가 단단해지기 시작했다. 닉은 반죽이 부풀어 오르면서 케이크의 질감과 회색빛을 띠기 시작하는 모습을 지켜보았다. 갓 베어낸 깨끗한 나무 조각으로 케이크를 프라이팬에서 떼어내어 뒤집자 갈색으로 아름답게 구워진 면이 위로 올라오고, 또 지글거리는 소리가 났다. 닉은 그 무게를 느껴볼 수도 있었지만, 그저 프라이팬 안에서 점점 더 부풀어 오르는 모습을 지켜보았다.

"일어났네." 그의 동생이 말했다. "내가 너무 늦잠을 잤나?"

"아니야, 악동 아가씨."

리틀리스는 셔츠를 갈색 다리 위로 늘어뜨리며 일어났다.

"오빠가 다 해놨네."

"아니야. 이제 막 케이크 굽기 시작했어."

"냄새 정말 좋은데? 씻고 와서 도와줄게."

"샘물로 씻지 마."

"난 원래 깔끔 떠는 사람도 아닌걸 뭐." 리틀리스는 지붕 뒤로 갔다.

"비누는 어디에 뒀어?" 그녀가 물었다.

"샘 옆에. 텅 빈 라드 통이 하나 있어. 버터 좀 가져와 줄래? 샘에 있어."

"금방 돌아올게."

버터 반 파운드가 있었고, 리틀리스는 기름 먹인 종이에 버터를 싸서 텅 빈 라드 통에 담아 왔다.

그들은 메밀 케이크에 버터와 로그 캐빈 시럽을 발라 먹었다. 시럽 깡통의 굴뚝 꼭대기 모양 뚜껑을 비틀어 열자 굴뚝에서 시럽이 쏟아져 나왔다. 두 사람 모두 심하게 허기져 있었고, 버터가 녹아서 시럽과 함께 케이크의 갈라진 틈으로 흘러 들어가자 맛이 아주 좋았다. 양철 컵에서 말린 자두를 꺼내 먹고 그 즙을 마셨다. 같은 컵으로 차도 마셨다.

"자두 먹으니까 기분 나는걸." 리틀리스가 말했다. "어때? 잠은 잘 잤어, 오빠?"

"잘 잤어."

"나한테 코트 덮어줘서 고마워. 그래도 정말 멋진 밤 아니었어?"

"그랬지. 넌 한 번도 안 깼어?"

"아직도 안 깬 것 같아. 오빠, 우리 계속 여기서 살면 안 돼?"

"그건 안 되지. 너도 커서 결혼해야 하니까."

"어차피 오빠랑 결혼할 건데 뭘. 내연의 처가 될래. 신문에서 읽었어."

"관습법에 관해서 읽었구나."

"응. 관습법에 따라 난 오빠의 내연의 처가 될 거야. 그럼 안 돼, 오빠?"

"안 돼."

"난 그렇게 할래. 놀라운 사실을 알려줄게. 그냥 일정 기간 부부로 살기만 하면 돼. 이제부터 시간을 재자. 주인 없는 땅에 몇 년 이상 살면 그 땅 주인이 되는 거랑 똑같은 거야."

"난 네 남편이 될 생각 없어."

"오빠도 어쩔 수 없어. 관습법이란 게 그래. 고민을 많이 해봤는데, '닉 애덤스 부인, 미시간주, 크로스 빌리지—내연의 처'라고 명함을 찍어야겠어. 기간이 찰 때까지 해마다 사람들한테 그 명함을 공개적으로 나눠줄 거야."

"그 방법이 먹힐 것 같진 않은데."

"다른 전략도 짜놨어. 미성년자일 때 애를 두어 명 낳는 거야. 그러면 관습법에 따라서 오빠는 나랑 결혼해야 해."

"그건 관습법이 아니야."

"내가 헷갈렸나 봐."

"어차피 그 방법이 먹힐지 확실하지도 않잖아."

"먹힐 거야. 소 씨[1]도 그렇게 믿고 있는걸."

"그 남자가 잘못 알고 있는지도 모르지."

"어머, 오빠, 소 씨가 관습법을 만든 거나 마찬가지잖아."

"난 소 씨의 변호사가 만든 줄 알았는데."

"어쨌든 그 법을 시행한 건 소 씨야."

"난 그 사람 싫어." 닉 애덤스가 말했다.

"그래. 나도 마냥 좋기만 한 건 아니야. 그래도 그 남자 덕분에 신문이 더 재미있어졌잖아?"

"덕분에 사람들이 싫어할 거리가 또 생기긴 했지."

"사람들은 스탠퍼드 화이트도 싫어해."

"두 남자를 시기하는 거겠지."

"내 생각도 그래, 오빠. 우리를 시기하는 것처럼."

"지금 우리를 시기하는 사람이 있을 것 같아?"

"지금 당장은 아니겠지. 엄마는 우리가 죄악과 악행에 물든 도망자들이라고 생각할걸. 내가 오빠한테 위스키 가져다준 걸 엄

1 미국의 철도 부호 윌리엄 소의 아들인 해리 켄들 소는 1906년에 뉴욕 매디슨 스퀘어 가든의 극장 옥상에서 수백 명이 지켜보는 가운데 유명 건축가 스탠퍼드 화이트를 총으로 살해했다. 자신의 아내인 배우 겸 모델 에벌린 네즈빗이 어린 시절 화이트에게 강간당했다는 이유 때문이었다. 일시적 정신 이상을 주장했던 소 역시 네즈빗에게 학대를 일삼았지만, 언론의 영향으로 '미국 여성의 수호자'로 포장되었다.

마가 몰라서 다행이야."
"어젯밤에 마셔봤는데 맛있더라."
"아, 다행이다. 태어나서 처음으로 위스키를 훔쳐봤어. 그 위스키가 맛있다니 놀랍지 않아? 그 사람들이랑 엮여서 좋은 일이 있을 줄이야."
"그 작자들 생각을 너무 많이 했어. 이제 얘기하지 말자."
"좋아. 오늘은 뭘 할 거야?"
"뭘 하고 싶어?"
"존 아저씨네 가게에 가서 필요한 걸 얻어 왔으면 좋겠어."
"그건 안 돼."
"나도 알아. 그럼 오빠 계획은 뭐야?"
"산딸기를 좀 따고, 내가 들꿩 몇 마리도 잡을게. 송어야 언제든 잡을 수 있지만, 네가 송어에 질리면 안 되잖아."
"오빠는 송어에 질린 적 있어?"
"아니. 그런데 다른 사람들은 질린다더라고."
"난 안 질릴 거야." 리틀리스가 말했다. "오빠는 강꼬치고기에 금방 질리잖아. 하지만 송어나 농어에는 절대 안 질리지. 나도 알아, 오빠. 정말로."
"넌 눈알 큰 강꼬치고기도 안 질리고 잘 먹잖아." 닉이 말했다. "가래상어에만 질리지. 그래, 정말 쉽게 질려버려."
"그 쇠스랑 같은 뼈가 싫어." 닉의 동생이 말했다. "짜증 난단 말이야."
"여길 치우고 총알을 숨긴 다음 가서 산딸기도 따고 새도 잡자."
"내가 라드 통 두 개랑 자루 두어 개 챙겨 갈게."
"리틀리스, 대소변 보는 거 잊으면 안 돼, 알겠지?"

"당연하지."

"중요한 일이야."

"알아. 오빠도 까먹지 마."

"응."

닉은 수풀로 다시 들어가, 22구경 롱 라이플 탄약들이 담긴 큰 상자 하나와 22구경 쇼트 라이플 탄약들이 담긴 작은 상자 여럿을 커다란 솔송나무 아래 갈색 솔잎들이 깔린 바닥에 묻었다. 솔잎이 빽빽한 가지들을 베어내 그 위를 덮고, 팔을 최대한 높이 쭉 뻗어 두툼한 나무껍질에다 작은 표식을 남겨두었다. 나무의 방향을 가늠한 다음 산비탈로 나가 그들의 야영지까지 내려갔다.

상쾌한 아침이었다. 드높고 새파란 하늘에, 아직은 구름 한 점 없었다. 닉은 동생과 함께 있어 행복했고, 어떤 결말을 맞든 둘이서 즐거운 시간을 보내야겠다고 생각했다. 서두를 것 없이 하루하루를 만끽하며 살아야 한다는 걸 이미 깨달은 터였다. 오늘 밤이 오기 전까지는 오늘 하루를 가질 수 있고, 내일 또 한 번의 오늘이 찾아오리라. 지금까지 그가 터득한 가장 중요한 이치였다.

좋은 날씨에 라이플총을 들고 야영지로 내려가는 기분이 행복했다. 걸을 때 가끔씩 그를 찔러대는 주머니 속의 낚싯바늘처럼 골치 아픈 문제가 있긴 했지만 말이다. 짐꾸러미는 야영지에 두고 왔다. 낮 동안 곰들은 딸기를 따 먹으러 습지 주변으로 내려가 있으니 그곳에 들이닥칠 가능성은 거의 없었다. 그래도 닉은 위스키 병을 샘 뒤편에 묻어두었다. 리틀리스는 아직 돌아오지 않았고, 닉은 그들이 땔감으로 사용하고 있는 통나무에 앉아 라이플총을 점검했다. 들꿩을 잡을 계획이니, 탄창에서 롱 라이플 탄약을 손바닥으로 쏟아내어 스웨이드 가죽 주머니에 집어넣은 다음 22구경 쇼트 라이플 탄알을 탄창에 채웠다. 이 탄알을 쓰면 덜 시끄럽고, 만약 새 대가리를 맞히지 못하더라도 살코기가 갈기갈기 찢기지는 않을 터였다.

이제 완전히 준비를 마친 닉은 출발하고 싶었다. 얘는 대체 어디 있는 거야, 하고 그는 생각했다. 그러다가 생각을 고쳐먹었다. 화내지 말자. 내가 걔한테 서두르지 말라고 했잖아. 긴장하지 말자. 하지만 긴장이 됐고, 그런 자신에게 화가 났다.

"나 왔어." 그의 동생이 말했다. "늦어서 미안해. 너무 멀리까지 갔나 봐."

"괜찮아." 닉이 말했다. "이제 가자. 통은 챙겼어?"

"응, 덮개도 챙겼어."

그들은 개울을 향해 언덕을 내려가기 시작했다. 닉의 시선은 조심스레 물줄기를 따라 올라가다 산허리를 훑었다. 그의 동생이 그를 지켜보았다. 그녀는 통들이 담긴 자루를 다른 자루와 함께 어깨에 짊어지고 있었다.

"낚싯대는 안 가져가, 오빠?" 그녀가 닉에게 물었다.

"응. 낚시할 거면 하나 만들지 뭐."

그는 한 손에 라이플총을 쥐고 개울에서 조금 떨어진 채 앞장서 걸어갔다. 지금은 사냥 중이었다.

"이 개울은 이상해." 그의 동생이 말했다.

"이렇게 큰 개울은 처음이야." 닉이 말했다.

"개울치고는 깊고 무서워."

"여기저기서 물이 새로 솟아 나와." 닉이 말했다. "그 물이 기슭 밑을 파고들어서 더 깊이 내려가고. 물이 엄청 차가워, 리틀리트. 한 번 만져봐."

"와." 손에 감각이 없어질 정도로 차가웠다.

"햇볕이 물을 조금 데워주긴 하지만 그 정도론 어림없어. 사냥하긴 수월할 거야. 저 밑에 산딸기가 많아."

그들은 개울을 따라 내려갔다. 닉은 기슭을 유심히 살폈다. 밍크 발자국이 보여서 동생에게 보여주었다. 삼나무들 사이로 약삭빠르고 섬세하게 움직이며 벌레를 잡고 있는 조그만 상모솔새들은 소년과 소녀가 다가와도 개의치 않았다. 날개 덮깃과 꼬리에 매력적인 촛농을 매단 듯한 사랑스럽고 우아한 여새들이 차분하고 온화하며 기품 있게 움직이는 모습을 보고 리틀리스가 말했다. "정말 예쁘다, 오빠. 얘들보다 더 아름다운 새는 없을 거야."

"네 얼굴처럼 생겼어."

"아니야, 오빠. 놀리지 마. 여새들 때문에 너무 벅차고 행복해서 눈물이 날 것 같단 말이야."

"하늘을 빙빙 돌다가 나무에 내려앉아서는 아주 도도하면서도 다정하고 우아하게 움직이지."

계속 걸음을 옮기던 닉은 갑자기 라이플총을 들어 올려, 동생이 그 표적을 보기도 전에 총을 쏘았다. 다음 순간 리틀리스는 커다란 새 한 마리가 날개로 땅을 마구 때려대는 소리를 들었다. 닉은 총신 덮개를 뒤로 당겼다가 다시 앞으로 밀며 두 번 더 쏘았고, 그때마다 버드나무 덤불 속에서 요란한 날갯짓 소리가 들렸다. 그러다가 버드나무들 속에서 큼직한 갈색 새들이 날개를 윙윙 휘젓는 소리가 터져 나오더니 새 한 마리가 조금 날아오르다가 나무들 사이로 내려앉았다. 한쪽에 볏이 달린 머리를 수그리고 목에 옷깃처럼 달린 깃털을 구부리며 아래를 내려다보았다. 다른 새들은 여전히 시끄럽게 날갯짓을 하고 있었다. 붉은 버드나무 덤불에서 아래를 내려다보는 새는 아름답고 통통하고 우람했으며, 고개를 숙이고 있는 모습이 무척이나 아둔해 보였다. 닉이 천천히 라이플총을 들어 올리자 동생이 속삭였다. "안돼, 오빠. 제발 쏘지 마. 이미 많이 잡았잖아."

"알겠어. 저놈을 데려갈래?"

"아니, 오빠. 됐어."

닉은 버드나무로 다가가 뇌조 세 마리를 집어 그 대가리를 총개머리로 친 다음 이끼 위에 내려놓았다. 그의 동생은 따스하고 가슴이 불룩하고 깃털이 아름다운 새들을 만져보았다.

"이놈들을 맛있게 먹어치우자." 닉은 아주 행복했다.

"얘들이 불쌍해." 그의 동생이 말했다. "우리처럼 아침을 즐기고 있었는데."

리틀리스는 여전히 나뭇가지에 앉아 있는 뇌조를 올려다보았다.

"아직도 내려다보고 있다니, 좀 멍청해 보이네."

"이맘때 인디언들은 뇌조를 바보 암탉이라고 불러. 그래도 사냥꾼한테 쫓기면 똘똘해져. 쟤들은 그 뇌조가 아니야. 똘똘해지는 법이 없거든. 똘똘해지는 건 버들뇌조야. 쟤들은 목도리뇌조고."

"쟤들도 똑똑해졌으면 좋겠어." 그의 동생이 말했다. "쟤한테 가라고 해, 오빠."

"네가 말해."

"저리 가, 새야."

뇌조는 움직이지 않았다.

닉이 라이플총을 들어 올리자 뇌조는 그를 쳐다보았다. 닉은 자기가 그 새를 쏘면 동생이 슬퍼하리라는 걸 알았기에 혀와 입술을 떨어, 숨어 있던 뇌조가 하늘로 날아오르는 소리를 냈다. 그러자 뇌조는 매혹당한 듯 닉을 쳐다보았다.

"괜히 약 올리지 말자." 닉이 말했다.

"안타깝네." 그의 동생이 말했다. "재가 너무 멍청해."

"맛있게 먹을 생각이나 해. 왜 사람들이 뇌조를 사냥하는지 너도 알게 될 거야."

"지금은 재들을 잡으면 안 되는 철이야?"

"응. 하지만 재들은 다 자랐고 우리 말고는 아무도 뇌조를 안 잡을걸. 난 수리부엉이를 많이 죽이는데, 수리부엉이는 할 수만 있다면 매일 들꿩을 죽일 거야. 놈들은 항상 사냥을 하면서 맛있는 새들을 모조리 죽여버리거든."

"재라면 수리부엉이가 쉽게 죽이겠지." 그의 동생이 말했다. "이젠 딱한 생각도 안 들어. 새들을 넣을 자루가 필요해?"

"우선 창자를 빼낸 다음 고사리랑 같이 자루에 넣을 거야. 여기서 조금만 더 가면 산딸기가 있어."

그들은 삼나무에 기대어 앉았고, 닉은 새들의 배를 갈라 따뜻한 창자를 꺼낸 뒤 오른손으로 새들의 따끈한 속을 더듬어 먹을 수 있는 내장 부위를 찾아서 깨끗이 닦은 다음 개울물로 씻었다. 새들이 깔끔하게 다듬어지자 닉은 날개를 매끄럽게 펴고 몸통을 고사리에 싸서 밀가루 자루에 집어넣었다. 자루의 입구와 두 모서리를 낚싯줄로 동여매고 자루를 어깨에 휙 걸친 다음 개울로 돌아가 내장을 떨어뜨리고 선명한 빛깔의 폐를 던져넣고는 깊은 급류에서 송어가 떠오르나 지켜보았다.

"미끼로 쓰면 좋긴 할 텐데 이젠 미끼가 필요 없어." 닉이 말했다. "개울에 송어가 넘쳐나니까 필요할 때 그냥 잡으면 돼."

"이 개울이 집 근처에 있으면 우리 집도 부자 되겠다." 닉의 동생이 말했다.

"그럼 물고기가 바닥나게. 여긴 야생 상태로 남아 있는 마지막 개울이야. 호수 기슭 너머의 또 다른 험한 땅에 있는 개울 빼고. 난 여기로 다른 사람 데려와서 낚시한 적 한 번도 없어."

"여기서 낚시하는 사람이 있기는 해?"

"내가 아는 사람 중에는 없어."

"그럼 원시 개울인가?"

"그건 아니야. 인디언들이 여기서 고기를 잡았거든. 하지만 벌목 캠프가 폐쇄되고 솔송나무 껍질 벗기는 일을 관둔 후로는 다들 떠나버렸어."

"에번스네 애도 여길 알아?"

"몰라." 닉은 이렇게 말하고 나서 생각해 보니 속이 울렁거렸다. 그 녀석이 눈앞에 보이는 것만 같았다.

"무슨 생각 해, 오빠?"

"아무 생각도 안 했어."

"생각했으면서. 말해 줘. 우린 한 편이잖아."

"그 자식이 알지도 몰라." 닉이 말했다. "젠장. 아는 거 아냐?"

"아는지 모르는지 확실하지 않잖아?"

"그래. 그래서 문제야. 확실히 알면 바로 튀어버릴 텐데."

"어쩌면 지금 우리 야영지에 와 있을지도 몰라." 그의 동생이 말했다.

"그런 말 하지 마. 그 자식이 왔으면 좋겠어?"

"아니." 동생이 말했다. "미안해, 오빠, 내가 괜히 그 얘길 꺼냈네."

"아니야, 고마워. 나도 알고 있었으면서 생각을 안 한 거야. 앞으로는 생각을 좀 해야겠어."

"오빤 항상 생각이 많잖아."

"이런 생각은 안 해."

"내려가서 산딸기나 따자." 리틀리스가 말했다. "지금은 별다른 수가 없잖아?"

"그래." 닉이 말했다. "산딸기 따고 야영지로 돌아가자."

하지만 이제 닉은 현실을 받아들이고 두루두루 생각하려 애썼다. 이런 일로 허둥지둥대서는 안 된다. 변한 건 아무것도 없었다. 여기로 와서 소란이 가라앉기를 기다리자고 결심했을 때나 지금이나 상황은 똑같았다. 에번스네 녀석이 전에 여기까지 그를 따라왔을지도 모를 일이었다. 하지만 그랬을 가능성은 거의 없었다. 예전에 한 번 도로에서 호지스네 집을 거쳐 이쪽으로 온 적이 있는데 그때 그 자식이 따라왔을지도 모르지만, 과연 그랬을까 의심스러웠다. 이 개울에서 낚시질을 하는 사람은 아무도 없었다. 그건 확실했다. 하지만 그 자식은 낚시에 관심이 없었다.

"그 개자식은 나를 졸졸 따라다니는 데만 관심 있지."

"나도 알아, 오빠."

"우리가 그 자식 때문에 애먹는 것도 이번이 벌써 세 번째야."

"나도 알아, 오빠. 하지만 개를 죽이지는 마."

그래서 리틀리스가 따라온 거야, 하고 닉은 생각했다. 그래서 애가 여기 있는 거지. 리틀리스랑 같이 있는 동안엔 참을 수밖에.

"죽이면 안 된다는 거 알아." 닉이 말했다. "지금은 딱히 할 수 있는 일도 없잖아. 그 얘긴 그만하자."

"오빠가 개를 죽이지만 않으면, 우린 무사히 빠져나갈 테고 모든 문제가 해결될 거야."

"야영지로 돌아가자."

"산딸기는 안 따?"

"나중에 따자."

"불안해, 오빠?"

"응. 미안해."

"야영지로 돌아가서 뭐 하게?"

"가면 알겠지."

"그냥 가던 길로 쭉 가보면 안 돼?"

"나중에. 무서워서 이러는 건 아니야, 리틀리스. 너도 겁먹지 마. 그냥 왠지 불안해져서 그래."

그들은 개울에서 멀찍이 떨어진 수풀 끝자락에서 나무 그늘 속을 걷고 있었다. 이제 야영지 쪽으로 내려가야 했다. 그들은 숲을 벗어나 야영지로 조심조심 다가갔다. 닉이 라이플총을 들고 앞장섰다. 야영지는 떠났을 때와 똑같은 상태였다.

"넌 여기 있어." 닉이 동생에게 말했다. "난 좀 둘러보고 올게." 그는 새들이 든 자루와 딸기 통을 리틀리스에게 맡겨두고, 개울의 상류 쪽으로 멀리까지 올라갔다. 동생이 시야에서 사라지자마자 닉은 22구경 쇼트 라이플 탄알을 롱 라이플 탄알로 바꾸었다. 그 자식을 죽이진 않겠어, 하고 그는 생각했다. 하지만 어쨌든 죽이는 게 정답이야. 그는 주변을 세심히 살폈다. 인기척이 전혀 느껴지지 않자 개울로 내려간 다음 물줄기의 흐름을 따라 야영지로 돌아갔다.

"불안해해서 미안해, 리틀리스. 점심을 배부르게 먹자. 그러면 밤에 불빛이 보일까 봐 걱정 안 해도 될 거야."

"이젠 나도 걱정돼."

"걱정할 필요 없어, 달라진 건 없으니까."

"하지만 개가 여기 없는데도 우린 개 때문에 딸기도 못 따고 돌아왔잖아."

"그랬지. 하지만 그 자식은 여기 안 왔잖아. 어쩌면 이 개울에 와본 적도 없을 거야. 어쩌면 다시는 그 자식을 못 볼지도 몰라."

“개 때문에 무서워, 오빠, 차라리 개가 여기 있으면 덜 무서울 것 같아.”

“그래. 하지만 겁먹어봤자 좋을 거 하나 없어.”

“이제 우리 뭐 하지?”

“음, 밤이 되면 저녁 만들어 먹어야지.”

“오빠는 왜 기분이 괜찮아졌어?”

“그 자식이 밤에 여기 올 리 없어. 어두컴컴할 때 습지를 지나올 수 없으니까. 새벽에도 늦은 저녁에도 어두울 때도 그 자식 걱정은 할 필요 없어. 우리는 사슴처럼 그럴 때만 돌아다니면 돼. 낮에는 그냥 쉬고.”

“어쩌면 아예 안 올 수도 있어.”

“그래. 그럴지도 모르지.”

“그래도 나 여기 계속 있어도 되지?”

“넌 집으로 데려다줄게.”

“싫어. 같이 있을래, 오빠. 내가 없으면 오빠가 개를 죽이지 않게 누가 막아줘?”

“잘 들어, 리틀리스. 다시는 죽인다느니 뭐니 그런 얘기 하지 마. 내가 개를 죽이겠다고 말한 적도 없잖아. 앞으로도 그런 일은 없을 거야.”

“정말?”

“정말.”

“다행이야.”

“그럴 필요 없어. 그런 얘기를 한 적도 없으니까.”

“알겠어. 난 그 일을 생각한 적도 없고 말한 적도 없어.”

“나도.”

“물론이지.”

"난 그런 생각을 해본 적도 없어."

그래, 하고 닉은 생각했다. 넌 그런 생각을 하지도 않았지. 밤과 낮에만 했을 뿐. 하지만 리틀리스 앞에서는 생각을 감춰야 해. 리틀리스는 동생이고 우리는 서로 사랑하니까 바로 눈치챌 거야.

"배고파, 리틀리스?"

"별로."

"초콜릿 좀 먹어. 내가 시원한 샘물 길어 올게."

"아무것도 안 먹을래."

그들은 11시의 미풍에 떠밀린 커다란 흰색 구름 덩어리들이 습지 너머의 푸른 언덕을 넘어 올라오는 모습을 지켜보았다. 드높은 하늘은 새파랬고, 더 강해진 미풍이 구릉지 뒤의 흰 구름을 하늘 높이 밀어 올리자 구름의 그림자가 습지를 넘어 산비탈을 가로질렀다. 이제 나무들 사이로 바람이 불어, 그늘에 누운 그들의 몸을 시원하게 식혀 주었다. 양철통에 길어 온 샘물은 차갑고 신선했으며, 초콜릿은 그다지 쓰지 않았지만 딱딱해서 씹을 때 아작아작 소리가 났다.

"우리가 그 작자들을 처음 봤을 때 있었던 샘의 물만큼 좋아." 그의 동생이 말했다. "초콜릿 먹은 다음에 마시니까 훨씬 더 맛있어."

"배고프면 요리하자."

"오빠가 배 안 고프면 나도 안 고파."

"나야 항상 배고프지. 그냥 가서 산딸기 따 올걸, 바보처럼 그냥 왔네."

"아니야. 확인할 게 있어서 돌아온 거잖아."

"저기, 리틀리스. 우리가 지나온 벌목지 근처에 산딸기를 딸

수 있는 곳이 있어. 짐을 숨겨둔 다음 다시 숲을 지나 거기로 가서 두 통 가득 채워 오자. 그럼 내일까지 먹을 수 있어. 별로 안 힘들 거야."

"알았어. 하지만 난 괜찮아."

"배 안 고파?"

"안 고파. 초콜릿 먹고 나니까 하나도 배 안 고파. 그냥 앉아서 책이나 읽을래. 사냥하면서 실컷 걸었잖아."

"그래." 닉이 말했다. "어제 많이 걸어서 피곤해?"

"조금 그런 것 같아."

"그럼 쉬자. 난 『폭풍의 언덕』 읽어야겠다."

"나한테 읽어주기엔 너무 어른스러운 책일까?"

"아니."

"읽어줄래?"

"그래."

## 미시시피강을 건너

캔자스시티 기차가 미시시피강 바로 동쪽의 측선에 멈춰 서자 닉은 먼지가 15센티미터 정도 쌓인 도로를 내다보았다. 보이는 거라곤 도로와 먼지를 뒤집어써 희끗희끗해진 나무 몇 그루뿐이었다. 바퀴 자국이 파인 홈을 따라 마차 한 대가 비틀비틀 달려갔다. 통통 튀는 좌석에 앉은 마부는 몸을 앞으로 수그린 채 고삐를 말 등에 느슨하게 걸쳐놓았다.

닉은 마차를 보며 궁금해했다. 저 마차는 어디로 가고 있을까? 마부는 미시시피강 근처에 살까? 낚시하러 가본 적은 있을까? 마차가 도로를 달려 시야에서 사라지자 닉은 뉴욕에서 진행 중인 월드 시리즈를 생각했다. 화이트삭스 파크에서 처음 본 경기에서 해피 펠시[1]가 쳤던 홈런, 무릎이 땅에 닿을 정도로 몸을 앞으로 확 수그려 공을 던진 슬림 솔리,[2] 외야 가운데의 녹색 담장을 향해 기다란 포물선을 그리며 흰 점처럼 날아가던 공, 고개를 숙인 채 흰색의 1루 베이스로 내달리던 펠시, 옥외 관람석에서 서로를 밀치던 팬들 사이로 공이 떨어졌을 때 관중석에서 터져 나오던 환희의 함성.

기차가 출발하고 먼지투성이의 나무들과 갈색 도로를 지나쳐

1 1915년부터 1920년까지 메이저리그에서 시카고 화이트삭스 중견수로 뛰었던 오스카 에밀 '해피' 펠시.

2 1908년부터 1921년까지 메이저리그 투수로 활동했던 해리 프랭클린 '슬림' 솔리.

가기 시작하자, 신문팔이가 기차 통로로 비틀비틀 걸어왔다.

"월드 시리즈는 어떻게 됐어요?" 닉이 그에게 물었다.

"결승전에서 화이트삭스가 이겼어요." 신문팔이는 이렇게 대답하며, 덜컹거리는 객차 통로를 뱃사람처럼 능숙하게 지나갔다. 그의 대답에 닉은 은근한 위안을 느꼈다. 화이트삭스가 적을 해치웠다. 기분이 좋았다. 닉은 『새터데이 이브닝 포스트』를 펼쳐 읽기 시작했고, 미시시피강이 보일까 싶어 가끔 창밖을 내다보았다. 미시시피강을 건너는 건 대사건이 되리라는 생각에, 매 순간을 즐기고 싶었다. 도로들, 전신주들, 더러는 집들과 밋밋한 갈색 들판이 연이어지며 바깥 풍경은 개울처럼 빨리 흘러갔다. 미시시피강 기슭의 절벽을 볼 수 있을 줄 알았지만, 끝나지 않을 것만 같은 지류가 창밖으로 계속 흐르더니 마침내 탁한 갈색의 드넓은 강물 위에 놓인 기다란 다리로 커브를 돌아 들어가는 기관차가 보였다. 저쪽 편으로 황량한 구릉지가, 이쪽 편에는 평평한 진흙 둑이 보였다. 강은 옹골차게 움직이는 것처럼 보였다. 흐르는 것이 아니라, 일렁이는 단단한 호수처럼 움직이다가 교각이 튀어나온 곳에서 조금 소용돌이쳤다. 평평한 갈색 평원처럼 드넓게 펼쳐진 채 느릿느릿 움직이는 강물을 바라보고 있자니, 마크 트웨인, 허클베리 핀, 톰 소여, 라 살[3]이 그의 머릿속으로 앞다투어 밀고 들어왔다. 어쨌거나 미시시피강을 봤으니 됐어, 하고 닉은 속으로 흐뭇하게 생각했다.

3 유럽인 최초로 미시시피강 계곡을 탐험한 프랑스 태생 아메리카 대륙 탐험가 르네 로베르 카벨리에 드 라 살.

# 3부

# 전쟁

## 상륙 전날 밤

어둠 속에 갑판을 걸어 다니던 닉은 한 줄로 늘어선 갑판 의자에 앉아 있는 폴란드인 장병들을 지나갔다. 누군가가 만돌린을 연주하고 있었다. 레온 호치아노비치가 어둠 속에서 한 발을 앞으로 내밀었다.

"어이, 닉, 어디 가?"

"아무 데도 안 가. 그냥 걷고 있어."

"여기 의자에 앉아."

닉은 빈 의자에 앉아, 바다에서 반사된 빛을 배경으로 지나가는 남자들을 바라보았다. 6월의 포근한 밤이었다. 닉은 의자에 기대앉았다.

"내일 도착한다는군." 레온이 말했다. "통신병한테서 들었어."

"난 이발사한테서 들었는데." 닉이 말했다.

레온은 웃으며 옆 의자에 앉은 남자에게 폴란드어로 말했다. 그러고는 몸을 앞으로 수그리며 닉에게 씩 웃었다.

"저 친구는 영어를 못 해." 레온이 말했다. "자기는 게이비한테서 들었다는데."

"게이비는 어디 있는데?"

"누군가랑 같이 구명정에."

"갈린스키는?"

"게이비랑 같이 있겠지."

"설마." 닉이 말했다. "게이비는 갈린스키가 질색이라던데."

게이비는 군함에 있는 유일한 여자였다. 늘 금발을 늘어뜨리고 있는 그녀는 웃음소리가 크고 몸매가 좋았으며, 묘한 악취를 풍겼다. 배가 출발한 후로 선실에서 나오지 않은 한 아주머니가 그녀를 파리에 있는 가족에게 데려다주는 중이었다. 그녀의 아버지는 프렌치 라인[1] 관계자였고, 그녀는 함장과 같은 테이블에서 식사했다.

"왜 갈린스키가 싫대?" 레온이 물었다.

"돌고래처럼 생겼대."

레온이 또 웃으며 말했다. "자, 그 친구한테 가서 얘기해 주자고."

그들은 일어나 난간으로 걸어갔다. 저 위에 구명정들이 언제든 내릴 수 있도록 매달려 있었다. 배가 갸우뚱하자 갑판이 기울고, 구명정들이 비스듬히 매달린 채 크게 흔들렸다. 바닷물이 보드랍게 일렁이자, 인광을 번뜩이며 물 밑을 뒤덮다시피 한 해초가 몸부림치며 물을 빨아들이고 거품을 일으켰다.

"빨리도 달리네." 닉이 바닷물을 내려다보며 말했다.

"여긴 비스케이만[2]이야." 레온이 말했다. "내일은 육지가 보이겠지."

그들은 갑판을 빙 돌아 사다리를 타고 고물로 내려가서, 배가 지나온 길을 바라보았다. 인광이 번뜩이는 모습이, 멀리서 보면 마치 경작지처럼 보였다. 그들 위의 포좌에서는 바닷물에서 반사된 희미한 빛을 배경으로 검은 실루엣을 드러낸 대포 옆을 두

1 1861년부터 1976년까지 운영된 프랑스의 선박회사 콩파니 제네랄 트랑자틀랑티크를 말한다.

2 프랑스 브르타뉴반도와 에스파냐 오르테갈곶 사이에 있는 큰 만.

해군이 서성이고 있었다.

"지그재그로 가고 있군." 배가 일으킨 물살을 보며 레온이 말했다.

"하루 종일 그렇지."

"이런 배들은 독일 우편을 싣고 있어서 절대 격침당하지 않는다는 말이 있던데."

"그럴지도 모르지." 닉이 말했다. "별로 믿음은 안 가지만."

"나도 안 믿어. 그래도 그렇게 생각하면 마음 편하긴 하지. 갈린스키나 찾아보자고."

그들은 자신의 선실에서 코냑 병을 끼고 있는 갈린스키를 찾아냈다. 그는 양치질용 컵에 코냑을 따라 마시고 있었다.

"어이, 안톤."

"어이, 닉. 어서 와, 레온. 한잔하셔."

"저 친구한테 말해 줘, 닉."

"저기 말이야, 안톤. 어떤 아름다운 숙녀분이 너한테 전할 말씀이 있으시다는데."

"그 아름다운 숙녀분은 나도 알지. 그 아름다운 숙녀분을 데려가서 굴뚝에 꽂아버려."

갈린스키는 드러누운 채 위층 침상의 스프링과 매트리스를 한 발로 밀어댔다.

"카퍼!" 그가 외쳤다. "어이, 카퍼! 일어나서 마셔."

위층 침상의 가장자리 위로 얼굴 하나가 나타났다. 강철 테 안경을 쓴 둥그런 얼굴이었다.

"취한 사람한테 또 마시라고 하지 마."

"얼른 내려와서 마셔." 갈린스키가 버럭 고함을 질렀다.

"싫어." 위층에서 카퍼가 말했다. "여기로 올려줘."

그는 다시 벽 쪽으로 돌아누웠다.

"저 녀석은 2주 내내 취해 있었어." 갈린스키가 말했다.

"미안하지만," 위층에서 목소리가 들려왔다. "계산이 틀렸어. 우린 겨우 열흘 전에 만났으니까."

"2주 동안 취해 있었잖아, 카퍼." 닉이 말했다.

"물론이지." 카퍼는 벽에 대고 말했다. "하지만 갈린스키는 그런 말을 할 권리가 없단 말씀이야."

갈린스키가 위층 침상을 두 발로 밀어 카퍼를 아래위로 흔들어댔다.

"아까 한 말 취소한다, 카퍼." 갈린스키가 말했다. "넌 안 취했어."

"웃긴 소리 좀 집어치워." 카퍼가 힘없이 말했다.

"뭐 하고 있어, 안톤?" 레온이 물었다.

"나이아가라폴스에 있는 내 여자를 생각하고 있지."

"어이, 닉." 레온이 말했다. "이 돌고래는 그냥 내버려두고 나가자."

"그 여자가 너희한테 그래? 내가 돌고래라고?" 갈린스키가 물었다. "나한테도 내가 돌고래라고 그러더니. 내가 그 여자한테 프랑스어로 뭐라고 했게? '마드무아젤 게이비, 나는 댁한테 눈곱만큼도 관심 없어.' 마셔, 닉."

갈린스키가 술병을 내밀자 닉은 브랜디를 조금 마셨다.

"레온은?"

"됐어. 자, 닉, 가자니까."

"난 오늘 야간 근무 서야 돼." 갈린스키가 말했다.

"그럼 취하면 안 되지." 닉이 말했다.

"난 한 번도 취한 적 없어."

위층 침상에서 카퍼가 뭐라고 중얼거렸다.

"뭐라고, 카퍼?"

"저 자식한테 벼락을 내려달라고 하느님한테 빌었어."

"난 한 뻰도 취한 적 없어." 갈린스키가 또 이렇게 말하고는 양치질용 컵에 코냑을 절반 정도 채웠다.

"어서요, 하느님." 카퍼가 말했다. "저 자식한테 벼락 좀 내려달라니까요."

"난 한 뻰도 취한 적 없어. 한 뻰도 여자랑 잔 적 없어."

"이봐요, 놀지 말고 할 일을 해요, 하느님. 저 자식한테 벼락 좀 날려요."

"뭐 해, 닉. 나가자니까."

갈린스키가 닉에게 술병을 건넸다. 닉은 술을 한 모금 삼킨 후, 키 큰 폴란드인을 따라 밖으로 나갔다.

갈린스키의 고함 소리가 문밖으로 새어 나왔다. "난 한 뻰도 취한 적 없어. 한 뻰도 여자랑 잔 적 없어. 한 뻰도 거짓말한 적 없어."

"벼락 좀 날려 봐요." 카퍼의 가냘픈 목소리가 들렸다. "아낄 거 없어요, 하느님. 저 자식한테 벼락을 날려요."

"둘이 참 잘 어울리는 한 쌍이야." 닉이 말했다.

"카퍼라는 녀석은 뭐야? 어디서 왔어?"

"2년 전 야전병원에 있다가 귀향했는데, 대학에서 잘리고 돌아왔지."

"술을 너무 많이 마시는데."

"일이 잘 안 풀려서 그래."

"와인 한 병 사 들고 구명정에 가서 자는 건 어때."

"좋아."

두 사람은 흡연실 바에 들렀다. 닉은 레드 와인을 한 병 샀고, 프랑스군 제복 차림의 훤칠한 레온은 카운터 앞에 섰다. 흡연실 안에서는 큰 포커 게임이 두 판 벌어지고 있었다. 닉은 평소라면 끼고 싶었겠지만 마지막 밤이라 그럴 기분이 아니었다. 현창을 전부 닫고 덧문까지 내린 채 모두가 게임을 하고 있는 흡연실은 담배 연기가 자욱하고 후끈했다. 닉이 레온을 보며 물었다. "한 판 할래?"

"아니. 와인 마시면서 얘기나 했으면 싶은데."

"그럼 두 병 사 가는 게 좋겠어."

그들은 와인 병을 들고 후끈한 방에서 갑판으로 나갔다. 구명정으로 기어오르는 건 힘들지 않았지만, 갑판 기둥에서 구명정으로 넘어갈 때 바닷물을 내려다보니 무서웠다. 구명정 안으로 들어간 그들은 마음 편하게 구명대를 끼고 가로장에 기대 누웠다. 바다와 하늘 사이에 있는 느낌이었다. 들썩이는 큰 보트에 탄 것 같지 않았다.

"이거 좋은데." 닉이 말했다.

"난 매일 밤 구명정에서 자."

"잠결에 걸어 나가기라도 하면 끝장이겠어." 닉은 와인 병의 마개를 땄다. "난 갑판에서 자."

그가 와인 병을 건네자 레온이 말했다. "이건 네가 마시고 나한테는 다른 병을 따줘."

"이거 받아." 닉은 이렇게 말하고는 다른 병을 따서 어둠 건너편의 레온과 와인 병을 쨍그랑 맞부딪쳤다. 그들은 와인을 마셨다.

"프랑스 와인은 이것보다 더 맛있어." 레온이 말했다.

"난 프랑스에 안 있을 거야."

"참 그랬지. 같이 싸우면 좋을 텐데."

"난 아무짝에도 쓸모없을걸." 닉은 이렇게 말하며 뱃전 너머 저 아래의 시커먼 바닷물을 바라보았다. 아까 기둥에서 구명정으로 옮겨 탈 때 겁에 질렸었다.

"난 겁쟁이 병사가 될까?" 닉이 말했다.

"아니." 레온이 말했다. "아닐 거야."

"비행기며 그런 것들 보면 재밌긴 하겠다."

"그래, 난 최대한 빨리 전속해서 비행할 거야."

"난 안 되겠지."

"왜?"

"글쎄."

"겁먹을 거란 생각은 하지 마."

"안 해, 정말로. 전혀 걱정 안 해. 그냥 아까 보트에 올라탈 때 기분이 이상했거든, 그래서 해본 생각이야."

레온은 옆으로 누운 채 와인 병을 머리 곁에 똑바로 세웠다.

"겁먹을까 봐 걱정할 필요가 없어." 레온이 말했다. "우린 그런 부류의 인간들이 아니니까."

"카퍼는 겁먹었던데." 닉이 말했다.

"그래. 갈린스키한테 들었어."

"그래서 돌려보내졌던 거야. 그래서 항상 취해 있는 거고."

"그 녀석은 우리와 달라." 레온이 말했다. "잘 들어, 닉. 너랑 나, 우리한테는 뭔가가 있어."

"나도 알아. 내 느낌도 그래. 다른 사람들은 죽을 수 있어도 난 아니야. 확실히 느껴져."

"바로 그거야. 그게 바로 우리가 가진 거라고."

"캐나다군에 들어가고 싶었는데 퇴짜 맞았어."

"알아. 그랬다며."

두 사람은 와인을 마셨다. 드러누운 닉은 굴뚝에서 하늘로 뿜어져 나오는 흐릿한 연기를 바라보았다. 하늘이 밝아지기 시작했다. 달이 뜰 참인 모양이었다.

"여자 있어, 레온?"

"아니."

"한 명도 없어?"

"없어."

"난 한 명 있어." 닉이 말했다.

"같이 살아?"

"약혼했어."

"난 여자랑 자본 적이 없어."

"난 매춘부들이랑 해봤어."

레온은 와인을 한 모금 마셨다. 하늘을 배경으로 시커먼 와인병이 그의 입에서부터 그은 사선처럼 비스듬히 움직였다.

"그런 거 말고. 그건 나도 해봤어. 별로더라고. 내 말은, 사랑하는 사람이랑 밤새도록 같이 자는 거 말이야."

"내 애인한테 같이 자자고 했으면 그렇게 해줬을 거야."

"그럼, 널 사랑한다면 같이 자겠지."

"우린 결혼할 거야."

## "닉은 교회 벽에 기대앉아……"

닉은 교회 벽에 기대앉아 있었다. 길거리의 기관총 포화를 피해 다른 군인들 손에 여기로 끌려들어 왔다. 그의 두 다리가 흉물스럽게 뻗쳐 있었다. 그는 척추에 총을 맞았다. 얼굴은 땀투성이에 꼬질꼬질했다. 그의 얼굴로 햇볕이 쏟아졌다. 몹시 더운 날이었다. 등짝이 널찍한 리날디는 군장을 아무렇게나 흩뜨려놓은 채 벽에 꼭 붙어 엎드려 있었다. 닉은 말똥말똥한 정신으로 정면을 바라보았다. 맞은편 가옥의 분홍색 벽이 지붕에서 무너져 내려 있고, 철제 침대 틀이 길거리 쪽으로 뒤틀려 있었다. 집 그늘에 쌓인 잡석들 속에 오스트리아군 시체 두 구가 나동그라져 있었다. 길거리에 다른 시체들도 있었다. 시내로 진격하는 중이었다. 잘 풀리고 있었다. 들것병들이 곧 올 것이다. 닉은 고개를 돌려 리날디를 내려다보았다. "센타,[1] 리날디, 센타. 자네와 나, 우리끼리 단독 평화 협상을 맺어버렸네." 리날디는 힘겹게 숨을 몰아쉬며 햇볕 속에 가만히 누워 있었다. "우린 애국자가 아니야." 닉은 땀투성이 얼굴로 미소 지으며 고개를 돌렸다. 리날디는 실망스러운 관객이었다.

1 Senta. '이봐'라는 뜻의 이탈리아어.

## 이제 나를 누이며

그날 밤 우리는 방바닥에 누워 있었고, 나는 누에들이 뽕잎 갉아 먹는 소리에 귀를 기울였다. 뽕잎이 담긴 시렁에서 배를 채우고 있는 누에들이 뽕잎을 갉아 먹거나 잎들 사이로 떨어지는 소리가 밤새도록 들렸다. 나는 잠들고 싶지 않았다. 어둠 속에서 눈을 감고 마음을 놓아버리면 내 영혼이 몸을 빠져나가리라는 사실을 알고 살아온 세월이 오래였기 때문이다. 한 번은 밤중에 폭탄을 맞았을 때 혼이 몸에서 빠져나가 사라졌다가 다시 돌아온 적이 있었는데, 그 후로 오랫동안 이런 식이었다. 그 생각을 안 하려고 해도 밤에 잠들려고만 하면 또 그런 상태가 시작될 기미가 보였고, 안간힘을 써야 겨우 멈출 수 있었다. 지금이야 영혼이 정말로 내 몸을 떠났을 리 없다고 꽤 확신하고 있지만, 그해 여름엔 실험을 감행할 엄두가 나지 않았다.

나는 깬 채로 누워 있는 동안 이런저런 방법으로 정신을 딴 데 쏟았다. 어렸을 적 송어를 낚았던 개울을 떠올리고, 마음속에서 그 개울을 실컷 오르내리며 아주 조심스레 낚시를 하곤 했다. 통나무 밑에서, 강둑 모퉁이에서, 깊숙한 구멍에서, 물이 맑고 얕은 구간에서 조심조심 낚시를 하며, 더러는 송어를 잡기도 하고 더러는 놓치기도 했다. 정오가 되면 낚시를 멈추고, 때로는 개울 위의 통나무에 앉아, 때로는 나무 밑의 높은 둑에 앉아 점심을 먹었다. 언제나 아주 천천히 먹으면서, 내 밑으로 흐르는 개울물을 지켜보았다. 낚시를 시작할 때 담배 깡통에 지렁이를 열 마리만 넣어놔서 미끼가 떨어지는 일이 잦았다. 그놈들을 다 쓰면 지렁이를 더 찾아야 했는데, 삼나무들 때문에 햇볕이 들지 않아 풀은 전혀 자라지 않고 축축한 맨땅밖에 없는 개울둑을 파기가 너무 힘들어 지렁이 한 마리 못 찾을 때가 많았다. 그래도 항상 어떤 종류의 미끼든 찾아내고야 말았지만, 한 번은 습지에서 미끼를 전혀 구하지 못해 잡았던 송어 한 마리를 토막 내어 미끼로 써야 했다.

가끔은 습한 목초지에서, 풀밭에서, 또는 양치류 밑에서 찾은 곤충을 미끼로 쓰기도 했다. 딱정벌레들, 풀줄기 같은 다리가 달린 곤충들, 그리고 오래되어 썩은 통나무들 속에 사는 애벌레들이 있었는데, 가느다란 갈색 대가리가 달린 그 하얀 유충들은 찬물로 들어가기만 하면 낚싯바늘에 가만히 붙어 있지 않고 감쪽같이 사라져 버리곤 했다. 통나무 밑에는 숲진드기들이 있었고, 가끔 보이는 지렁이들은 통나무를 들자마자 땅속으로 스르르 들어가 버렸다. 오래된 통나무 밑에서 잡은 도롱뇽을 쓴 적도 있다. 그 도롱뇽은 조그마하니 오밀조밀하게 생기고 움직임이 날렵했으며 아름다운 빛깔을 띠고 있었다. 녀석은 고 작은 발로 낚싯바늘에 매달려 있으려 안간힘을 썼고, 그 후로는 도롱뇽이 아무리 자주 눈에 띄어도 미끼로 사용하지 않았다. 귀뚜라미들도 낚싯바늘에서 움직이는 꼴이 마음에 들지 않아 사용하지 않았다.

탁 트인 초원 사이로 개울이 흐르면 마른 풀밭에서 메뚜기를 잡아 미끼로 사용하기도 하고, 메뚜기를 잡아 개울로 던져 넣고는 녀석들이 물속에서 헤엄치며 둥둥 떠내려가고 물살에 휘말려 수면 위에서 빙글빙글 돌다가 송어 한 마리가 솟아오르면 사라져 버리는 모습을 지켜보기도 했다. 어떤 밤에는 너덧 군데의 개울에서 낚시를 하기도 했는데, 최대한 수원지 가까이에서 시작하여 하류 쪽으로 내려가며 고기를 낚았다. 너무 빨리 낚아서 시간이 많이 남았다 싶으면 처음부터 다시 시작했다. 개울이 호수로 흘러드는 어귀에서 출발하여 상류 쪽으로 거슬러 올라가며, 내려오는 동안 놓쳤던 송어들을 싹쓸이하려 애썼다. 또 어떤 밤에는 머릿속에서 개울을 만들어내기도 했다. 그중에는 무척 신나는 개울도 있었고, 마치 깨어 있는 채로 꿈을 꾸는 기분이었다. 상상 속에서 낚시를 했던 그 개울들 중 몇몇은 여태 기억에 남아 있고 생각이 나서, 내가 실제로 아는 개울들과 혼동되기까지 한다. 나는 그 개울들 하나하나에 이름을 붙여놓고, 기차를 타거나 가끔은 몇 킬로미터를 걸어 거기까지 찾아갔다.

하지만 낚시를 할 수 없는 밤도 있었다. 그런 밤에는 말똥말똥한 정신으로 기도를 올리고 또 올리며, 내가 그때껏 알았던 모든 사람들을 위해 기도하려 애썼다. 그러려면 엄청나게 많은 시간이 들었다. 아는 사람을 모두 기억해 내고 가장 오랜 기억으로 거슬러 올라가려면—내게 첫 기억으로 남아 있는 것은 내가 태어난 집의 다락방, 그리고 양철 상자에 담아 서까래에 매달아 놓았던 어머니와 아버지의 웨딩 케이크였다. 다락방에는 아버지가 어린 시절 수집해서 병들에 넣어 알코올로 보존해 둔 뱀들과 이런저런 표본이 있었다. 병들 속의 알코올이 낮게 가라앉는 바람에 몇몇 뱀과 표본의 등이 노출되어 하얗게 변해 있었다—그래서 그 먼 과거까지 생각하면, 무수한 사람들이 떠오르기 때문이다. 그들 한 명 한 명을 위해 성모송과 주기도문을 읊다 보면 오랜 시간이 걸리고, 마침내 날이 밝기 시작한다. 낮에도 잘 수 있는 곳에 있다면, 그때는 잠들 수 있는 것이다.

그런 밤에는 내게 일어난 모든 일을 기억해 내려 애썼다. 참전하기 직전부터 시작해서 시간을 거슬러 올라가며 하나씩 하나씩 기억을 떠올렸다. 할아버지 집의 그 다락방까지가 내 기억의 한계였다. 그러면 거기서부터 시작해 다시 시간을 따라 내려와 전쟁에까지 이르렀다.

내 기억으로, 할아버지가 돌아가신 후 우리는 그 집에서 나와 어머니가 설계하고 지은 새집으로 이사했다. 가져가지 않을 많은 물건들은 뒷마당에서 불태워졌고, 다락방의 그 표본 병들이 불 속으로 던져져 열기를 받아 팡 하고 터지고 알코올 때문에 불길이 확 치솟던 광경이 기억난다. 뒷마당에서 불타던 뱀들이 기억난다. 하지만 그 기억 속에 사람은 한 명도 없고 오로지 물건들밖에 없다. 누가 그것들을 태웠는지조차 기억나지 않았고, 계속 기억을 떠올리다 사람들이 나타나면 멈춰서 그들을 위해 기도했다.

새집에 관해서는, 어머니가 항상 깨끗이 청소하고 물건들을 정리했던 기억이 남아 있다. 한번은 아버지가 사냥 여행을 떠났을 때 어머니가 지하실을 구석구석 청소하고 거기 있어서는 안 되는 물건들을 모조리 태워버렸다. 아버지가 집으로 돌아와 마차에서 내려 말을 말뚝에 맬 때도 집 옆의 길에서 여전히 불길이 타오르고 있었다. 나는 아버지를 마중 나갔다. 아버지가 내게 엽총을 건네고는 불길을 보며 물었다. "이건 뭐야?"

"지하실을 치우고 있었어, 여보." 어머니가 포치에서 말했다. 어머니는 아버지를 맞으며 거기 서서 미소 짓고 있었다. 아버지는 불길을 바라보다가 무언가를 발로 찼다. 그러더니 몸을 수그려 잿더미에서 뭔가를 줍고는 내게 말했다. "갈퀴 가져오너라, 닉." 내가 지하실에서 갈퀴를 가져오자 아버지는 잿더미를 조심조심 긁었다. 돌도끼들, 짐승 가죽을 벗기는 돌칼들, 화살촉을 만드는 연장들, 도기들, 수많은 화살촉들을 건져냈다. 하나같이 불에 검게 그을리고 조금씩 깨져 있었다. 아버지는 그 모두를 아주 조심스럽게 긁어모아 길가 풀밭에 펼쳐 놓았다. 가죽 케이스에 든 엽총과 사냥물 자루도 아버지가 마차에서 내린 뒤 놓아둔 자리 그대로 풀밭에 놓여 있었다.

"총이랑 자루는 집에 가져다 놓고 종이 한 장 가져오렴, 닉." 아버지가 말했다. 어머니는 이미 집 안에 들어가 있었다. 나는 내 다리를 때려대는 묵직한 엽총과 사냥물 자루 두 개를 들고 집으로 향했다. "한 번에 하나씩 가져가." 아버지가 말했다. "한꺼번에 옮기려고 하지 말고." 나는 사냥물 자루를 내려놓고 엽총을 집 안으로 옮겨놓은 뒤, 아버지의 서재에 쌓여 있는 신문들 가운데 한 장을 꺼내 왔다. 아버지는 검게 그을리고 깨진 석기들을 전부 신문지 위에 펼쳐놓은 다음 돌돌 말아 쌌다. "제일 좋은 화살촉들이 산산조각 나버렸구나." 아버지는 이렇게 말하고는 신문에 싼 꾸러미를 들고 집 안으로 들어갔고, 나는 사냥물 자루 두 개와 함께 풀밭에 남아 있었다. 잠시 후 나는 자루들을 집으로 가져갔다. 이 기억에는 오직 두 사람밖에 없어서 나는 그 둘을 위해 기도했다.

하지만 어떤 밤에는 기도문조차 기억나지 않았다. '뜻이 하늘에서 이루어진 것같이 땅에서도'까지만 생각이 나서 처음부터 다시 시작해 봐도 그 뒤로 넘어갈 수가 없는 것이다. 그럴 땐 기억 안 난다는 사실을 인정하고, 그날 밤은 기도를 포기한 채 다른 무언가를 시도할 수밖에 없었다. 그래서 세상에 있는 모든 짐승들의 이름을 떠올리려 애쓴 밤들도 있었다. 그다음엔 새 이름, 그다음엔 물고기 이름, 그다음엔 나라와 도시 이름, 그다음엔 음식의 종류, 그리고 기억나는 시카고의 모든 거리 이름. 그러다 더 이상 아무것도 떠오르지 않으면 그저 가만히 귀를 기울였다. 아무 소리도 들리지 않은 밤은 한 번도 없었다. 불빛이 있으면 자는 것이 두렵지 않았다. 어두울 때만 내 영혼이 나를 떠나리라는 걸 알았기 때문이다. 그래서 많은 밤 불을 밝힐 수 있는 곳에 있었고, 거의 언제나 지쳐 있었던 데다 자주 졸음이 쏟아졌기에 잠들 수 있었다. 또, 누차 확신하건대, 나도 모르게 잠이 든 것이지, 알고서 잠든 적은 한 번도 없었다. 그리고 이날 밤 나는 누에들이 내는 소리에 귀를 기울이고 있었다. 밤에는 뽕잎 갉아 먹는 소리가 아주 또렷이 들린다. 나는 두 눈을 뜬 채 누워서 누에들의 소리에 귀를 기울였다.

방에는 다른 사람이 딱 한 명 있었는데, 그 역시 깨어 있었다. 그가 깨어 있는 소리가 한참이나 들렸다. 그는 나처럼 가만히 누워 있지를 못했다. 아마도 나와 달리 깨어 있는 연습을 많이 하지 않은 탓이리라. 우리는 밀짚 위에 깔아놓은 담요에 누워 있었고 그가 움직일 때마다 밀짚이 시끄러운 소리를 냈지만, 누에들은 우리가 무슨 소리를 내든 겁먹지 않고 꾸준히 뽕잎을 먹었다. 바깥에서는 전선에서 7킬로미터 떨어진 후방의 밤소리가 났지만, 어두컴컴한 방 안의 작은 소리와 달랐다. 방 안에 있는 다른 남자는 가만히 누워 있으려 애썼다. 그러다 또 움직였다. 그다음엔 나도 움직였으니, 내가 깨어 있다는 걸 그도 알 것이다. 그는 10년간 시카고에서 살았다. 1914년에 가족을 보러 왔다가 징집당했고, 영어를 할 줄 안다는 이유로 내 밑의 당번병이 되었다. 그도 귀 기울이고 있다는 걸 알고 나는 담요 안에서 다시 몸을 움직였다.

"잠이 안 오십니까, 시뇨르 테넨테?[1]" 그가 물었다.

"그래."

"저도 잠이 안 와요."

"왜?"

"모르겠어요. 잠이 안 와요."

"몸은 괜찮나?"

"그럼요. 아주 좋습니다. 잠이 안 올 뿐이에요."

"잠깐 얘기나 할까?" 내가 물었다.

"좋습니다. 이 빌어먹을 곳에서 무슨 얘기를 할 수 있을까요?"

"이 정도면 꽤 좋지."

"그렇죠, 괜찮아요."

"시카고에서 지낸 얘기나 좀 해봐."

"아, 전에 다 말씀드렸는데요."

"그럼 어떻게 결혼하게 됐는지 얘기해 봐."

"그것도 말씀드렸잖아요."

"월요일에 받은 편지, 아내가 보낸 건가?"

"네. 계속 편지를 보내주죠. 집에서 돈도 잘 벌고 있고요."

"돌아가면 좋은 곳에서 지낼 수 있겠군."

"그럼요. 아내가 잘 꾸려가고 있어요. 돈도 많이 벌고요."

"우리가 얘기하면 사람들이 깨지 않을까?" 내가 물었다.

"아니요. 우리 얘기를 들을 리가 없죠. 돼지들처럼 쿨쿨 자고 있잖아요. 저는 저렇게 못 자요. 예민해서요."

"조용히 말하게. 담배 한 대 피우겠나?"

우리는 어둠 속에서 능숙하게 담배를 피웠다.

"평소에 담배를 많이 안 피우시죠, 시뇨르 테넨테."

"그래. 거의 끊었지."

1 Signor Tenente. '중위님'이라는 뜻의 이탈리아어.

"하기야 담배를 피워봐야 좋을 거 하나 없죠. 제가 보기엔, 담배가 없어도 끄떡없으실 것 같네요. 맹인은 연기를 못 봐서 담배를 안 피운다는 얘기 들어보셨어요?"

"그럴 리가 있나."

"저도 순 헛소리 같아요. 그냥 어디서 주워들었어요. 여기저기 떠도는 얘기 있잖아요."

우리 둘은 입을 다물었고, 나는 누에 소리에 귀를 기울였다.

"저 환장할 누에 소리 들리세요?" 그가 물었다. "뭘 씹어 먹는 소리가 나요."

"재미있잖아."

"저, 시뇨르 테넨테, 정말 무슨 문제가 있어서 못 주무시는 겁니까? 주무시는 걸 한 번도 못 봤어요. 저랑 같이 지낸 후로 밤마다 못 주무시더군요."

"나도 모르겠어, 존. 지난 초봄부터 몸 상태가 아주 안 좋더니 밤마다 괴롭군."

"저도 마찬가집니다. 이 전쟁에 끼어들지 말았어야 했어요. 전 너무 예민하거든요."

"괜찮아지겠지."

"저, 무슨 이유로 참전하셨나요?"

"글쎄. 그땐 그러고 싶었어."

"그러고 싶었다니. 참 대단한 이유군요."

"목소리 좀 낮춰."

"저 인간들은 업어 가도 모르게 곯아떨어졌어요. 어차피 영어도 못 알아듣는데요, 뭘. 하나도 못 알아먹어요. 전쟁이 끝나고 미국으로 돌아가면 뭘 하실 겁니까?"

"신문사에 일자리를 구하려고."

"시카고에서요?"

"아마도."

"브리즈번이라는 사람이 쓴 기사 읽어보셨나요? 제 아내가 그 기사를 오려서 보내주거든요."

"물론 읽어봤지."

"만나본 적도 있어요?"

"아니, 만나보지는 못했어."

"그 사람을 만나보고 싶어요. 글을 잘 쓰더라고요. 제 아내는 영어를 못 읽지만, 제가 집에 있었을 때처럼 신문을 계속 받으면서 사설이랑 스포츠난을 오려서 보내줘요."

"아이들은 어때?"

"잘 지냅니다. 딸아이 하나는 지금 4학년이에요. 아시겠지만, 시뇨르 테넨테, 저한테 아이들이 없었다면 이렇게 당번병이 되지 못했을 겁니다. 계속 전선에 배치됐겠죠."

"아이들이 있어서 다행이군."

"그러게 말입니다. 아이들이 다 착하지만, 아들도 하나 있었으면 좋겠어요. 딸 셋에 아들은 하나도 없다니. 참 애석하지 뭡니까."

"이제 좀 자보지 그래."

"아니요, 잠이 안 와요. 완전히 깼어요. 그나저나 시뇨르 테넨테가 못 주무셔서 걱정이네요."

"걱정 마, 존."

"이렇게 젊은 분이 잠을 못 자다니요."

"괜찮아질 거야. 시간이 좀 걸릴 뿐이지."

"괜찮아져야죠. 잠을 잘 자야 어떻게든 버틸 테니까요. 무슨 걱정이라도 있으십니까? 고민 같은 거 있으세요?"

"아니, 존, 없어."

"결혼을 하셔야 됩니다, 시뇨르 테넨테. 그럼 걱정이 없어져요."

"글쎄."

"결혼을 하셔야 된다니까요. 돈 많고 착한 이탈리아 여자 한 명 골라보세요. 시뇨르 테넨테가 마음만 먹으면 어떤 여자든 얻을 수 있을 겁니다. 젊은 데다 훈장도 받으셨고 미남이시니까요. 두어 번 부상도 입으셨고."

"난 이탈리아어를 잘 못해."

"그 정도면 충분해요. 말을 못 하는 게 무슨 대숩니까? 말은 필요 없어요. 결혼하세요."

"한번 생각해 보지."

"아는 여자들은 좀 있으시죠?"

"물론."

"그럼, 그중에 돈이 제일 많은 여자랑 결혼하세요. 여기 여자들은 가정교육을 잘 받아서 좋은 아내가 될 겁니다."

"한번 생각해 보지."

"생각은 필요 없어요, 시뇨르 테넨테. 그냥 하세요."

"알았어."

"남자는 결혼을 해야 돼요. 절대로 후회 안 하실 겁니다. 남자라면 무조건 결혼을 해야죠."

"알았다니까." 내가 말했다. "이제 한숨 자보자고."

"네, 시뇨르 테넨테. 다시 시도해 보겠습니다. 하지만 제가 드린 말씀 잊지 마십시오."

"그러지. 잠깐이라도 눈을 붙여, 존."

"알겠습니다. 푹 주무십시오, 시뇨르 테넨테."

그가 밀짚 위의 담요에서 돌아눕는 소리가 들리더니 아주 조용해졌다. 나는 그의 규칙적인 숨소리에 귀를 기울였다. 곧 그가 코를 골기 시작했다. 나는 코 고는 소리를 한참이나 듣다가 관두고, 누에들이 뽕잎 갉아 먹는 소리에 귀를 기울였다. 녀석들은 잎들 사이로 떨어지며 꾸준히 갉아 먹었다. 새로운 생각거리가 생겨난 나는 어둠 속에 두 눈을 뜨고 누운 채, 내가 아는 모든 여자들을 떠올리며 그들이 어떤 아내가 될까 생각해 보았다. 워낙 흥미로운 생각거리인지라 잠시 동안은 송어 낚시도 잊고 기도도 제쳐두었다. 하지만 결국 송어 낚시로 되돌아가고 말았다. 나는 모든 개울을 기억했고 거기에는 항상 새로운 무언가가 있었지만, 여자들은 몇 번 생각하고 나니 흐릿해져서 머릿속에 떠오르는 것이 없었다. 급기야 모두가 흐릿해지더니 거의 같은 사람이 되어버렸다. 그래서 여자 생각을 아예 그만두었다. 하지만 기도는 계속 이어 나갔고, 밤에 존을 위한 기도를 자주 올렸다. 당번병들은 10월 공격 전에 전역했다. 내 속을 꽤나 썩였을 존이 사라지니 다행이다 싶었다. 몇 달 후 밀라노의 병원으로 나를 문병하러 온 그는 내가 아직 결혼하지 않았다는 사실에 크게 실망했다. 지금까지도 내가 결혼하지 않았다는 걸 알면 아주 속상해할 것이다. 그는 미국으로 돌아갈 예정이었고, 결혼에 대한 확신이 있었으며, 결혼이 모든 걸 해결해 주리라 믿었다.

# 당신이 결코 갈 수 없는 길

들판을 가로질러 습격해 온 군대는 참호와 농가들로부터 기관총 공격을 받아 주춤했다가 마을로 진입한 뒤에는 아무런 저항도 받지 않고 강둑까지 진군했다.

자전거를 타고 달리다 길이 너무 울퉁불퉁해지자 내려서 자전거를 밀기 시작한 니컬러스 애덤스는 시체들의 위치를 보고는 무슨 일이 있었는지 간파했다.

시체들은 들판의 키 큰 풀들 사이와 길가에 홀로 혹은 뭉텅이로 나뒹굴고 있었다. 주머니들은 밖으로 빠져 나와 있고, 시신들 위로 파리가 날아다니고, 혼자 떨어져 있거나 한데 모인 시신들 주변에 종이들이 흩어져 있었다.

길가의 잔디와 논밭에, 길 위의 여기저기에 전투의 흔적이 많이 남아 있었다. 상황이 좋을 때 차려졌을 야전 취사장. 송아지 가죽 잡낭들, 수류탄들, 철모들, 더러 개머리판이 세워져 있는 소총들, 막판에 꽤 깊숙이 파헤친 땅에 박힌 총검. 수류탄들, 철모들, 소총들, 참호 파는 삽들, 탄약 상자들, 조명탄 권총들, 그 주변에 흩뿌려진 탄피들, 구급상자들, 방독면들, 텅 빈 방독면 통들, 텅 빈 탄피들 가운데 둥지를 틀고 낮은 삼각대에 받쳐져 있는 기관총, 탄알들을 잔뜩 채운 채 상자들에서 튀어나와 있는 탄띠들, 옆으로 쓰러진 텅 빈 수랭통,[1] 총에서 빠진 노리쇠, 묘한 자

1 기관총의 총열을 식히기 위한 물을 넣어놓는 금속 용기.

세의 사병들, 여느 전장처럼 그들 주위의 풀밭에 흩어져 있는 종이들.

미사 기도서들, 대학 연감의 풋볼팀 사진처럼 불그레한 얼굴로 지위에 따라 저마다 다른 흥겨운 표정을 띤 기관총 부대원들의 사진이 실린 단체 엽서들. 사진 속 주인공들은 지금 퉁퉁 부은 채 구부정히 쓰러져 있었다. 오스트리아군 제복을 입은 군인이 침대 위로 여자의 허리를 꺾고 있는 모습이 그려진 선전용 엽서들도 있었다. 사람들의 형체가 인상주의적으로, 아주 매력적으로 묘사된 그 그림은, 치마를 머리 위로 덮어 여자를 질식시키고 가끔은 동료 병사가 여자의 머리를 깔고 앉기도 하는 실제 강간과 전혀 달랐다. 공격 직전 찍어낸 것이 분명한 이런 자극적인 엽서들 여러 장이 지금은 외설적인 사진엽서들과 함께 널브러져 있었다. 마을 사진사가 마을 아가씨를 찍은 작은 사진들, 가끔 끼어 있는 아이들 사진들, 그리고 편지, 편지, 편지. 군인들의 시체 주변엔 항상 종이가 많았는데 이번 습격의 잔해도 별다르지 않았다.

이들은 이제 막 죽었고, 주머니 말고는 모든 것이 그대로였다. 시체들 중에 아군, 아니, 닉이 여전히 아군으로 생각하고 있는 병사들은 놀라울 정도로 적었다. 그들의 외투 역시 열어젖혀져 주머니가 밖으로 빠져나와 있었고, 그들의 위치에 공격의 방식과 기술이 드러나 있었다. 무더운 날씨 때문에 국적을 불문하고 모든 시체들이 똑같이 부풀어 있었다.

막판에 참호에서 방어전을 펼친 모양이지만 거기로 도로 들어간 오스트리아군은 거의 없었다. 길거리에는 세 구의 시체만 있었는데 달아나다 살해당한 듯했다. 마을의 가옥들은 폭격당해 무너졌고, 거리에 회반죽과 모르타르 부스러기가 무더기로 쌓여 있었다. 부러진 들보, 깨진 타일이 널브러져 있고, 여기저기 많은 구멍이 파여 있었는데 몇몇은 머스터드 가스[1] 때문에 가장자리가 누르스름했다. 탄피들이 수없이 널려 있고, 유산탄 탄알들이 잡석들 속에 흩어져 있었다. 마을 내에는 사람 그림자 하나 보이지 않았다.

닉 애덤스는 포르나치를 떠난 후 아무도 보지 못했지만, 지나치게 나무가 우거진 시골길을 달려오는 동안 길 왼편으로 뽕잎들 밑에 숨겨진 총들이 보였다. 햇빛이 금속에 반사되어 이파리들 위로 아지랑이가 피어올라 알아차릴 수 있었다. 지금 마을을 지나고 있는 닉은 그 황량함에 놀라며 강둑 밑의 낮은 길로 들어섰다. 마을을 벗어나자 내리막으로 비탈진 빈터가 펼쳐지고, 잔잔한 강물과 낮게 굽이진 맞은편 강둑, 그리고 오스트리아군에게 파헤쳐졌다가 햇볕에 바짝 말라 하얘진 진창이 보였다. 저번에 봤던 풍경 그대로 풀이 무성하게 우거져 있고 사방이 파릇파릇했다. 역사적인 사건이 벌어지든 말든 이 강 하류는 변함없었다.

대대는 강의 왼쪽 기슭에 포진해 있었다. 기슭 위에다 구멍을 파놓고 몇몇 병사가 들어가 있었다. 닉은 받침대에 로켓 신호탄을 장착한 기관총이 어디에 배치되어 있는지 알아차렸다. 강기슭의 구멍 속에 들어간 병사들은 잠들어 있었다. 그를 막을 사람은 아무도 없었다. 닉이 계속 걸음을 옮겨 진흙 기슭이 굽이진 곳을 돌 때 한 젊은 소위가 그에게 권총을 겨누었다. 면도를 하지 않아 얼굴에 까끌까끌한 수염이 돋고, 눈은 벌겋게 충혈되어 있었다.

1 화학전에 쓰이는 독가스.

"누구야?"

닉이 답했다.

"맞는지 어떻게 알아?"

닉은 사진이 실리고 제3군의 인장이 찍힌 신분증명서를 보여주었다. 소위가 그것을 낚아챘다.

"이건 내가 가지고 있지."

"안 돼요." 닉이 말했다. "신분증명서 돌려주고 총 치워요. 거기, 총집에 집어넣어요."

"네가 누군지 어떻게 알고?"

"신분증명서 보면 알잖아요."

"신분증명서가 가짜면? 내가 가지고 있어야겠어."

"바보같이 왜 이래요." 닉은 유쾌하게 말했다. "중대장한테 같이 갑시다."

"널 대대 본부로 보내야 해."

"좋아요." 닉이 말했다. "혹시 파라비치니 대위님이라고 알아요? 콧수염을 조금 기르시고 키가 크신 분. 건축가였고 영어를 할 줄 아시는데."

"네가 그분을 안다고?"

"조금 알죠."

"그분이 어느 부대를 지휘하시지?"

"제2중대."

"그분은 대대장이셔."

"좋아요." 닉은 파라비치니가 무사하다는 걸 알고 마음이 놓였다. "그럼 대대로 같이 가보죠."

닉이 마을 끝자락을 떠날 때 오른편에 있는 어느 부서진 집 위로 하늘 높이 유산탄이 세 개 터졌었고, 그 후로는 포격이 전혀 없었다. 하지만 이 장병의 얼굴은 폭격 현장에 있는 사람의 얼굴 같았다. 온몸이 바짝 긴장되어 있고 목소리는 부자연스러웠다. 닉은 그가 겨누고 있는 권총 때문에 불안했다.

"그거 치우라니까요." 닉이 말했다. "적군은 강 건너에 있어요."

"네가 스파이라고 생각되면 당장 쏘겠어." 소위가 말했다.

"자자, 대대 본부로 가자니까요." 이 장병 때문에 닉도 덩달아 신경이 예민해졌다.

대대 본부인 방공호의 테이블 뒤에서 닉이 경례를 하자, 소령 대행인 파라비치니 대위가 일어났다. 그는 예전보다 더 말랐고 더 영국인처럼 보였다.

"어서 오게." 파라비치니 대위가 말했다. "자넨 줄 몰라봤어. 그 제복은 또 뭔가?"

"이걸 입으라고 하더군요."

"정말 반갑네, 니콜로.[1]"

"저도 그렇습니다. 좋아 보이시는군요. 공격은 어땠습니까?"

"아주 잘됐어. 정말로. 끝내줬지. 보여 주겠네. 한번 보게."

대위는 공격이 어떻게 진행되었는지 지도로 보여주었다.

"저는 포르나치에서 왔습니다." 닉이 말했다. "그래서 봤어요. 제대로 박살 내셨더군요."

"엄청났지. 정말 엄청났어. 자넨 연대 소속인가?"

"아니요. 돌아다니면서 병사들한테 제복을 보여 주고 있어요."

"별 이상한 임무도 다 있군."

"미군 제복을 하나 보면 더 많은 미군들이 올 거라고 믿게 되니까요."

1 니컬러스의 이탈리아식 이름.

"그게 미군 제복이라는 걸 어떻게 알겠나?"
"그렇다고 말해 줘야죠."
"아, 그렇군. 상등병을 하나 붙여줄 테니까 같이 전선을 돌아다니게."
"빌어먹을 정치인처럼 말이죠."
"민간인 복장을 하면 훨씬 더 멋질 텐데 말이야. 민간복이야말로 정말 멋지다니까."
"중절모를 쓰면 좋죠." 닉이 말했다.
"털이 복슬복슬한 페도라도 좋고."
"원래는 담배나 엽서 같은 걸 잔뜩 챙겨 와야 하는데 말입니다." 닉이 말했다. "잡낭에 초콜릿도 가득 채우고요. 친절한 말을 건네고 등을 토닥이면서 그런 걸 나눠줘야 하거든요. 그런데 담배도 엽서도 초콜릿도 없더군요. 그래도 어쨌든 나더러 돌아다니라는 겁니다."
"자넬 보면 분명 병사들 사기가 오를 걸세."
"그게 좋은 일인지는 모르겠습니다." 닉이 말했다. "지금도 썩 내키지 않거든요. 원칙대로라면 대위님께 브랜디 한 병 가져다 드려야 하는데 말이죠."
"원칙대로라면," 파라비치니는 이렇게 말하고는 누런 이를 드러내며 처음으로 미소 지었다. "참 멋들어진 표현이군. 그라파[1] 한잔하겠나?"
"아니요, 됐습니다."
"에테르는 전혀 안 들었어."
"그래도 그 맛이 나더라고요." 닉은 갑자기 완벽하게 기억이

1 와인을 만들 때 포도를 짜고 남은 찌꺼기로 증류한 독한 술.

떠올랐다.

“트럭을 타고 진영으로 돌아가면서 자네가 떠들어대면 그제야 자네가 술을 마셨다는 걸 알아차렸지.”

“전투가 벌어질 때마다 술 냄새를 풍겨댔죠.”

“나는 그렇게 못 해. 첫 전투 때, 제일 첫 전투에 나갈 때 그라파를 마셨는데, 기분이 아주 더러워지더니 목이 말라 죽을 지경이더군.”

“대위님한테는 술이 필요 없어요.”

“전장에서는 자네가 나보다 훨씬 더 용감해.”

“아닙니다.” 닉이 말했다. “제가 어떤 놈인지 아니까 차라리 술 냄새를 풍기자, 이런 거죠. 그게 부끄럽지는 않아요.”

“자네가 취한 건 한 번도 못 봤는데.”

“못 보셨다고요? 한 번도요? 그날 밤 메스트레에서 포르토그란데까지 달렸을 때 제가 자고 싶다면서 자전거를 담요처럼 턱 밑까지 끌어 올렸는데도요?”

“거긴 전선이 아니었잖나.”

“제가 어떤 놈인지는 그만 얘기하죠.” 닉이 말했다. “저한테 너무 빠삭한 주제라 더 이상 생각하기도 싫거든요.”

“잠깐 여기 있다 가게.” 파라비치니가 말했다. “눈이라도 붙이든가. 폭격이 있을 땐 잠을 영 못 자니까. 아직은 너무 더워서 나가지도 못할 거야.”

“서두르지 않아도 될 것 같습니다.”

“요즘 어떻게 지내나?”

“잘 지냅니다. 아무 문제 없어요.”

“아니. 사실대로 말하게.”

“괜찮습니다. 불이 없으면 못 잘 뿐이죠. 지금은 그 문제밖에 없어요."

"두개골 절개 수술을 해야 한다니까. 내가 의사는 아니지만 그 정도는 알아."

"음, 저절로 좋아질 때까지 기다리는 편이 좋다던데요. 왜 그러십니까? 대위님 눈에는 제가 정상이 아닌 것처럼 보입니까?"

"아주 건강해 보여."

"정신병자로 진단받으면 여간 골치 아픈 게 아닙니다. 다시는 아무도 저를 안 믿어줄 테니까요."

"난 한숨 자야겠네, 니콜로." 파라비치니가 말했다. "여긴 우리가 알던 대대 본부와 달라. 그저 철수만 기다리고 있다네. 지금처럼 더울 때 나가는 건 바보짓이야. 저 침대를 사용하게."

"잠깐 누워 있다 가겠습니다." 닉이 말했다.

닉은 침대에 드러누웠다. 이런 기분이 들다니 무척 절망적이었고, 파라비치니 대위에게 바로 간파당했다는 사실이 더욱 절망적이었다. 이 방공호는 1899년생들로 이루어진 소대가 전방에서 적군에게 폭격당하기 전 히스테리 발작을 일으켰던 그곳만큼 크지는 않았다. 그때 파라비치니는 닉에게 소대원들을 한 번에 두 명씩 밖으로 데리고 나가 별일 아니라는 걸 보여 주게 했었다. 닉은 입술이 움직이지 않도록 철모 끈을 입에 단단히 매고 있었다. 입술이 한 번 움직이기 시작하면 멈추지 않으리라는 걸 알았기에. 이 모든 게 헛짓거리라는 걸 알았기에……. 울음을 안 그치면 코를 부러뜨려서 딴 생각을 하게 만들어. 총이라도 쏴버리고 싶지만 너무 늦었어. 그랬다간 전부 미쳐 날뛸 거야. 그 자식 코를 부러뜨려. 공격이 5시 20분으로 당겨졌어. 4분밖에 안 남았다고. 저기 저 멍청한 새끼는 코를 부러뜨리고 멍청한 궁둥이를 걷어차 버려. 저놈들이 제대로 움직여 줄 것 같나?

안 그러면 두 명을 쏴버리고 나머지는 어떻게든 건져내 봐. 항상 그 자식들 뒤에 있게, 중사. 앞장서 가다가 뒤에 아무도 안 따라오면 어쩌냔 말이야. 놈들을 데리고 나가. 정말 환장하겠군. 괜찮아. 괜찮아. 그런 다음 시계를 보며, 그 차분한 말투로, 그 소중한 차분한 말투로, "사보이아."[1] 방공호의 한쪽 끝이 무너져 내린 후 술을 찾지 못하고 술 마실 시간도 없어 정신이 말짱했다. 그들은 그곳을 빠져나가야 했다. 그 언덕 위에서 술 냄새를 풍기지 않고 말짱했던 건 그때뿐이었다. 그리고 그들이 다시 돌아온 후 케이블 철도는 불탄 것처럼 보였고, 그러고 나서 나흘 후 부상자 몇 명이 내려갔고 몇몇은 내려가지 않았다. 그래도 우리는 다시 올라갔다가 내려왔지, 항상 내려왔어. 그리고 가비 델리스[2]가 나타났다, 이상하게도 깃털 옷을 입고서. 1년 전 당신은 날 아기 인형이라 불렀지, 타다다, 날 알게 돼서 좋다고 했잖아, 타다다, 깃털 옷을 입었다 벗었다, 위대한 가비 델리스, 그리고 내 이름은 해리 필서, 우리는 가파른 언덕을 오르는 택시의 뒤쪽에서 내리곤 했었지. 그리고 사크레쾨르 성당이 비눗방울처럼 하얗게 부풀어 오르는 꿈을 꾸는 밤마다 그 언덕이 보였다. 더러는 그의 여자가 나왔고 가끔 그녀는 다른 사람과 함께 있었는데, 이해할 수는 없지만 그런 밤에는 강이 평소보다 더 넓고 더 잔잔히 흘렀다. 포살타[3] 외곽에는 나지막한 마구간이 딸린 나지막한 노란 집 한 채가 버드나무들에 둘러싸여 있고, 운하도 하나 있었다. 그곳에

1 1차 세계대전 동안 이탈리아군의 구호는 '아반티 사보이아(Avanti Savoia, 사보이아 만세)'였다.

2 20세기 초 프랑스의 인기 배우이자 댄서였던 가비 데슬리스를 지칭하는 것으로 보인다. 그녀는 해리 필서와 댄스 팀을 이루어 활동했다.

3 이탈리아 베네치아에 있는 마을 포살타 디 피아베는 헤밍웨이가 미국 적십자사 구급차 운전병으로 1차 세계대전에 참가했을 때 배치되었던 곳으로, 헤밍웨이는 이곳에서 다리 부상을 입고 이탈리아 무공 훈장을 받았다.

수천 번을 가봤어도 보지 못한 그 집이 밤마다 언덕만큼이나 또렷이 나타나 그를 두려움에 빠트렸다. 그 집은 무엇보다 의미심장했으며 매일 밤 그를 찾아왔다. 그 집을 꼭 봐야만 했지만, 배한 척이 운하 주변의 버드나무들 속에 우두커니 서 있는 풍경은 유난히 무서웠다. 하지만 꿈속의 그 둑은 이 강과 달리 더 낮았다. 적군들이 소총을 높이 쳐들고 침수된 땅을 휘적휘적 건너오다가 결국 물에 빠지는 모습을 지켜봤었던 포르토그란데에서처럼. 누가 그 전투를 명령했던가? 이렇게 심하게 헷갈려서야 기억을 제대로 더듬어 나갈 수가 없잖아. 그가 어디 있는지 알기 위해서라도 모든 것에 세세히 주의를 기울이며 똑바로 정리를 해왔건만, 대대 본부의 침대에 누워 있는 지금 아무런 까닭 없이 갑자기 혼란스러워졌다. 대대를 지휘하는 파라비치니, 빌어먹을 미군 제복을 입은 그. 닉은 일어나 앉아 주위를 둘러보았다. 모두가 그를 지켜보고 있었다. 파라비치니는 나가고 없었다. 닉은 다시 드러누웠다.

파리 부분이 평소보다 빨리 찾아왔다. 그녀가 딴 사람과 떠나버렸을 때가 아니라면 두렵지 않았고, 똑같은 운전사를 두 번 만날까 봐 걱정이었다. 이것이 두려웠다. 전선이 아니라. 이제 더 이상 전선은 꿈에 나오지 않았고, 헤어날 수 없으리만치 두려운 것은 그 기다란 노란 집과 실제보다 더 넓은 강이었다. 지금 그는 그 강으로 돌아와 있었다. 같은 마을을 지나왔는데, 집은 없었다. 강은 꿈속의 강과 달랐다. 그렇다면 그는 매일 밤 어디로 간 것이며, 무엇이 그토록 위협적으로 느껴졌을까? 왜 그깟 집 한 채와 기다란 헛간과 운하 때문에, 폭격을 받았을 때보다 더 겁을 집어먹고 땀을 뻘뻘 흘리며 깨어나는 걸까?

닉은 일어나 앉아 두 다리를 조심스레 침상 밖으로 넘겼다. 오랫동안 쭉 뻗고 있으면 여지없이 뻣뻣하게 굳어버렸다. 부관, 통신병들, 문가에 있는 두 전령들의 시선을 다시 받으며, 닉은 천으로 덮인 철모를 썼다.

"초콜릿이며 엽서며 담배며 아무것도 없어서 미안하군요." 그가 말했다. "그래도 제복을 입고 있잖아요."

"소령님이 곧 오실 걸세." 부관이 말했다. 이 군단에서 부관은 간부가 아니다.

"이 제복이 아주 정확하지는 않아요." 닉이 그들에게 말했다. "그래도 병사들한테 넌지시 알려주는 거죠. 수백만 명의 미군이 금방 당도할 거라고."

"여기로 미군을 보낼 것 같나?" 부관이 물었다.

"그럼요. 덩치가 제 두 배는 되고, 건강하고, 마음씨 곱고, 밤에는 잘 자고, 부상 입은 적도 없고, 폭탄을 맞은 적도 없고, 머리가 움푹 꺼진 적도 없고, 술도 안 마시고, 고국에 두고 온 여자한테 충실한 미군들로. 대부분은 사면발니도 없어요. 멋진 사내들이죠. 보면 알아요."

"자넨 이탈리아인인가?" 부관이 물었다.

"아니요, 미국인(American)입니다. 제복을 보세요. 스파뇰리니[1]가 만들었는데 썩 정확하지는 않아요."

"북미? 아니면 남미?"

"북미요." 닉이 말했다. 또 증상이 시작될 기미가 보였다. 그는 마음을 가라앉히려 애썼다.

"하지만 이탈리아어로 말하잖나."

"그게 왜요? 제가 이탈리아어로 말하는 게 거슬리십니까? 저

1 헤밍웨이가 이탈리아에서 복무하던 시절 밀라노에서 유명했던 재단사.

는 이탈리아어를 쓰면 안 돼요?"

"이탈리아 공훈 메달도 받았지."

"리본 훈장이랑 표창장밖에 못 받았습니다. 메달은 나중에 오죠. 보관해 주기로 한 사람들이 그냥 떠나버리거나, 짐이랑 같이 분실되기도 합니다. 다른 건 밀라노에서 살 수 있어요. 중요한 건 표창장이죠. 속상해하지 마십시오. 전선에 오래 계시다 보면 받을 수 있을 테니까요."

"난 에리트레아[1] 전투에 참가했어." 부관이 뻣뻣하게 말했다. "트리폴리에서 싸웠지."

"부관님 같은 분을 뵙다니, 정말 영광인데요." 닉은 한 손을 내밀었다. "정말 힘드셨겠어요. 어쩐지 리본 훈장이 눈에 띄더군요. 혹시 카르소에 계셨습니까?"

"이번 전쟁에는 이제 막 징집됐네. 내 전우들은 너무 늙었어."

"저는 예전에 최소 연령 제한에 걸렸는데, 지금은 마음을 고쳐먹고 전투에 나가지 않고 있죠."

"그런데 왜 지금 여기 있나?"

"미군 제복을 보여 주려고요. 아주 중요한 일 아닙니까? 옷깃이 조금 끼긴 하지만, 수백만 명이나 되는 미군들이 이 제복을 입고 여치 떼처럼 몰려드는 광경을 곧 보시게 될 겁니다. 메뚜기 있잖습니까, 미국에서 메뚜기라고 부르는 건 사실 여치죠. 진짜 메뚜기는 몸집이 작고 녹색에다 상대적으로 약해요. 17년 주기 매미와도 혼동하시면 안 됩니다. 이 녀석들은 특이한 소리를 계속 내거든요. 어떤 소린지는 지금 기억 안 나지만요. 기억이 통 안 나는군요. 거의 들릴 것 같다가 사라져 버려요. 잠깐 대화를

1 아프리카 북동부의, 홍해에 임한 공화국.

쉬어도 되겠습니까?"

"가서 소령님을 찾아보게." 부관이 전령 한 명에게 지시하고는 닉에게 말했다. "보아하니, 부상을 당했군."

"이곳저곳 다쳤죠." 닉이 말했다. "상처에 관심 있으시면 아주 흥미로운 구경을 시켜드릴 수도 있지만, 그보다는 여치 이야기를 하고 싶군요. 아니, 우리가 메뚜기라 부르지만 실상은 여치인 곤충에 관해서 말이죠. 이 곤충은 한때 제 인생에서 아주 중요한 역할을 했답니다. 부관님도 재미있게 들으실 수 있을 거예요. 들으시는 동안 제 제복을 보고 계십시오."

부관은 손을 휘저어, 남아 있는 전령 한 명을 마저 밖으로 내보냈다.

"제복을 눈여겨보십시오. 스파놀리니가 만들었거든요. 여러분도 잘 봐요." 닉은 통신병들에게 말했다. "사실 저는 계급이 없습니다. 우린 미국 영사 소속이죠. 쳐다봐도 괜찮아요. 노려보고 싶으면 그렇게 하세요. 미국 여치에 대해 들려드릴게요. 우린 항상 중간 크기의 갈색 여치를 선호한답니다. 물속에서 제일 오래 살아남고, 물고기들이 그 녀석들을 좋아하거든요. 방울뱀이랑 비슷한 소리, 아주 무미건조한 소리를 내면서 날아다니는 더 큰 녀석들은 날개 색깔이 선명해요. 새빨간 날개도 있고, 노란 바탕에 검은 줄무늬도 있죠. 하지만 물에 들어가면 날개가 바스러지고, 미끼로 쓰기에도 별로예요. 반면에 갈색 여치는 몸통이 통통하니 실하고 맛도 좋으니 훌륭한 미끼로 추천드리지만, 여러분이 만나시기 힘들 겁니다. 하지만 맨손으로 쫓아다니거나 모자로 때려서 잡으려고 하면 절대 하루치를 모을 수 없어요. 터무니없는 생각이고, 시간 낭비죠. 다시 말씀드리지만, 여러분, 괜히 헛수고하지 말아요. 정확한 절차, 모든 소총 훈련에서 젊은 장병들에게 가르쳐야 할 절차는 말이죠, 제가 한마디 하자면, 그럴 자격이 있다면요, 평범한 모기장으로 만든 그물이나 후릿그물을 사용하는 겁니다. 두 장병이 이 기다란 그물을 서로 끝에서, 그러니까 양 끝을 붙들고 몸을 구부린 다음, 한 손으로는 그물 아래쪽 끝을, 다른 손으로는 위쪽 끝을 잡아서 바람이 불어오는 쪽으로 획 훑어요. 그러면 바람에 실려 날아가던 여치들이 그물에 걸리죠. 이렇게만 하면 아주 많은 양을 손쉽게 잡을 수 있는 데다, 이런 그물을 뚝딱 만들어낼 만한 모기장 정도는 누구한테나 있을 겁니다. 제가 설명을 제대로 했나 모르겠군요. 질문 있으신 분? 이해 안 되는 부분이 있으면 물어보세요. 어서요. 질문 없어요? 그럼 이만 마무리해야겠군요. 위대한 군인이자 신사이신 헨리 윌슨 경[1]의 말씀으로요. 제군이여, 여러분은 지배하거나 지배받거나 둘 중 하나를 택해야 한다. 다시 한번 말씀드릴게요. 여러분, 이것만은 꼭 기억하셔야 합니다. 이 방에서 나가실 때 이거 하나만 기억하시면 됩니다. 여러분, 지배하십시오, 아니면 지배받아야 하니까요. 이상입니다, 여러분. 안녕히 계십시오."

닉은 천을 씌운 철모를 벗었다가 다시 쓰고는 몸을 구부려 방공호의 낮은 입구를 빠져나갔다. 두 전령을 대동한 파라비치니가 참호를 따라 다가오고 있었다. 햇볕이 아주 뜨겁게 내리쬐자 닉은 철모를 벗었다.

"철모를 적실 장치가 있어야겠어." 닉이 말했다. "이번엔 강물에 적셔야지." 그는 강둑으로 오르기 시작했다.

"니콜로." 파라비치니가 불렀다. "니콜로. 어디 가나?"

"별일 아닙니다." 닉은 철모를 두 손으로 든 채 비탈을 내려왔

1 1차 세계대전 때의 영국군 참모 장교.

다. "축축하든 건조하든 정말 성가시네요. 대위님은 철모를 항상 쓰십니까?"

"항상 쓰지." 파라비치니가 말했다. "그래서 머리가 많이 빠져. 안으로 들어가세."

방공호 안으로 들어가자 파라비치니는 닉에게 앉으라고 말했다.

"아무 쓸모가 없다니까요." 닉이 말했다. "처음 썼을 땐 편했던 기억이 납니다만, 안에 뇌수가 잔뜩 터져 있는 철모를 너무 많이 봤어요."

"니콜로, 아무래도 자넨 돌아가는 게 좋겠어. 보급품을 받기 전까지는 되도록 전선으로 오지 말게. 자네가 할 일이 없어. 그 제복을 보여 주는 게 도움이 된다 해도, 이렇게 돌아다니다 보면 병사들이 모일 테고 그러면 폭격을 받을 수밖에 없지. 나라면 그런 짓은 안 하겠네."

"멍청한 짓이라는 거 압니다." 닉이 말했다. "제 생각이 아니었어요. 여단이 여기 있다는 얘기를 듣고 대위님이나 다른 지인을 볼 수 있겠다 싶었죠. 첸손이나 산 도나로 갈 수도 있었어요. 산 도나에 가서 다리를 한 번 더 보고 싶거든요."

"아무 목적도 없이 괜히 돌아다니지 말게." 파라비치니 대위가 말했다.

"알겠습니다." 닉은 또 증상이 시작되려는 걸 느꼈다.

"알아들었나?"

"그럼요." 닉은 증상을 힘겹게 억누르고 있었다.

"그런 일은 밤에 해야 하네."

"당연하죠." 닉은 이제 멈출 수 없다는 걸 알았다.

"자네도 알다시피, 난 대대를 지휘하고 있네." 파라비치니가 말했다.

"왜 아니겠습니까?" 드디어 시작되었다. "대위님은 읽고 쓸 줄 아시잖아요?"

"그렇지." 파라비치니가 점잖게 답했다.

"문제는, 대대가 더럽게 작다는 겁니다. 다시 힘을 키우면 대위님한테 중대를 되돌려주겠죠. 시체들을 묻는 게 어때요? 오면서 봤어요. 다시 봐도 상관없습니다만. 하기야 저쪽에서 언제든 묻을 수도 있죠. 그게 대위님 쪽에도 좋을 겁니다. 묻다가 다들 병들어 버릴 거예요."

"자전거는 어디에 뒀나?"

"마지막으로 남은 집에요."

"괜찮겠나?"

"걱정 마십시오." 닉이 말했다. "좀 이따 가겠습니다."

"잠깐 누워 있다 가게, 니콜로."

"알겠습니다."

닉은 두 눈을 감았다. 소총 조준기 너머로 아주 차분히 그를 지켜보다 발포하는 턱수염 난 남자, 하얀 섬광과 곤봉에 맞은 듯 무릎에 가해지는 충격, 뜨겁고도 달콤한 것이 목구멍에 걸려 바위로 재채기를 해대는 동안 그를 지나치는 병사들. 이런 광경 대신, 나지막한 마구간이 딸린 기다란 노란 집과 실제보다 훨씬 더 넓고 더 잔잔한 강이 보였다. "젠장, 가야겠어."

닉은 몸을 일으켰다.

"이제 그만 가보겠습니다, 대위님. 오후에 돌아갔다가 보급품을 받으면 오늘 밤에 가져올게요. 아니면, 가져올 게 생길 때 밤에 오겠습니다."

"아직 더울 텐데." 파라비치니 대위가 말했다.

"걱정 마십시오." 닉이 말했다. "한동안 괜찮았어요. 아까 한 번 찾아오긴 했는데 쉽게 지나갔습니다. 점점 더 좋아지고 있어요. 증상이 시작되면 바로 알 수 있어요, 말이 많아지니까요."

"전령을 같이 보내주겠네."

"안 그러셔도 됩니다. 길은 저도 알아요."

"곧 돌아올 건가?"

"그럼요."

"그럼 전령을……."

"됐습니다. 저를 믿어주세요."

"자, 그럼, 차오.[1]"

"차오." 닉은 이렇게 말하고는, 자전거를 뒀던 곳을 향해 참호를 따라 되돌아갔다. 오후에는 운하를 건너기만 하면 길에 그늘이 질 터였다. 운하 너머의 길 양쪽에는 전혀 포격을 받지 않은 나무들이 늘어서 있었다. 바로 그 구간에서, 행군을 하던 그들은 긴 창을 들고 눈 속을 달리는 제3사보이아 기병연대를 지나쳤었다. 말들이 차가운 공기 속으로 하얀 김을 뿜어댔다. 아니, 다른 곳이었는데. 어디였더라?

"그 망할 자전거나 빨리 찾아야겠어." 닉은 혼자 중얼거렸다. "포르나치로 가는 길을 잊어버리기 전에."

1 Ciao. '잘 가'라는 뜻의 이탈리아어.

# 다른 나라에서

가을에는 전투가 끊이지 않았지만 우리는 더 이상 전장에 나가지 않았다. 밀라노의 가을은 추웠고 어둠이 아주 빨리 찾아들었다. 그러면 전깃불이 켜지고, 길거리의 창들을 들여다보는 재미가 있었다. 가게들 밖에는 사냥한 짐승들이 많이 걸려 있었다. 여우 털에는 눈가루가 묻어 있고, 여우 꼬리가 바람에 흔들렸다. 사슴은 속이 텅 빈 채 뻣뻣하고 묵직하게 걸려 있고, 작은 새들은 바람에 날리며 깃털을 나부꼈다. 산지에서 바람이 불어오는 추운 가을이었다.

우리는 오후마다 병원에 갔고, 해 질 녘 마을을 가로질러 병원으로 걸어가는 길은 여럿 있었다. 그중 두 경로는 운하를 따라가는 것이었지만 오래 걸렸다. 그러나 어느 길로 가든 다리로 운하를 건너야 병원으로 들어갈 수 있었다. 다리는 세 개 중 하나를 고를 수 있었다. 그중 한 다리에서는 여인이 군밤을 팔았다. 숯불 앞에 서 있으면 따뜻했고, 주머니에 군밤을 넣고 가면 시간이 지난 뒤에도 몸이 따스했다. 병원은 낡고 아주 아름다웠으며, 대문으로 들어가 뜰 하나를 지나면 대문을 통해 반대편으로 나갈 수 있었다. 뜰에서는 장례식이 자주 열렸다. 오래된 병원 건물 너머에는 벽돌로 지은 새 별관이 있었고, 우리는 오후마다 그곳에 모였다. 다들 정중하게 서로의 부상에 관심을 기울이며 효험이 아주 좋다는 기계에 앉았다.

내가 앉아 있던 기계로 군의관이 다가오더니 물었다. "전쟁 전에 제일 좋아했던 일이 뭔가? 운동을 했었나?"

내가 답했다. "네, 풋볼을 했습니다."

"좋아, 예전보다 풋볼을 더 잘하게 될 거야."

내 한쪽 무릎은 구부러지지 않았고, 그 다리는 종아리 없이 무릎에서 발목까지 일자로 뻗어 있었다. 나는 무릎을 구부려 세발자전거를 타는 것처럼 움직이게 만들어주는 기계에 앉아 있었다. 하지만 아직 무릎이 구부러지지 않으니 그 뻣뻣함을 이기지 못한 기계가 휘청거렸다. 군의관이 말했다. "이것도 다 지나가게 되어 있어. 자네는 운 좋은 청년이야. 경기장에서 훨훨 날아다니게 될 테니까."

내 옆의 기계에는 아기처럼 손이 조그만 소령이 앉아 있었다. 군의관에게 손을 검사받으며 소령이 내게 한쪽 눈을 찡긋했다. 그의 손을 감싼 가죽끈 두 개가 위아래로 통통 튀자 뻣뻣한 손가락들이 퍼덕거렸다. 소령이 말했다. "그럼 나도 풋볼을 할 수 있을까, 군의관님?" 그는 실력 좋은 펜싱 선수였고, 전쟁 전에는 이탈리아 최고의 선수였다.

군의관이 안쪽 진료실로 들어가더니, 소령의 손만큼이나 조그맣게 쪼그라들었다가 기계 치료를 받고 조금 더 커진 어떤 손의 사진을 가지고 나왔다. 소령은 성한 손으로 사진을 들고서 아주 세심히 들여다보다가 물었다. "부상당한 건가?"

"산업재해였죠." 군의관이 말했다.

"아주 재미있군, 아주 재미있어." 소령은 사진을 군의관에게 돌려주었다.

"이제 좀 믿음이 가십니까?"

"아니." 소령이 답했다.

날마다 병원에 오는 내 또래의 남자 셋이 있었다. 모두 밀라노 사람이었고, 그중 한 명은 변호사가, 한 명은 화가가 될 거라고 했으며 나머지 한 명은 원래 군인이 될 생각이었다고 했다. 기계 치료가 끝나면 가끔 우리는 라 스칼라[1] 옆에 있는 카페 코바까지 걸어갔다. 우리 넷이 함께였으므로 공산주의자들이 모여 사는 구역으로 질러갔다. 사람들은 장병인 우리를 싫어했고, 우리가 지나가면 한 와인 가게에서 누군가가 "A basso gli ufficiali(저 장병들을 타도하라)!"라고 외치곤 했다. 이따금 우리와 함께 걸었던 또 다른 남자는 코가 없어져 얼굴을 재건해야 했기에 검은 실크 손수건으로 얼굴을 감싸고 다녔다. 사관학교에 다니다가 전방에 배치된 그는 최전선 전투에 나간 첫날 한 시간도 채 안 지나 부상을 입었다. 그는 얼굴 재건 수술을 받았지만, 아주 유서 깊은 가문 출신답게 위풍당당한 코는 예전의 모습을 되찾지 못했다. 그는 남미로 가서 은행 직원이 되었다. 하지만 이건 한참 후의 일이었고, 지금은 그 누구도 나중에 어떤 일이 벌어질지 모르고 있었다. 우리가 아는 사실이라곤 항상 전투가 벌어지고 있다는 것, 하지만 우리는 더 이상 전장에 나가지 않으리라는 것뿐이었다.

우리 모두 똑같은 훈장을 받았다. 검은색 실크 손수건으로 얼굴을 감싼 남자는 전선에 오래 있지 않은 탓에 받지 못했다. 훌쩍한 키에 안색이 창백한 변호사 지망생은 아르디티[2]의 중위였었고, 우리가 하나씩밖에 받지 못한 훈장을 세 개나 가지고 있었다. 아주 오랜 시간 죽음을 목전에서 지켜봐 온 그는 조금 달관해 있었다. 우리 모두 조금 달관해 있었고, 매일 오후 병원에서

1 1778년에 개관한 밀라노의 유서 깊은 오페라하우스.

2 1차 세계대전에서 활약한 이탈리아 육군 특공대로, '용감무쌍한 자들'이라는 뜻이다.

만난다는 사실 외에 우리를 한데 묶어줄 끈 같은 건 전혀 없었다. 하지만, 어둠 속에 코바까지 걸어가다 마을의 험악한 구역에서 불빛과 노랫소리가 흘러나오는 와인 가게를 지날 때, 더러는 인도에 사람들이 붐벼 그들을 밀치고 도로로 들어가야 할 때, 우리를 싫어하는 사람들은 이해하지 못하는 무언가를 함께 겪었다는 유대감이 느껴졌다.

우리 모두 코바를 잘 알았다. 호화롭고 따스하고 불빛이 너무 밝지 않으며, 일정한 시간이 되면 시끌벅적하니 담배 연기가 자욱해지는 그곳을, 항상 테이블에 젊은 여자들이 앉아 있고 벽의 시렁에 그림 신문들이 얹어져 있는 그곳을. 코바에 오는 여자 손님들은 애국심이 아주 강했고, 내가 보기에 이탈리아의 가장 열성적인 애국자들은 바로 카페의 아가씨 손님들이었다. 그들의 애국심이 지금도 변함없으리라 믿는다.

병원 동료들은 처음엔 내 훈장을 인사치레로 칭찬해 주더니 무슨 공을 세웠느냐고 물었다. 나는 표창장을 보여주었다. 표창장에는 'fratellanza(형제애)'니 'abnegazione(헌신)'니 하는 아름다운 말이 넘쳐났지만, 형용사들을 빼고 나면 결국 내가 미국인이라서 훈장을 수여한다는 내용이었다. 그 후로 그들이 나를 대하는 태도가 조금 변했다. 물론 외부자들에 함께 맞서는 동지이긴 했지만 말이다. 동지였으나, 그들은 표창장을 읽은 뒤 결코 나를 동류로 인정해 주지 않았다. 내 훈장은 그들의 것과 달랐고, 그들은 나와는 아주 다른 이유로 훈장을 받았으므로. 내가 부상을 입은 것은 사실이었다. 하지만 부상은 사실상 사고라는 걸 우리 모두 알고 있었다. 그렇다 해도 나는 내 훈장이 결코 부끄럽지 않았고, 가끔은 칵테일 아워[1] 후에 그들이 훈장을 받기 전 세웠던 모든 공로를 내가 대신 세우는 모습을 상상하기도 했다. 하지만 차가운 바람이 불고 모든 가게가 문을 닫은 텅 빈 밤거리를 가로등에 바짝 붙어 걸어가고 있노라면, 내가 그런 일들을 전혀 하지 않았다는 깨달음이 찾아들면서 죽음이 너무나 두려워졌고, 밤에는 홀로 침대에 누워 죽음을 두려워하며 전방으로 돌아가면 어떻게 될까 궁금해하곤 했다.

훈장을 받은 세 남자는 사냥매 같았다. 나는 매가 아니었다. 사냥을 해본 적 없는 자들에게는 매처럼 보일지도 모르지만, 그들 셋은 진실을 알아챘고 그래서 우리는 멀어졌다. 하지만 나는 전방에 나간 첫날 부상당한 남자와는 계속 사이좋게 지냈다. 그가 더 오래 전선에 있었다면 과연 매가 될 수 있었을까, 알 길이 없었다. 그래서 그 역시 세 남자에게 인정받지 못했다. 나는 그도 나처럼 매가 되지 못했으리라는 생각에 그를 좋아했다.

왕년에 위대한 펜싱 선수였던 소령은 용맹함 따위 중히 여기지 않았고, 나와 나란히 기계에 앉아서 내 문법을 수정해 주는 데 많은 시간을 쏟아부었다. 그는 내 이탈리아어 실력을 칭찬해 주었고, 우리는 아주 편하게 대화를 나누었다. 어느 날 나는 이탈리아어가 너무 쉬워서 그다지 흥미를 못 느끼겠다고, 무슨 말이든 쉽게 할 수 있다고 했다. 그러자 소령이 대꾸했다. "아, 그런가, 그럼 이제부터 문법에 맞게 말해 보겠나?" 그래서 문법을 따지기 시작하자마자 이탈리아어는 엄청나게 어려운 언어가 되어버렸고, 나는 머릿속으로 문법이 정리되기 전까지는 그에게 말을 걸기가 두려웠다.

소령은 꾸준히 병원에 나왔다. 하루도 빠지지 않은 것 같은데, 결코 기계 치료를 믿어서가 아니었다. 우리 둘 모두 기계 치료를

1 저녁 식사 직전 또는 오후 4~6시 무렵 칵테일을 즐기는 시간.

믿지 않던 시기의 어느 날 소령이 말하기를, 전부 다 허튼짓이라고 했다. 그때만 해도 기계 치료가 갓 도입되었고 우리는 그 효험을 증명해야 할 사람들이었다. 바보 같은 착상, '그렇고 그런 이론'이라는 것이 소령의 의견이었다. 내가 문법을 습득하지 못하자 소령은 나더러 구제 불능의 수치스러운 멍청이라면서, 나 같은 인간을 걱정해 준 자기가 바보라고 말했다. 몸집이 왜소한 그는 오른손을 기계 속에 찔러넣은 채 똑바로 앉아서, 가죽끈들이 손가락을 위아래로 쿵쿵 쳐대는 동안 앞쪽 벽을 똑바로 쳐다보고 있었다.

"전쟁이 끝나면, 만약 끝난다면 말이야. 뭘 할 생각인가?" 소령이 내게 물었다. "문법에 맞게 말해 봐!"

"미국으로 갈 겁니다."

"결혼은 했나?"

"아니요, 하고 싶어요."

"또 바보 같은 소리." 소령이 발끈했다. "남자는 결혼하면 안 돼."

"왜요, 시뇨르 마조레?[2]"

"'시뇨르 마조레'라고 부르지 마."

"왜 남자는 결혼하면 안 되죠?"

"결혼하면 안 돼. 결혼하면 안 된다고." 소령은 화를 내며 말했다. "모든 걸 잃을 수도 있다면, 잃을 자리를 찾아가면 안 되지. 잃을 만한 자리에는 아예 발을 들이지 마. 잃을 리 없는 것들을 찾아내야지."

소령은 격앙된 투로 모질게 말하는 내내 앞쪽만 노려보았다.

2 Signor Maggiore. '소령님'이라는 뜻의 이탈리아어.

"왜 꼭 잃을 거라고 생각하세요?"

"잃는다니까." 소령은 벽을 바라보고 있었다. 그러다가 기계를 내려다보고는 조그만 손을 가죽끈에서 휙 빼내더니 허벅지를 찰싹 때렸다. "잃는다고." 그는 호통을 치다시피 했다. "내 말에 토 달지 마!" 그런 다음 기계를 조작하는 간호병에게 소리쳤다.

"와서 이 망할 기계나 꺼."

소령은 광선 치료와 마사지를 받기 위해 다른 방으로 들어갔다. 그가 군의관에게 전화를 써도 되느냐고 묻는 소리가 들리고, 문이 닫혔다. 그가 다시 돌아왔을 때 나는 다른 기계에 앉아 있었다. 그가 망토를 걸치고 모자를 쓰더니 내 기계로 곧장 와서는 내 어깨에 한 팔을 얹었다.

"미안하네." 소령이 이렇게 말하며 성한 손으로 내 어깨를 토닥였다. "내가 너무 무례했군. 얼마 전에 아내가 죽었거든. 날 용서해 주게."

"아……." 나는 소령이 너무 안쓰러웠다. "정말 유감입니다."

소령은 아랫입술을 깨물며 서 있었다. "아주 힘들어. 단념이 안 되거든."

그의 시선은 나를 곧장 지나쳐 창밖으로 향했다. 그러더니 그는 울기 시작했다. "도저히 단념이 안 된단 말이야." 이렇게 말하고는 목이 메어버렸다. 그리고 고개를 들어 허공을 응시하며 또 울었다. 군인답게 자세를 똑바로 하고 두 뺨으로 눈물을 줄줄 흘리며 입술을 깨문 채 기계들을 지나 문밖으로 나갔다.

군의관에게 들으니, 소령이 의병 제대한 후에 결혼한 아주 젊은 아내가 폐렴으로 죽었다고 했다. 겨우 며칠 앓았을 뿐이었다. 그 누구도 그녀의 죽음을 예상치 못했다. 소령은 사흘간 병원에 오지 않았다. 그러다 평소와 같은 시간에, 군복 소매에 검은 띠를 두르고서 나타났다. 그가 돌아왔을 때, 기계 치료를 받기 전후의 온갖 상처 부위를 찍은 사진들이 커다란 액자에 넣어져 벽 여기저기 걸려 있었다. 소령이 사용하는 기계 앞에는 그의 손과 비슷한 손들이 완벽하게 회복된 모습을 담은 사진이 석 장 걸려 있었다. 군의관이 그 사진들을 어디서 얻었는지 모를 일이다. 그 기계들의 최초 사용자가 우리라는 걸 나는 처음부터 알고 있었다. 그 사진들을 봐도 별 감흥이 없는지 소령은 그저 창밖을 내다볼 뿐이었다.

4부

# 병사의 고향

# 두 개의 심장을 가진 큰 강

## 1

기차는 철로를 계속 달리다 나무들이 타버린 언덕을 끼고 돌며 시야에서 사라졌다. 닉은 수화물 담당자가 수화물 칸에서 내던진 텐트 꾸러미와 침구를 깔고 앉았다. 마을은 사라지고, 철로와 불에 탄 땅뿐이었다. 시니[1]의 한 거리에 줄지어 서 있던 술집 건물 열세 채는 흔적 하나 남기지 않았다. 맨션 하우스 호텔의 밑동이 땅 위로 불쑥 튀어나와 있었다. 돌은 불길에 깨지고 갈라졌다. 시니 마을에 남은 거라곤 이것이 전부였다. 땅바닥마저 불타 있었다.

흩어진 집들이 보일 줄 알았던 산비탈이 완전히 타버린 광경을 바라보던 닉은 강에 놓인 다리를 향해 기찻길을 걸었다. 강은 그곳에 있었다. 강물이 기다란 다리 기둥들을 부딪으며 소용돌이쳤다. 바닥에 깔린 자갈들 때문에 갈색을 띤 맑은 물을 내려다보니, 물살에 휩쓸리지 않으려 지느러미를 흔들어대는 송어들이 보였다. 송어들은 잽싸게 몸을 비틀어 자세를 바꾸어 가며 빠른 물살을 버텨냈다. 닉은 송어들을 한참이나 지켜보았다.

송어들은 물살 속으로 코를 처박은 채 제자리를 지켰다. 볼록한 유리 같은 수면 저 아래를 들여다보니, 빠르게 흐르는 깊은 물 속에 송어 여러 마리가 약간 뒤틀린 형태로 보였다. 수면은

1 미시간주 북부 스쿨크래프트 카운티의 한 마을.

통나무를 박아놓은 다리 기둥들을 밀어낼 듯 매끄럽게 부풀어 올랐다. 강바닥에 수많은 송어가 떼 지어 있었다. 처음엔 보이지 않았다. 그러다 강바닥에 있는 녀석들이 보였다. 물살에 휩쓸린 자갈과 모래가 불쑥불쑥 튀어 올라 시시각각 뿌예지는 강바닥에서 어떻게든 버티고 있는 수많은 송어들.

닉은 다리에 서서 강물을 내려다보았다. 더운 날이었다. 물총새 한 마리가 상류 쪽으로 날아갔다. 이렇게 물속의 송어 떼를 본 것도 오랜만이었다. 탐스러운 녀석들이었다. 물총새의 그림자가 상류 쪽으로 움직이자, 커다란 송어 한 마리가 몸을 크게 틀더니 상류 쪽으로 잽싸게 나아갔다. 그림자만 보이던 녀석이 수면 밖으로 나와 그림자가 사라지는가 싶더니 햇빛을 잠깐 받던 녀석은 다시 수면 아래로 들어가 버렸고, 그림자는 아무런 저항 없이 물살을 따라 다리 기둥 쪽으로 흘러가는 듯했다. 그곳에서 녀석은 물살에 맞선 채 딱 버티고 있었다.

움직이는 송어를 보자 닉의 심장이 조여 왔다. 묘한 감정이 느껴졌다.

닉은 고개를 돌려 강물이 흘러내려 가는 쪽을 바라보았다. 바닥에 자갈이 깔린 강물이 저 멀리까지 쭉 뻗어 있었다. 여울들과 큼직한 바위들도 보이고, 강물이 절벽 밑을 돌아 나가는 곳에는 깊은 웅덩이가 졌다.

닉은 침목을 따라 올라가, 철로 옆의 잿더미 속에 짐꾸러미를 놔두었던 곳으로 갔다. 그는 행복했다. 끈을 꽉 당겨 짐꾸러미를 다시 묶은 다음 등으로 휙 넘겨 어깨끈에 팔을 꿰고, 이마에 거는 널찍한 멜빵에 이마를 밀어붙여 어깨를 짓누르는 무게를 조금 덜어보았다. 그래도 너무 무거웠다. 그는 가죽으로 만들어진 낚싯대 케이스를 손에 쥐고 몸을 앞으로 구부려 짐꾸러미의 무게를 어깨로 버틴 채 불탄 마을을 뒤로하고 기찻길과 나란히 난 길을 무더위 속에 걷다가, 시골로 되돌아가는 길의 양쪽에 화상을 입은 채 높이 서 있는 언덕들 중 한 언덕을 끼고 돌았다. 닉은 묵직한 짐꾸러미의 무게에 힘겨워하며 길을 따라 걸었다. 길은 계속 오르막이었다. 언덕을 오르는 건 고된 일이었다. 근육이 쑤시고 날은 무더웠지만, 그래도 닉은 행복했다. 생각할 필요도, 글을 쓸 필요도 없이, 뭐든 할 필요 없이, 모든 걸 남기고 떠나는 기분이었다. 모든 것이 그의 뒤에 남겨졌다.

그가 기차에서 내리고 수화물 담당자가 수화물 칸 밖으로 짐을 던진 순간부터 상황은 달라졌다. 시니는 불타고 지역 전체가 불에 그을려 변했지만, 문제가 되지 않았다. 모든 것이 불탔을 리는 없었다. 닉은 그 사실을 알았다. 햇볕에 땀을 흘리며, 기찻길과 소나무 평원 사이를 가르는 산등성이를 올랐다.

길은 쭉 이어지면서 가끔 밑으로 꺼지기도 했지만 변함없는 오르막이었다. 닉은 계속 올라갔다. 불에 탄 산비탈과 평행선을 달리던 길이 마침내 정상에 이르렀다. 닉은 나무 그루터기에 기대앉아 짐꾸러미를 벗었다. 저 멀리 앞에 소나무 평원이 보였다. 불에 탄 지역은 왼편의 능선과 함께 끝나 있었다. 앞쪽의 평원에는 거무스름한 소나무들이 섬처럼 솟아 있었다. 왼편 멀리로는 강줄기가 보였다. 닉은 강줄기를 눈으로 좇다가 햇빛에 반짝거리는 수면을 보았다.

앞쪽에는 슈피리어호 부근의 고지대인 푸른 구릉지까지 소나무 평원만 쫙 펼쳐져 있었다. 평원 위로 피어오른 아지랑이 때문에 머나먼 구릉지는 희미하니 잘 보이지 않았다. 눈을 부릅뜨고 보면 사라져 버렸다. 하지만 언뜻 쳐다보면 저 멀리 고지대의 구릉이 보였다.

닉은 새까맣게 타버린 나무 그루터기에 앉아 담배를 피웠다. 단단히 묶인 채 그루터기 윗면에 안정적으로 놓인 짐꾸러미에는 닉의 등 자국이 움푹 파여 있었다. 닉은 앉아서 담배를 피우며 주위를 둘러보았다. 지도를 꺼낼 필요도 없었다. 강의 위치로 방향을 알 수 있었다.

닉이 담배를 피우며 두 다리를 앞으로 쭉 뻗을 때, 메뚜기 한 마리가 땅바닥을 지나가다가 그의 털양말로 펄쩍 뛰어올랐다. 메뚜기는 검은색이었다. 길을 올라오는 동안 흙먼지 속에서 튀어 오르는 메뚜기들이 많이 보였었다. 하나같이 시커멨다. 검은 겉날개 속의 노랗고 검은, 혹은 빨갛고 검은 날개를 윙윙거리며 날아오르던 그 큼직한 메뚜기들이 아니었다. 그저 깡충깡충 뛰는 평범한, 하지만 온몸이 숯덩이처럼 새까만 곤충일 뿐이었다. 닉은 걸어오면서 진지한 생각 없이 메뚜기들이 이상하다고만 여겼었다. 그런데 지금, 사방으로 트인 입술로 그의 털양말을 갉아 먹고 있는 검은 메뚜기를 내려다보고는, 메뚜기들이 불타버린 땅에 살다가 까맣게 변해 버렸다는 사실을 깨달았다. 불이 난 건 1년 전이었을 텐데 메뚜기들은 아직도 까맸다. 언제까지 이런 꼴로 남아 있을까.

닉은 조심스레 손을 뻗어 메뚜기의 날개를 잡았다. 녀석의 몸통을 뒤집자 다리들이 허공에서 버둥거렸다. 닉은 메뚜기의 마디진 배를 들여다보았다. 역시나 배도 까맸고, 먼지를 뒤집어쓴 등과 머리는 무지갯빛으로 번뜩였다.

"가거라, 메뚜기야." 닉은 처음으로 소리를 내어 말했다. "멀리 날아가."

닉은 메뚜기를 허공으로 던져 올린 뒤 메뚜기가 길 건너 숯처럼 타버린 그루터기로 날아가는 모습을 지켜보았다.

닉은 일어났다. 그루터기 위에 똑바로 묵직하니 서 있는 짐꾸러미에 등을 기대고 어깨끈에 팔을 꿰었다. 짐을 등에 지고 일어나 산등성이에 서서 벌판 너머 저 멀리 있는 강을 바라본 다음 산비탈을 따라 내려가며 길로부터 멀어져 갔다. 발밑의 땅은 걷기에 좋았다. 20미터를 채 내려가지 않았을 때 불탄 지대는 끝이 났다. 발목 높이까지 자란 소귀나무를 지나자 뱅크스소나무 숲이 나왔다. 파도치듯 오르락내리락하는 기나긴 들판, 발밑에 밟히는 모래, 되살아나고 있는 땅.

닉은 태양의 위치로 방향을 잡았다. 그가 가고 싶은 강이 어디 있는지 알기에 소나무 평원을 계속 가로질러 가면서, 봉긋한 언덕에 올라 앞쪽에 솟은 다른 언덕들을 바라보기도 했고, 가끔 오르막길 꼭대기에 올라서면 오른편이나 왼편으로 거대하고 단단한 섬을 이룬 소나무 숲이 보일 때도 있었다. 작은 반점들이 찍힌 소귀나무의 잔가지들을 조금 꺾어 짐꾸러미 끈들 밑에 끼워 넣기도 했다. 그러면 마찰 때문에 가지가 부러지면서 풍기는 냄새를 맡으며 걸을 수 있었다.

울퉁불퉁하고 그늘도 없는 소나무 평원을 걷자니 피곤하고 무척 더웠다. 언제든 왼편으로 방향을 꺾으면 금방 강이 나온다는 걸 닉은 알고 있었다. 1.5킬로미터 정도밖에 떨어져 있지 않았다. 하지만 그는 하루 동안 걸어서 갈 수 있는 데까지 최대한 상류 쪽으로 올라가고 싶었기 때문에 계속 북쪽으로 걸음을 옮겼다.

완만하게 오르락내리락하는 고지대를 한동안 걸어갈 때 커다란 섬 같은 소나무 숲이 한 군데 눈에 들어왔다. 닉은 비탈을 내려간 다음 천천히 산마루까지 올라가 몸을 돌려 소나무들로 향했다.

소나무들 밑에 자라는 덤불은 없었다. 나무줄기는 위로 쭉 뻗거나 서로를 향해 비스듬히 기울어져 있었다. 가지가 없는 부분은 곧고 갈색이었다. 가지들은 저 높이 달려 있었다. 몇몇 가지들은 서로 뒤얽혀 갈색의 숲 바닥에 짙은 그늘을 드리웠다. 수풀 주변에 빈터가 하나 있었다. 그 갈색 땅을 걸어보니 푹신했다. 높은 가지들이 뻗은 거리보다 먼 이곳까지 솔잎들이 넘어와 땅을 뒤덮고 있었다. 나무들이 훌쩍 자라면서 가지들도 높아져, 한때 그늘졌던 이 빈터는 햇볕 속에 남겨졌다. 여기까지 연장된 숲 바닥이 끝나자마자 소귀나무들이 나타나기 시작했다.

닉은 짐을 벗고 그늘에 누웠다. 반듯이 드러누워 소나무들을 올려다보았다. 몸을 쭉 뻗어 목과 등과 허리를 쉬였다. 등에 닿는 흙의 감촉이 기분 좋았다. 나뭇가지들 사이로 하늘을 올려다보던 닉은 눈을 감았다. 눈을 뜨고 다시 올려다보았다. 저 높이 나뭇가지들에 바람이 일었다. 그는 다시 눈을 감고 잠들었다.

닉은 뻣뻣한 몸으로 경련을 일으키며 잠에서 깨어났다. 해는 거의 떨어져 있었다. 짐을 등에 지니 무겁고, 끈 닿는 부분이 아팠다. 닉은 몸을 앞으로 수그린 채 가죽으로 된 낚싯대 케이스를 집어 들고, 소나무 숲을 빠져나가 소귀나무가 우거진 저지대를 가로질러 강으로 향했다. 이제 1.5킬로미터도 남지 않았다.

그는 나무 그루터기로 뒤덮인 산비탈을 내려가 초원으로 들어섰다. 초원 끝자락에 강이 흘렀다. 다행히도 강에 도착했다. 닉은 초원을 지나 상류 쪽으로 걸어갔다. 걷는 동안 바지가 이슬에 흠뻑 젖었다. 낮이 무더웠던 탓에 이슬이 금세 많이 맺혔다. 강은 전혀 소리를 내지 않았다. 너무 빠르고 매끄러웠다. 초원 끝자락에 이르자 닉은 야영지를 만들 높은 지대로 올라가기 전, 강물 위로 솟구치는 송어들을 내려다보았다. 해가 지면 양쪽 강가의 습지에서 몰려드는 곤충들을 잡아먹으러 올라오는 것이었다.

송어들은 수면 위로 펄쩍 뛰어올라 곤충들을 잡았다. 닉이 강줄기를 따라 초원을 조금 걸어가는 동안에도 송어들은 물 위로 높이 뛰어올랐다. 이제 강을 내려다보니 곤충들 대부분은 수면에 편안히 떠 있었다. 송어들은 모두 저 하류에서 꾸준히 먹이를 잡고 있었다. 저 멀리 아래를 보니 송어들이 솟아오르면서 마치 비가 내리듯 수면에 동그란 파문을 일으키고 있었다.

나무가 울창한 모래땅이 오르막으로 이어지더니, 초원과 강줄기와 습지가 내려다보였다. 닉은 짐꾸러미와 낚싯대 케이스를 내려놓고 평평한 땅을 찾았다. 무척 허기가 져서 야영지를 만든 다음 요리를 하고 싶었다. 뱅크스소나무 두 그루 사이의 땅이 꽤 평평했다. 닉은 짐꾸러미에서 도끼를 꺼내어 땅 위로 튀어나와 있는 뿌리들을 잘라냈다. 그러자 잠자리로 쓸 수 있을 만큼 널찍한 공간이 만들어졌다. 닉은 모래흙을 손으로 반듯하게 고르고, 소귀나무 덤불을 뿌리째 뽑았다. 그의 손에서 소귀나무의 좋은 냄새가 났다. 그는 뿌리가 뽑혀 나온 땅을 반반하게 골랐다. 담요 밑에 조금이라도 배기는 것이 없어야 했다. 땅바닥이 반반해지자 닉은 담요 석 장을 폈다. 한 장은 반으로 접어서 바닥에 깔았다. 나머지 두 장은 그 위에 펼쳤다. 소나무 그루터기를 도끼로 찍어 밝은색의 두껍고 반듯한 조각을 잘라낸 다음 쪼개어, 텐트를 고정할 말뚝으로 만들었다. 땅에 단단히 박힐 기다란 말뚝이 필요했다. 텐트를 풀어 땅바닥에 펼쳐놓고 보니, 뱅크스소나무에 기대어져 있는 짐꾸러미가 훨씬 더 작아 보였다. 닉은 텐트 들보 역할을 하는 밧줄을 소나무 줄기에 묶은 뒤 밧줄의 반대쪽 끝을 다른 소나무에 묶어 텐트를 땅 위로 끌어 올렸다. 텐트는 빨랫줄에 걸린 캔버스 천 담요처럼 밧줄에 걸렸다. 닉은 잘라놓았던 나무 장대를 텐트 천의 뒤쪽 꼭대기 밑으로 찔러 넣은 다음 천의 가장자리에 말뚝을 박아 텐트를 완성했다. 가장자리를 팽팽하게 잡아당겨 말뚝을 깊숙이 박아 넣었다. 밧줄 고리가 땅 속에 묻히고 텐트 천이 단단히 고정될 때까지 도끼날의 넓적한 면으로 말뚝을 내리쳤다.

텐트의 열린 입구에는 모기를 막아줄 투박한 무명천을 달았다. 닉은 짐꾸러미에서 이것저것 꺼낸 뒤 모기장 밑으로 기어들어 가, 텐트가 비스듬히 기울어진 부분 밑에, 그의 머리가 눕혀질 자리에다 그 물건들을 두었다. 텐트 안에서는 갈색 캔버스 천으로 빛이 스며들었다. 캔버스 천의 냄새가 좋았다. 벌써부터 뭔가 신비롭고 집처럼 편안한 분위기가 감돌았다. 텐트 안으로 기어들어 가며 닉은 행복감을 느꼈다. 하루 종일 우울했었다. 하지만 이젠 달랐다. 일을 마쳤다. 해야 할 일이 있었는데 끝났다. 힘겨운 여정이었다. 무척 피곤했다. 이제 끝났다. 야영지를 만들었다. 몸 누일 곳을 찾았다. 그 무엇도 그를 건드릴 수 없었다. 야영지로 좋은 곳이었다. 그는 좋은 곳에 있었다. 그가 만든 집에 있었다. 이제 배가 고팠다.

그는 무명천 밑으로 기어 나갔다. 밖은 제법 어두웠다. 텐트 안이 더 밝았다.

닉은 짐꾸러미로 가서 그 바닥을 뒤져, 종이봉투에 든 못들 중에 기다란 못 하나를 꺼냈다. 그 못을 소나무에 바싹 갖다 댄 다음 도끼의 넓적한 면으로 살살 쳐서 박아 넣었다. 못에다 짐꾸러미를 걸었다. 모든 소지품이 거기에 들어 있었다. 이제 그것들은 안전하게 땅 위에 떠 있었다.

닉은 배가 고팠다. 지금만큼 배가 고팠던 적이 있었던가. 그는 돼지고기와 강낭콩이 든 통조림과 스파게티 통조림을 따서 프라이팬에 쏟아부었다.

"여기까지 지고 왔으니 먹을 권리가 있지." 닉은 말했다. 어둑해지는 숲속에서 그의 목소리가 이상하게 들렸다. 그는 다시는 입을 열지 않았다.

닉은 그루터기를 도끼로 찍어 잘라낸 소나무 조각들로 불을 지폈다. 모닥불 위에 석쇠를 올리고, 석쇠 다리 네 개를 부츠로 내리눌러 땅에 박았다. 닉은 불길 위의 석쇠에 프라이팬을 얹었다. 더 배가 고파졌다. 강낭콩과 스파게티가 데워졌다. 닉은 그것들을 휘저어 한데 섞었다. 그것들이 보글보글 끓기 시작하면서, 작은 거품들이 표면으로 힘겹게 떠올랐다. 냄새가 좋았다. 닉은 토마토케첩을 꺼내고 빵을 네 조각으로 잘랐다. 이제 작은 거품들이 더 빨리 생기기 시작했다. 닉은 불가에 앉아 프라이팬을 들어 올렸다. 거기에 든 음식의 절반 정도를 양철 접시로 쏟아부었다. 음식이 접시 위로 천천히 퍼져 나갔다. 아직은 너무 뜨거웠다. 닉은 그 위에다 토마토케첩을 조금 뿌렸다. 강낭콩과 스파게티는 아직 너무 뜨거웠다. 닉은 모닥불을 바라보다가 텐트로 눈길을 돌렸다. 혀를 데서 모든 걸 망칠 생각은 없었다. 몇 년 동안 바나나 튀김을 즐기지 못한 것도, 식을 때까지 기다리지 못해서였다. 그의 혀는 아주 민감했다. 그는 몹시 배가 고팠다. 거의 어둑해진 강 건너 습지에 피어오르는 연무가 보였다. 닉은 텐트를 한 번 더 바라보았다. 이제 됐다. 그는 접시에 든 음식을 한 스푼 가득 떴다.

"진짜, 진짜 끝내주는데." 닉은 행복하게 말했다.

한 접시를 다 먹고 나서야 빵이 기억났다. 닉은 두 번째 접시를 빵으로 싹싹 닦아 먹어 치웠다. 세인트이그너스 역의 식당에서 햄 샌드위치와 커피 한 잔을 먹은 후 아무것도 먹지 못했다. 아주 좋은 경험이었다. 전에도 이렇게 배가 고팠던 적이 있었지만, 허기를 채우지 못했었다. 마음만 먹었다면 몇 시간 전에 야영지를 만들 수도 있었다. 강가에도 야영하기에 적절한 곳이 많았다. 하지만 여기가 좋았다.

닉은 큼직한 소나무 조각 두 개를 석쇠 밑으로 집어넣었다. 불길이 확 타올랐다. 커피 끓일 물을 깜박하고 구해놓지 않았다. 닉은 짐꾸러미에서 캔버스 천 주머니를 꺼낸 뒤 언덕을 내려가서 초원 끝자락을 가로질러 강으로 갔다. 건너편 기슭에는 흰 연무가 끼어 있었다. 닉은 강둑의 축축하고 싸늘한 풀밭에 무릎을 꿇고 앉아 캔버스 천 주머니를 물속에 담갔다. 물살 속에서 주머니가 부풀며 그의 손을 강하게 잡아끌었다. 물은 얼음처럼 차가웠다. 닉은 주머니를 헹군 다음 속을 가득 채워 야영지로 가져갔다. 강에서 위로 올라오는 동안 물의 냉기가 많이 가셨다.

닉은 큼직한 못을 하나 더 박고, 물로 채워진 주머니를 거기에 걸었다. 커피 주전자를 절반 정도 채우고, 석쇠 밑의 불에다 나무 조각을 더 집어넣은 다음 주전자를 올렸다. 평소에 그가 어떤 방법으로 커피를 끓이는지 기억이 나질 않았다. 이 문제를 두고 홉킨스와 옥신각신했던 일이 떠올랐지만, 그가 어느 방법을 주장했었는지는 기억나지 않았다. 닉은 일단 커피 물을 끓이기로 했다. 그러다 문득 이것이 홉킨스의 방식이라는 사실을 깨달았다. 예전에는 홉킨스와 사사건건 말싸움을 벌였었다. 커피가 끓기를 기다리면서 닉은 조그만 살구 통조림을 땄다. 그는 통조림 따기를 좋아했다. 통조림을 양철 컵에다 비웠다. 모닥불에 얹어진 커피를 지켜보며, 살구즙 시럽을 조심조심 흘리지 않고 마신 후 생각에 잠긴 채 살구를 빨아 먹었다. 날것 그대로의 살구보다 더 맛있었다.

그가 지켜보는 동안 커피가 끓었다. 주전자 뚜껑이 들썩이더니 커피와 찌꺼기가 주전자 옆면으로 흘러내렸다. 닉은 석쇠에서 주전자를 들어 올렸다. 결국 홉킨스의 승리였다. 그는 텅 빈 살구 컵에 설탕을 넣은 다음 커피를 조금 따라 식혔다. 주전자가 너무 뜨거워 따를 수가 없어서 모자로 주전자 손잡이를 감싸 쥐었다. 주전자에 컵을 담그고 싶지는 않았다. 첫 잔만은. 끝까지 쭉 홉킨스의 방식을 고수해야 했다. 홉킨스를 생각해서라도. 그는 커피를 끓일 때 아주 진지한 자세로 임했다. 그는 닉이 아는 사람들 중에 가장 진지했다. 무게를 잡는 것이 아니라, 진지했다. 그것도 오래전의 일이었다. 홉킨스는 입술을 움직이지 않고 말했다. 폴로를 했다. 텍사스에서 수백만 달러를 벌었다. 그의 첫 대형 유정이 발견되었다는 소식이 날아들었을 때 그는 찻삯을 빌려 시카고로 갔다. 돈을 부쳐달라고 전보를 칠 수도 있었지만, 그러면 너무 오래 기다려야 할 터였다. 사람들은 홉킨스의 여자를 금발의 비너스라고 불렀다. 그녀는 진짜 애인이 아니었기에 홉킨스는 개의치 않았다. 그의 진짜 애인은 아무도 놀리지 못할 거라고 홉킨스는 자신만만하게 말했다. 그의 말이 옳았다. 전보가 오자 홉킨스는 떠났다. 블랙 강[1]에서였다. 전보가 그에게 도착하는 데 여드레가 걸렸다. 홉킨스는 22구경 콜트식 자동 권총을 닉에게 주었다. 카메라는 빌에게 주었다. 그 물건들을 보면서 자기를 항상 기억해 달라고 했다. 다음 해 여름 다 함께 낚시를 가기로 했다. 홉 헤드는 이제 부자였다. 그가 요트를 사면 그걸 타고 슈피리어호의 북쪽 호반을 유람하기로 했다. 그는 들떴지만 진지했다. 그들은 작별 인사를 나누며 아쉬워했다. 그들의 여행은 그렇게 끝나고 말았다. 그 후 다시는 홉킨스를 보지 못했

1 미시간주 상부 반도에 흐르는 강.

다. 오래전 블랙 강에서의 일이었다.

닉은 홉킨스의 방식대로 끓인 커피를 마셨다. 쓴맛이 났다. 닉은 웃었다. 한 이야기의 결말로 썩 괜찮았다. 그의 머릿속이 복잡해지기 시작했다. 하지만 몸이 지쳐 있으니 잡념을 억누를 수 있으리라. 그는 주전자에 남은 커피를 쏟아버리고, 커피 찌꺼기를 흔들어 불 속으로 뿌렸다. 그러고는 담배에 불을 붙여 텐트 안으로 들어갔다. 담요 위에 앉아 신발과 바지를 벗고 신발을 바지로 돌돌 말아 베개를 만든 뒤 담요 사이로 들어갔다.

텐트 밖으로 밤바람에 흔들리는 모닥불 불빛이 보였다. 고요한 밤이었다. 습지는 완벽히 고요했다. 닉은 담요 밑에서 온몸을 편안하게 뻗었다. 모기 한 마리가 귓가에서 윙윙거렸다. 닉은 일어나 앉아 성냥불을 켰다. 머리 위의 텐트 천에 앉아 있는 모기가 보이자 닉은 얼른 성냥불을 갖다 댔다. 모기가 불길에 휩싸여 쉬익 하고 기분 좋은 소리를 냈다. 성냥불이 꺼졌다. 닉은 다시 담요 밑에 누웠다. 옆으로 돌아누워 눈을 감았다. 졸렸다. 스르르 잠이 왔다. 그는 담요 밑에서 몸을 웅크린 채 잠들었다.

## 2

아침이 되어 해가 뜨고 텐트가 뜨거워지기 시작했다. 닉은 텐트 입구에 쳐놓은 모기장 밑으로 기어나가 아침 풍경을 바라보았다. 나가면서 손에 닿은 풀이 축축했다. 닉은 바지와 신발을 두 손에 들고 있었다. 이제 막 언덕 위로 해가 솟았다. 초원과 강과 습지가 보였다. 강 건너 습지의 풀밭에 자작나무들이 있었다.

이른 아침 강물은 맑고 거침없이 빨랐다. 200미터쯤 내려간 곳에 통나무 세 개가 강을 건너는 다리처럼 놓여 있었다. 통나무들 너머의 물은 잔잔하고 깊었다. 닉이 지켜보고 있을 때 한 수도승이 통나무로 강을 건너 습지로 들어갔다. 닉은 들떴다. 이른 아침과 강의 풍경에 들떴다. 아침을 거르고 싶을 만큼 마음이 다급해졌지만, 아침을 먹어야 한다는 걸 알았다. 모닥불을 작게 피우고 커피 주전자를 올렸다. 주전자 물이 데워지는 사이, 닉은 빈 병을 하나 들고 고지대 끝자락 너머의 초원으로 내려갔다. 초원은 이슬이 맺혀 축축했고, 닉은 햇볕에 풀이 마르기 전에 미끼로 쓸 메뚜기를 잡고 싶었다. 괜찮은 메뚜기들이 눈에 많이 띄었다. 녀석들은 풀줄기 밑에 있었다. 더러 풀줄기에 들러붙어 있기도 했다. 이슬이 맺혀 차갑고 축축해진 몸이 햇볕에 녹기 전까지는 펄쩍 뛰어오르지 못했다. 닉은 중간 크기의 갈색 메뚜기들만 잡아 병 속에 집어넣었다. 통나무 하나를 뒤집었더니 그 끄트머리 밑에 수백 마리나 되는 메뚜기들이 숨어 있었다. 메뚜기들의 하숙집인 셈이었다. 닉은 중간 크기의 갈색 메뚜기를 쉰 마리 정도 병에 넣었다. 그사이 나머지 메뚜기들은 햇볕에 몸을 녹이고 깡충깡충 뛰기 시작했다. 깡충 뛰다가 날아올랐다. 처음엔 한 번 날고는 땅에 내려앉아 죽은 듯 가만히 있었다.

그가 아침 식사를 마칠 때쯤엔 메뚜기들도 평소처럼 쌩쌩해질 터였다. 이슬이 다 마르면 괜찮은 메뚜기들을 한 병 잡는 데 온종일이 걸릴 테고, 모자로 때려서 잡다 보면 많은 놈들이 뭉개져 버릴 터였다. 닉은 강물에 손을 씻었다. 강에 가까이 있기만 해도 흥분이 일었다. 닉은 텐트로 걸어 올라갔다. 풀밭에서는 벌써 메뚜기들이 뻣뻣하게 깡충거리고 있었다. 병 속에 든 메뚜기들도 햇볕에 몸이 풀려 한 덩어리로 폴짝거렸다. 닉은 소나무 가지를 코르크 마개처럼 병에 꽂았다. 이제 주둥이가 막혀서 메뚜기들은 밖으로 나올 수 없었지만, 공기가 드나들 만한 틈은 남겨져 있었다. 닉은 통나무를 제자리로 굴려놓았다. 아침마다 이곳에서 메뚜기를 구하리라 마음먹었다.

닉은 폴짝거리는 메뚜기들로 가득 찬 병을 소나무 줄기에 기대어 놓았다. 그러고는 얼른 메밀가루 한 컵과 물 한 컵을 섞고 부드럽게 휘저었다. 주전자에 커피를 한 줌 넣은 다음, 깡통에서 떠낸 기름 한 덩어리를 뜨거운 프라이팬에 미끄러트리자 탁탁 튀는 소리가 났다. 연기 나는 프라이팬에 메밀가루 반죽을 부드럽게 부었다. 반죽이 용암처럼 퍼져 나가면서 기름이 심하게 튀었다. 메밀 케이크의 가장자리가 단단해지다가 갈색으로 변하더니 바삭바삭해졌다. 표면은 천천히 부글부글 끓어오르면서 구멍이 퐁퐁 뚫렸다. 닉은 갈색으로 익은 밑면 아래로 갓 베어낸 소나무 조각을 쑥 집어넣었다. 프라이팬을 좌우로 흔들자 케이크가 팬 바닥에서 떨어졌다. 케이크를 날려서 뒤집는 건 시도도 하지 말아야지, 하고 그는 생각했다. 깨끗한 나무 조각을 케이크 밑으로 끝까지 밀어 넣어 뒤집었다. 팬에서 탁탁 튀는 소리가 났다.

케이크가 완성되자 닉은 프라이팬에 다시 기름을 둘렀다. 반죽을 다 썼다. 또 한 장의 두툼한 팬케이크와 더 작은 팬케이크가 만들어졌다.

닉은 큼직한 팬케이크 한 장과 작은 팬케이크에 사과잼을 듬뿍 발라 먹었다. 나머지 한 장은 사과잼을 바르고 두 번 접어서 기름종이에 싼 다음 셔츠 주머니에 넣었다. 사과잼 병을 짐꾸러미에 도로 집어넣고, 샌드위치 두 개를 만들 빵을 잘랐다.

짐꾸러미에서 큼직한 양파를 하나 찾았다. 그걸 반으로 자르고 매끄러운 겉껍질을 깠다. 반 토막 하나를 얇게 썰어 양파 샌드위치를 만들었다. 샌드위치들을 기름종이에 싸서 카키색 셔츠의 다른 주머니에 집어넣은 다음 단추를 잠갔다. 석쇠 위의 프라이팬을 뒤집어놓고, 설탕과 연유를 넣어 황갈색이 된 커피를 마신 다음 야영지를 정리했다. 아담하고 멋진 야영지였다.

닉은 가죽으로 된 낚싯대 케이스에서 제물낚싯대를 꺼내어 연결하고, 케이스를 텐트 속으로 도로 밀어넣었다. 그런 다음 얼레를 끼우고 가이드에 낚싯줄을 꿰었다. 낚싯줄을 꿸 때는 줄이 제 무게를 못 이겨 되감기지 않도록 이 손에서 저 손으로 옮겨가며 잡아야 했다. 두 겹으로 꼬여 무거운 제물낚시용 줄이었다. 오래전 8달러를 주고 산 것이었다. 무게가 안 나가는 미끼를 달아도, 줄이 뒤로 빙 돌다가 평평하고 묵직하고 똑바로 뻗어 나갈 수 있도록 무겁게 만들어졌다. 닉은 목줄이 들어 있는 알루미늄 상자를 열었다. 플란넬 패드 사이에 목줄이 똘똘 감겨 있었다. 세인트이그너스로 오는 기차에서 냉수기 물로 패드를 적셔 놨었다. 축축한 패드 속에서 야잠사 목줄은 부드러워져 있었고, 닉은 한 줄을 풀어 그 끝을 고리로 만든 다음 묵직한 낚싯줄에다 묶었다. 그러고 나서 목줄 끝에 낚싯바늘을 단단히 맸다. 아주 가늘고 탄력 좋은, 조그만 바늘이었다.

닉은 무릎에 낚싯대를 얹고 앉아, 낚싯바늘 쌈지에서 바늘을 뺐다. 낚싯줄을 팽팽하게 당겨 낚싯대의 탄력과 매듭을 시험했다. 느낌이 좋았다. 닉은 손가락이 바늘에 찔리지 않도록 조심했다.

그는 메뚜기들이 들어 있는 병의 아가리 밑에 가죽끈을 둘러서 목에 걸고, 낚싯대를 챙겨 들고서 강으로 내려갔다. 뜰채는 허리띠에 갈고리로 매달아 놓았다. 한쪽 어깨에는 각 귀퉁이를 귀 모양으로 묶은 기다란 자루를 짊어졌다. 자루 끝은 어깨 뒤로 넘어가 있었다. 자루가 펄럭이며 그의 다리를 쳐댔다.

닉은 이런 장비들을 몸에 매달고 있는 기분이 어색하면서도 전문 낚시꾼이라도 된 듯 행복했다. 그의 가슴에서 메뚜기 병이 흔들렸다. 셔츠 주머니는 점심거리와 낚싯바늘 쌈지가 들어 있어 불룩했다.

닉은 강물 속으로 들어갔다. 충격이었다. 바지가 다리에 찰싹 들러붙었다. 신발 밑으로 자갈이 느껴졌다. 물은 충격적일 정도로 차가웠다.

거센 물살은 그의 다리를 빨아들이기라도 할 기세였다. 그가 걸어 들어간 곳은 물이 무릎 위까지 올라왔다. 그는 물살을 따라 걸었다. 신발 밑의 자갈들이 미끄러웠다. 닉은 다리 밑에서 소용돌이치는 강물을 내려다보다가 메뚜기를 꺼내기 위해 병을 기울였다. 첫 번째 메뚜기가 병 아가리에서 펄쩍 뛰어 물속으로 들어갔다. 닉의 오른쪽 다리 부근에서 소용돌이 속으로 빨려들어 갔다가 아래쪽으로 조금 떠내려가서 수면으로 올라왔다. 녀석은 발길질을 하며 순식간에 떠내려갔다. 강물의 매끄러운 수면을 깨트리고 빙글빙글 빠르게 돌며 사라져 갔다. 송어 한 마리가 녀석을 잡았다.

또 다른 메뚜기가 병 밖으로 고개를 삐죽 내밀었다. 더듬이가 흔들렸다. 뛰어내리려고 앞다리를 병 밖으로 빼고 있었다. 닉은 녀석의 대가리를 붙잡은 채 가느다란 바늘을 녀석의 턱 밑에 꽂은 다음 가슴을 지나 복부의 마지막 마디까지 찔러넣었다. 메뚜기는 앞발로 바늘을 붙잡고 갈색 액을 뱉어댔다. 닉은 녀석을 물속으로 떨어뜨렸다.

오른손으로 낚싯대를 잡고, 물살 속에서 메뚜기가 끌어당기는 힘에 맞서 줄을 풀었다. 얼레에 감긴 줄을 왼손으로 풀어 자유롭게 돌아다니도록 내버려두었다. 작은 물결 속에 메뚜기가 보였다. 시야에서 사라졌다.

무언가가 낚싯줄을 세게 끌었다. 닉은 팽팽한 줄을 당겼다. 첫 입질이었다. 이제 물살을 가르며 살아 움직이는 낚싯대를 꼭 붙든 채 닉은 왼손으로 낚싯줄을 잡아당겼다. 낚싯대가 경련을 일으키며 휘고, 송어가 물살을 거슬러 솟구쳤다. 작은 놈이었다. 닉은 낚싯대를 허공으로 똑바로 들어 올렸다. 송어가 잡아당기는 힘에 낚싯대가 휘었다.

물속에서 이리저리 움직이는 낚싯줄을 피해 머리와 몸통을 홱홱 틀어대는 송어가 보였다. 닉은 왼손으로 낚싯줄을 잡고, 힘겹게 물살을 들이받고 있는 송어를 수면으로 끌어 올렸다. 놈의 얼룩덜룩한 등은 자갈 위의 물 같은 청아한 빛깔이었고, 옆구리는 햇빛을 받아 번득였다. 닉은 낚싯대를 오른쪽 겨드랑이에 낀 채 몸을 구부려 오른손을 물속에 담갔다. 계속 버둥거리는 송어를 축축한 오른손으로 붙잡고, 놈의 입에서 낚싯바늘을 떼어낸 다음 놈을 다시 물속으로 떨어뜨렸다.

놈은 물살 속에서 휘청이다가 어느 돌멩이 옆의 바닥에 자리를 잡았다. 닉은 팔꿈치까지 물속으로 집어넣고 손을 뻗어 놈을 만져보았다. 송어는 움직이는 강물 속에서, 자갈 바닥의 한 돌멩이 옆에서 가만히 쉬고 있었다. 닉의 손가락이 물속에 있는 송어를 만지며 그 매끄럽고 차가운 감촉을 느끼자 놈은 강바닥을 가로질러 그늘 속으로 사라져 버렸다.

녀석은 괜찮을 거야, 하고 닉은 생각했다. 그냥 지쳤을 뿐이야.

송어를 만지기 전에 이미 손이 젖어 있었으니 송어의 몸을 뒤덮은 섬세한 점액에도 별 탈이 없으리라. 마른 손으로 송어를 만지면, 그 지점이 무방비 상태가 되어 흰곰팡이의 공격을 받게 된다. 몇 년 전 제물낚시를 하는 사람들로 붐비는 개울에서 낚시를 했을 때, 흰곰팡이가 끼어 죽은 송어들이 떠내려오다 바위에 막히거나 웅덩이에 배를 드러낸 채 둥둥 떠 있는 광경을 여러 번 목격했었다. 닉은 강에서 다른 사람들과 함께 낚시하는 걸 좋아하지 않았다. 일행이 아니라면 낚시를 망쳐놓기만 할 뿐이었다.

닉은 무릎 위까지 올라오는 강물을 헤치고 하류로 내려가며, 통나무 더미들이 다리처럼 놓여 있는 곳까지 45미터쯤 이어지는 여울을 지나갔다. 가는 동안, 미끼를 새로 달지 않은 바늘을 손에 쥐고 있었다. 물이 얕은 곳에서 작은 송어를 쉽게 잡을 수 있겠지만, 닉은 작은 송어를 원하지 않았다. 하루의 이맘때 여울에는 큰 송어가 없을 터였다.

이제 물이 그의 허벅지 위로 급격히, 차갑게 차올랐다. 저 앞에는 통나무들에 막힌 물이 반대쪽으로 범람하여 잔잔히 퍼져 있었다. 물은 잔잔하고 검었다. 왼편에는 초원의 낮은 끝자락이, 오른편에는 습지가 있었다.

닉은 물살과 반대 방향으로 상체를 젖히고 병에서 메뚜기 한 마리를 꺼냈다. 메뚜기를 바늘에 꿴 뒤 행운을 빌며 녀석에게 침을 뱉었다. 그런 다음 얼레에서 낚싯줄을 몇 미터 풀어내고, 검고 빠른 강물 속으로 메뚜기를 던졌다. 메뚜기는 통나무들을 향해 떠내려가다가 수면 밑에서 묵직한 낚싯줄에 당겨졌다. 닉은 오른손에 낚싯대를 든 채, 낚싯줄을 손가락 사이로 흘려보냈다.

무언가가 낚싯줄을 길게 잡아끌었다. 닉이 줄을 당기자 낚싯대가 깊게 휘며 험악하게 살아 움직이기 시작하고, 낚싯줄은 팽팽하게 물 밖으로 나오더니 묵직하고 험악하고 부단히 끌어당기는 힘에 맞서느라 더욱 팽팽해졌다. 압력이 더 심해지면 목줄이 끊어질 것 같은 느낌이 드는 순간 닉은 줄을 놓아버렸다. 새된 기계음을 내는 얼레에서 줄이 급하게 풀려나갔다. 너무 빨랐다. 정신없이 풀리는 줄, 줄을 풀려 보내면서 점점 더 시끄러워지는 얼레를 제대로 확인할 수가 없었다.

얼레의 속이 드러나자 흥분으로 머리가 멈춰버리는 듯했다.

허벅지까지 싸늘하게 차오르는 물살을 거슬러 몸을 뒤로 젖힌 채 닉은 왼손 엄지로 얼레를 세게 훑었다. 제물낚시용 얼레의 틀 속에 엄지손가락을 집어넣는 기분이 어색했다.

그가 압력을 가하자 낚싯줄이 갑자기 한껏 팽팽해지더니, 통나무들 너머에서 커다란 송어 한 마리가 물 위로 높이 솟구쳤다. 송어가 뛰어오를 때 닉은 낚싯대 끝을 내렸다. 하지만 팽팽함을 줄여보겠다고 낚싯대를 내렸을 때 줄은 너무도 팽팽하게, 너무도 세게 당겨졌다. 보나 마나 목줄이 끊어진 것이다. 줄에 탄력이 완전히 사라지고 뻑뻑해진 걸 보면 틀림없었다. 결국 낚싯줄은 축 늘어졌다.

입이 마르고 마음이 가라앉은 닉은 얼레를 감았다. 그렇게 큰 송어는 처음이었다. 감당할 수 없는 그 무게와 힘하며, 뛰어오를 때의 그 육중함이라니. 연어만큼이나 몸집이 커 보였다.

닉의 손이 떨렸다. 그는 천천히 얼레를 감았다. 아까의 그 전율은 너무 벅찼다. 앉아 있는 게 낫지 않을까 싶을 정도로, 막연히, 조금 속이 울렁거렸다.

낚싯바늘을 메어놨던 부분에서 목줄은 끊어져 있었다. 닉은 목줄을 손에 쥐었다. 통나무들 밑에서, 햇빛이 닿지 않는 저 밑에서, 턱을 낚싯바늘에 꿰인 채 바닥 어딘가의 자갈 위에 가만히 있을 송어를 생각했다. 송어의 이빨이라면 목줄을 끊을 수 있었다. 그래도 바늘은 여전히 턱에 박혀 있을 터였다. 놈은 분명 화가 나 있으리라. 그 정도 크기라면 어떤 물고기든 화가 날 법도 했다. 더군다나 송어 아닌가. 그런 놈이 낚싯바늘에 단단히 걸려들었으니. 바위처럼 단단히. 움직이기 전에는 그놈도 꼭 바위 같았다. 정말이지 큰 놈이었다. 저렇게 큰 송어가 있다는 얘기는 들어본 적도 없었다.

닉이 초원으로 올라가 서자, 바지에서 물이 줄줄 흘러내려 신발이 철벅거렸다. 그는 통나무로 가서 그 위에 앉았다. 감각을 재촉하고 싶지 않았다.

그는 신발에 들어찬 물 속에서 발가락을 꼼지락거리고는 가슴 주머니에서 담배 한 개비를 꺼냈다. 담배에 불을 붙인 뒤, 통나무 아래의 빠른 물살로 성냥을 던졌다. 조그만 송어 한 마리가 급류 속에서 몸을 휙 돌리더니 성냥개비를 향해 몸을 솟구쳤다. 닉은 웃었다. 담배를 끝까지 다 피울 작정이었다.

그는 통나무에 앉아 담배를 피우며 햇볕에 몸을 말렸다. 등에 내리쬐는 따사로운 햇살, 수풀로 들어가면서 굽이지는 여울, 햇빛을 받아 반짝이고 물에 닳아 반들반들해진 커다란 바위들, 강둑에 줄지어 선 삼나무들과 하얀 자작나무들, 껍질이 없고 매끈해서 앉기에 좋을뿐더러 햇볕에 따뜻하게 데워졌고 만지면 회색이 묻어나는 통나무들. 실망감이 차츰 잦아들었다. 어깨가 저릴 정도의 전율이 가시자마자 찾아들었던 실망감이 서서히 사라져 갔다. 이젠 괜찮았다. 닉은 통나무 위에 낚싯대를 올려놓고 목줄에 새 바늘을 매단 뒤, 실을 팽팽히 당겨 단단히 매듭지었다.

바늘에 미끼를 꿴 다음 낚싯대를 집어 들고 통나무의 맨 끝으로 걸어가 물속으로 들어갔다. 그곳은 그리 깊지 않았다. 통나무 밑과 그 너머에는 물이 깊게 고여 있었다. 닉은 습지 기슭 부근의 얕은 단구를 돌아 얕은 강바닥으로 나왔다.

왼편에는, 초원이 끝나고 숲이 시작되는 곳에 거대한 느릅나무 한 그루가 뿌리째 뽑혀 있었다. 폭풍우에 쓰러져 수풀 속으로 드러누운 그 나무는 뿌리에 흙이 엉기고 거기서 풀이 자라나 단단한 강둑 역할을 했다. 뿌리째 뽑힌 나무의 끄트머리로 강물이 파고들었다. 닉이 서 있는 곳에서는, 물살의 흐름 때문에 얕은 강바닥에 바퀴 자국처럼 깊숙이 파인 길들이 보였다. 그가 선 곳은 자갈 바닥이었고, 저 너머에는 조약돌과 둥근 돌이 넘쳐났다. 강물이 나무뿌리 근처에서 굽이지는 곳은 강바닥에 이회토가 쌓여 있고, 깊은 수로들 사이로 초록빛의 해초 이파리들이 물살을 타고 흔들렸다.

닉이 낚싯대를 어깨 뒤로 휙 넘겼다가 앞으로 뻗자 낚싯줄이 포물선을 그리며 앞으로 날아가 메뚜기를 해초들 사이의 깊은 수로 위에 내려놓았다. 송어 한 마리가 덤벼들자 닉은 그놈을 낚았다. 뿌리째 뽑힌 나무 쪽으로 낚싯대를 쭉 뻗고서 첨벙첨벙 뒤로 걸으며, 물속으로 뛰어드는 송어를 구슬렀다. 낚싯대가 살아 있는 것처럼 휘고, 송어는 위험한 해초들 사이에서 벗어나 탁 트인 강으로 들어가려 애썼다. 낚싯대를 붙들고 물살에 맞서 몸을 힘차게 흔들며 닉은 송어를 끌어당겼다. 송어는 맹렬하게 달아났지만 언제나 돌아왔고, 낚싯대는 그 힘을 못 이겨 구부러지고 가끔 물속에 잠겨 이리저리 끌려가기는 해도 계속 송어를 끌어당기고 있었다. 닉은 급한 물살을 뚫고 천천히 하류 쪽으로 내려갔다. 머리 위로 낚싯대를 들어 올려 송어를 뜰채 위로 유인한 뒤 들어 올렸다.

뜰채에 묵직하게 걸린 송어는 등이 얼룩덜룩하고 옆구리가 은빛이었다. 닉은 낚싯바늘을 뽑았다. 놈의 옆구리는 묵직해서 잡기에 좋고, 큼직한 턱은 위보다 아래가 더 튀어나와 있었다. 닉은 들썩거리고 미끄러지는 커다란 송어를, 그의 어깨에 메어 물속으로 늘어뜨려 놓은 기다란 자루에 집어넣었다. 그런 다음 자루 아가리를 물살에 대고 열자, 묵직하니 물이 가득 채워졌다. 밑부분을 강물에 담근 채 자루를 들어 올리니 옆면으로 물이 쏟아져 나왔다. 자루 안쪽 바닥에는 커다란 송어가 물속에 살아 있었다.

닉은 하류 쪽으로 움직였다. 물속에 묵직하게 잠긴 채 그보다 앞서가는 자루가 그의 양어깨를 세게 당겨댔다.

목덜미에 햇볕이 뜨겁게 내리쬐면서 점점 더워졌다.

닉은 괜찮은 송어 한 마리를 낚았다. 많이 잡지 못해도 상관없었다. 이제 강물은 얕고 넓었다. 양쪽 기슭을 따라 나무들이 자라 있었다. 왼쪽 기슭의 나무들이 오후 햇살 속에 강물에다 짧은 그늘을 드리웠다. 닉은 그 그늘마다 송어가 있다는 걸 알았다. 오후에 해가 구릉지 쪽으로 가로질러 가고 나면, 송어들은 양쪽 강가의 시원한 그늘로 몰려들었다.

그중에서도 아주 큰 놈들은 기슭에 바짝 붙어 있었다. 블랙 강에서는 언제든 기슭에서 큰 놈들을 낚을 수 있었다. 해가 지면 다들 기슭에서 기어 나왔다. 해가 떨어지기 전 수면에 눈부신 햇살이 비칠 때는 강물 어디에서든 큰 송어를 쉽게 공략할 수 있었다. 하지만 그때는 수면이 거울처럼 눈부시게 반짝여서 고기를 낚기가 거의 불가능했다. 물론 상류에서는 가능하겠지만, 블랙 강이나 이런 강에서는 허우적대며 물살을 거슬러 올라가다 깊은 물에 빠지기 십상이었다. 이렇게 물이 많은 강에서는 상류에서의 낚시가 전혀 즐겁지 않았다.

닉은 얕은 구간을 가는 동안, 기슭에 깊은 구덩이가 파여 있는지 유심히 살폈다. 강가에 바짝 붙어 자란 너도밤나무 한 그루가 가지들을 물속으로 늘어뜨리고 있었다. 이파리들 밑에서 물길이 반대쪽으로 되돌아 흘렀다. 바로 그런 곳에 항상 송어들이 있었다.

닉은 그 구덩이에서 고기를 낚을 생각은 없었다. 나뭇가지들에 걸려들 것이 뻔했다.

하지만 물이 깊어 보였다. 메뚜기를 떨어뜨리자 물살에 휘말려 물속으로 빠진 뒤 쑥 뻗어 나온 나뭇가지들 밑으로 들어갔다. 줄이 세게 당겨지자 닉은 공격에 나섰다. 송어는 심하게 몸부림치다, 이파리들과 나뭇가지들 사이에서 물 밖으로 반쯤 나왔다. 낚싯줄이 걸렸다. 닉이 세게 잡아당기자 송어는 떨어져 나갔다. 닉은 얼레를 감고 낚싯바늘을 손에 든 채 강물을 따라 내려갔다.

저 앞에 왼쪽 기슭 가까이 큼직한 통나무가 하나 있었다. 속이 텅 비어 있었다. 상류로 거슬러 가는 물살이 통나무 속으로 매끄럽게 들어가며 통나무 양쪽 끝에 잔물결을 일으켰다. 물이 깊어지고 있었다. 텅 빈 통나무의 윗면은 잿빛을 띠고 말라 있었다. 조금은 그늘에 잠겨 있었다.

닉이 메뚜기 병의 마개를 빼자 한 마리가 거기에 들러붙어 있었다. 닉은 녀석을 떼어내어 낚싯바늘에 꿴 다음 내던졌다. 수면에 앉은 메뚜기가 물살에 휩쓸려 텅 빈 통나무 속으로 흘러가도록 낚싯대를 최대한 멀리 뻗었다. 닉이 낚싯대를 내리자 메뚜기가 통나무 속으로 떠내려갔다. 큰 입질이 왔다. 닉은 당겨지는 힘에 맞서 낚싯대를 흔들었다. 미끼를 문 것이 살아 움직이는 느낌만 없었다면, 낚싯바늘이 통나무 자체에 걸렸다고 착각할 뻔했다.

닉은 물고기를 통나무 밖으로 빼내려 애썼다. 물고기가 힘겹게 나왔다.

낚싯줄이 느슨해지자 닉은 송어가 가버렸다고 생각했다. 그때, 아주 가까이에서 머리를 흔들며 낚싯바늘을 빼내려 애쓰는 송어가 보였다. 녀석의 주둥이는 꽉 닫혀 있었다. 맑게 흐르는 물 속에서 송어는 낚싯바늘과 싸우고 있었다.

닉은 왼손으로 줄을 동그랗게 감고 낚싯대를 흔들어서 줄을 팽팽하게 만들어 송어를 뜰채 쪽으로 유인하려 했지만, 송어는 보이지 않고 낚싯줄이 아래위로 흔들렸다. 닉은 물살을 거슬러 녀석과 싸우며, 낚싯대의 탄력에 맞서 물속에서 버둥거리는 녀석을 내버려두었다. 낚싯대를 왼손으로 옮긴 뒤, 녀석의 무게를 버티고 낚싯대로 싸우며 송어를 상류 쪽으로 몰아서 뜰채로 흘러들게 했다. 닉은 송어를 물 밖으로 들어 올렸다. 물이 뚝뚝 떨어지는 뜰채 안에서 녀석의 묵직한 몸통이 반원으로 휘어져 있었다. 닉은 낚싯바늘을 빼낸 다음 녀석을 자루에 집어넣었다.

자루 아가리를 벌려, 물속에서 팔팔하게 살아 있는 큼직한 송어 두 마리를 내려다보았다.

닉은 점점 더 깊어지는 물을 헤치며 속이 텅 빈 통나무로 걸어갔다. 자루를 머리 위로 들어 올렸다가 물이 빠져나가 송어들이 파닥거리자, 송어들이 물에 잠기도록 자루를 내렸다. 통나무 앞에 이르러 몸을 똑바로 폈다가 앉으니, 바지와 부츠에서 물이 흘러내려 강으로 들어갔다. 닉은 낚싯대를 내려놓고 통나무의 그늘진 끄트머리로 자리를 옮겨 주머니에서 샌드위치를 꺼냈다. 샌드위치를 차가운 물에 적셨다. 물살이 부스러기를 휩쓸어 갔다. 닉은 샌드위치를 먹은 후 모자에 물을 가득 담아 마시려 했지만, 마시기 직전 물이 다 빠져나가 버렸다.

그늘 속에서 통나무에 앉아 있자니 시원했다. 닉은 담배 한 개비를 꺼내어 불을 붙이려고 성냥을 그었다. 성냥은 잿빛 나무에 작은 골 자국을 내며 그 속으로 떨어졌다. 닉은 통나무 옆면 너머로 몸을 기울여 단단한 곳을 찾아서 성냥을 그었다. 그러고는 앉아서 담배를 피우며 강을 바라보았다.

저 앞에서 강은 좁아져 습지에 이르렀다. 강물은 잔잔하니 깊었고, 습지에는 나무줄기들이 서로 바싹 붙어 있고 가지들이 단단한 삼나무들이 빽빽하게 우거져 있는 듯했다. 저런 습지를 걸어서 통과하는 건 불가능하리라. 가지들이 무척 나지막이 자라 있었다. 저 나무들 사이로 가려면 땅에 엎드리다시피 해야 할 것 같았다. 가지들을 뚫고 지나갈 수도 없었다. 그래서 습지에 사는 짐승들은 몸이 그렇구나, 하고 닉은 생각했다.

읽을거리를 가져오지 않은 것이 후회스러웠다. 책을 읽고 싶었다. 습지로 들어가고 싶지는 않았다. 닉은 강의 아래쪽을 바라보았다. 거대한 삼나무 한 그루가 강 건너편까지 비스듬히 기울어져 있었다. 그 너머에서 강물은 습지로 흘러들었다.

닉은 지금 그곳으로 들어가고 싶지 않았다. 점점 깊어져 겨드랑이 밑까지 올라오는 물속을 헤치고 들어가, 물고기를 물 밖으로 끌어 올릴 수도 없는 곳에서 큰 송어를 낚으려 애쓰기는 싫었다. 습지 기슭에는 나무나 풀이 없었고, 커다란 삼나무들이 저 높은 곳에서 합쳐지는 탓에 햇빛이 들지 못하고 띄엄띄엄 스며들기만 했다. 물살이 빠른 깊은 물에서, 빛도 제대로 들지 않는 데서 낚시질을 하는 건 비극이리라. 습지 낚시는 비극적인 모험이었다. 닉은 그것을 원치 않았다. 오늘은 하류 쪽으로 더 멀리 내려가고 싶지 않았다.

닉은 칼을 꺼내어 펴서 통나무에 꽂았다. 그런 다음 자루를 세워 그 안에서 송어 한 마리를 꺼냈다. 팔팔하게 움직이는 녀석의 꼬리 부근을 힘겹게 붙잡고서 녀석을 통나무에다 세게 내리쳤다. 송어는 바르르 떨다가 움직이지 않았다. 닉은 통나무에 드리워진 그늘에다 송어를 내려놓은 다음, 똑같은 방식으로 다른 송어의 목을 부러뜨렸다. 통나무 위에 두 마리를 나란히 놓았다. 멋진 송어들이었다.

닉은 그것들을 씻어, 항문에서부터 턱 끝까지 쭉 갈랐다. 내장과 아가미와 혀가 한 덩어리로 나왔다. 둘 다 수컷이었다. 기다란 회백색 줄무늬가 그려진 매끄럽고 깨끗한 이리가 보였다. 내장은 깔끔하고 조밀하게 뭉쳐져 있었다. 닉은 밍크들이 먹을 수 있도록 내장을 물가로 던졌다.

닉은 송어를 강물에 씻었다. 물속에서 놈들의 몸통을 뒤집어 등이 위쪽으로 오게 했더니 마치 살아 있는 물고기처럼 보였다. 빛깔이 아직 사라지지 않았다. 닉은 손을 씻고 송어들을 통나무에 얹어 말렸다. 송어가 마르자 통나무에 자루를 펼쳐놓고 거기에 송어를 올려 돌돌 말아 묶은 다음 뜰채에 집어넣었다. 칼은 여전히 통나무에 꽂힌 채 똑바로 서 있었다. 닉은 칼을 나무에다 문질러 닦아 주머니에 집어넣었다.

닉은 묵직하게 늘어진 뜰채와 낚싯대를 들고 통나무 위에 서 있다가 물속으로 들어가 첨벙첨벙 물가로 걸어갔다. 강둑으로 오른 뒤 숲속으로 들어가 고지대로 향했다. 야영지로 돌아가는 중이었다. 그는 뒤를 돌아보았다. 나무들 사이로 강이 보였다. 습지에서 낚시질을 할 수 있는 날은 앞으로도 많았다.

## 무언가의 끝

예전에 호턴스 베이는 벌목으로 먹고사는 마을이었다. 호숫가 목재소에서 큰 톱들이 돌아가는 소리를 듣지 못한 주민은 한 명도 없었다. 그러던 어느 해 목재를 만들 통나무가 동나고 말았다. 벌목한 나무를 나르는 범선들이 만으로 와서, 목재소 마당에 쌓여 있는 목재를 실었다. 산더미처럼 쌓여 있던 목재들은 그렇게 몽땅 실려 가버렸다. 목재소 직원들은 커다란 목재소 건물에서 떼어낼 수 있는 기계들을 모조리 끄집어내어 범선 한 척으로 끌어 올려 실었다. 범선은 선체 가득 실은 목재 위에다 거대한 톱 두 개, 통나무를 원형 회전 톱으로 던져주는 운반차, 롤러, 바퀴, 벨트, 쇠붙이를 쌓아 올린 채 만을 떠나 탁 트인 호수로 향했다. 화물 적재실은 그 열린 입구를 범포로 덮어 밧줄로 단단히 묶어두고, 돛은 바람을 안아 부풀었다. 범선은 목재소의 정체성을 지켜주고 호턴스 베이를 마을다운 마을로 만들어주었던 모든 것을 싣고 드넓은 호수로 나아갔다.

만 기슭의 늪지 초원을 광활하게 뒤덮은 톱밥 속에 단층 숙소들, 음식점, 매점, 목재소 사무실들, 그리고 커다란 목재소 건물이 쓸쓸히 버려져 있었다.

10년 후 닉과 마저리가 호숫가를 따라 배를 저어 갈 때, 늪지의 이차림에 흰 석회암 초석이 깨진 채 튀어나와 있을 뿐 목재소의 흔적은 하나도 남아 있지 않았다. 그들은 모래 깔린 여울에서 갑자기 3미터가 훌쩍 넘는 깊이의 검은 물로 바닥이 확 꺼지는 수로 둑을 따라가며 견지낚시를 하고 있었다. 무지개송어를 잡기 위해 밤낚시 줄을 드리워 놓을 곳으로 가는 길에 견지낚시를 하는 중이었다.

"저기 폐허가 되어버린 우리의 옛 마을이 있어, 닉." 마저리가 말했다.

닉은 노를 저으며, 초록빛 나무들 사이로 드러나 있는 흰 돌을 바라보았다.

"그렇네."

"목재소가 있었을 때 기억나?" 마저리가 물었다.

"기억나지." 닉이 답했다.

"지금은 오히려 성채처럼 보여."

닉은 아무 말도 하지 않았다. 호숫가를 따라 계속 배를 저어 가다 보니 목재소가 더 이상 보이지 않았다. 그러자 닉은 만을 질러갔다.

"입질이 없군."

"그러게." 마저리는 견지낚시를 하는 내내, 말을 할 때도 신경이 온통 낚싯대에 쏠려 있었다. 그녀는 낚시를 좋아했다. 닉과 함께하는 낚시질을 좋아했다.

배 바로 옆에서 큼직한 송어 한 마리가 수면 밖으로 튀어나왔다. 닉은 저 뒤에서 빙빙 돌고 있는 미끼가 먹이를 찾고 있는 송어를 지나갈 수 있도록, 노를 세게 저어 배를 돌렸다. 송어의 등이 물 밖으로 나오자 작은 물고기들이 사납게 뛰어올랐다. 한 줌의 탄환을 물에 던진 것처럼 녀석들이 수면에 물방울을 튀겨댔다.

"송어들이 먹이를 먹고 있어." 마저리가 말했다.

"미끼는 안 물 모양이야." 닉이 말했다.

그들은 배를 돌려 먹이를 먹고 있는 물고기 두 마리를 지나쳐 견지낚시를 하다가 곶으로 향했다. 배가 호숫가에 닿을 때까지 마저리는 낚싯줄을 감지 않았다.

배를 호숫가에 댄 뒤 닉은 살아 있는 농어들이 담긴 통을 꺼냈다. 물통 속에서 농어들이 노닐고 있었다. 닉이 그중 세 마리를 잡아 대가리를 떼어내고 껍질을 벗기는 사이, 마저리는 두 손으로 통 속을 휘젓다가 마침내 한 마리를 잡아 대가리를 떼고 껍질을 벗겼다. 닉은 마저리의 농어를 쳐다보았다.

"웬만하면 배지느러미는 떼어내지 마." 닉이 말했다. "미끼로 쓰려면 상관없긴 하지만, 그래도 배지느러미는 남겨두는 게 나아."

닉은 껍질 벗긴 농어를 한 마리씩 잡아 꼬리까지 바늘을 꿰었다. 낚싯대마다 목줄에 두 개의 바늘이 붙어 있었다. 마저리는 낚싯줄을 입에 문 채 배를 수로 둑 너머로 저어 가며, 낚싯대를 들고 물가에 서서 낚싯줄을 풀고 있는 닉을 바라보았다.

"그쯤이면 됐어." 닉이 소리쳤다.

"던질까?" 마저리는 손에 낚싯줄을 들고 소리쳐 물었다.

"그래. 던져." 마저리는 배 밖으로 줄을 던진 뒤 물속으로 내려가는 미끼를 지켜보았다.

그녀는 배를 몰고 돌아와 똑같은 방식으로 줄을 하나 더 풀었다. 마저리가 줄을 던질 때마다 닉은 낚싯대를 단단히 고정하기 위해 손잡이에다 묵직한 유목流木 조각을 대고 그 밑에다 조그만 나무판을 비스듬히 괴어놓았다. 그는 느슨한 낚싯줄을 팽팽하게 감아 미끼를 수로의 모랫바닥에 내려놓은 다음, 얼레에 클리커[1]를

1 물고기가 미끼를 물어 낚싯줄을 당기면 소리를 울리는 장치.

달았다. 바닥에서 먹이를 먹고 있던 송어가 미끼를 물면 문 채로 달아날 테고, 그러면 얼레에서 줄이 빠르게 풀려나가면서 얼레에 달린 클리커가 울릴 터였다.

마저리는 낚싯줄을 건드리지 않으려고 곶 조금 위로 배를 몰았다. 노를 세게 저어 배를 물가로 댔다. 그와 함께 잔물결이 밀려들었다. 마저리가 배에서 내리자 닉이 배를 땅 쪽으로 더 끌어올렸다.

"왜 그래, 닉?" 마저리가 물었다.

"모르겠어." 닉은 땔감을 모으며 말했다.

그들은 유목으로 불을 피웠다. 마저리는 배에 가서 담요를 한 장 가져왔다. 저녁 미풍에 연기가 곶 쪽으로 날아가서 마저리는 모닥불과 호수 사이에 담요를 깔았다.

마저리는 불을 등지고 담요에 앉아 닉을 기다렸다. 그가 와서는 그녀 옆에 앉았다. 그들 뒤의 곶에는 이차림이 울창했고, 앞쪽의 만에는 호턴스 크리크의 어귀가 있었다. 아직은 그리 어둡지 않았다. 불빛이 호수까지 뻗었다. 검은 수면에 비스듬히 떠 있는 강철 낚싯대 두 개가 보였다. 얼레에 불빛이 어른거렸다.

마저리가 바구니에서 저녁 식사를 꺼냈다.

"배 안 고파." 닉이 말했다.

"좀 먹어, 닉."

"알았어."

그들은 말없이 먹으며 물에 비친 불빛과 두 낚싯대를 지켜보았다.

"오늘 밤엔 달이 보이겠어." 닉은 만 건너편에 하늘을 배경으로 선명해지기 시작한 구릉지를 바라보았다. 언덕 너머에서 달이 떠오르고 있다는 걸 그는 알았다.

"나도 알아." 마저리가 행복하게 말했다.

"넌 모르는 게 없지." 닉이 말했다.

"아, 닉, 좀 닥쳐! 제발 이러지 마!"

"어쩔 수 없어." 닉이 말했다. "넌 정말 그러니까. 모든 걸 알지. 그게 문제야. 네가 모르는 게 없다는 건 너도 알잖아."

마저리는 아무 말도 하지 않았다.

"내가 모든 걸 가르쳐줬지. 네가 모든 걸 안다는 건 너도 알잖아. 네가 모르는 게 뭐야?"

"아, 닥쳐." 마저리가 말했다. "저기 달이 뜨잖아."

그들은 서로를 건드리지 않고 담요에 떨어져 앉아, 떠오르는 달을 지켜보았다.

"바보 같은 소리 좀 그만해." 마저리가 말했다. "진짜 문제가 뭐야?"

"나도 모르겠어."

"모르긴 뭘 몰라."

"정말이야, 모르겠어."

"그냥 말해."

닉은 언덕 위로 떠오르는 달을 바라보았다.

"이젠 재미가 없어."

그는 마저리를 쳐다보기가 두려웠다. 그러다가 그녀를 보았다. 그녀는 그를 등진 채 앉아 있었다. 닉은 마저리의 등을 보며 말했다. "이젠 재미가 없어. 아무것도."

그녀는 아무 말도 하지 않았다. 그는 말을 이었다. "내 안의 모든 게 망가져 버린 느낌이야. 모르겠어, 마지. 어떻게 말해야 할지 모르겠어."

그는 계속 그녀의 등만 바라보았다.

"사랑도 재미없어?" 마저리가 물었다.

"응." 닉이 답했다. 마저리가 일어났다. 닉은 두 손에 얼굴을 묻은 채 가만히 앉아 있었다.

"배는 내가 가져갈게." 마저리가 그에게 소리쳤다. "넌 곶을 빙 돌아서 걸어가."

"알았어." 닉이 말했다. "내가 배 밀어줄게."

"됐어." 마저리는 배를 타고 달빛 비치는 물 위에 떠 있었다. 닉은 돌아가 불가의 담요에 얼굴을 묻고 엎드렸다. 마저리가 노 젓는 소리가 들렸다.

그는 한참이나 그렇게 엎드려 있었다. 엎드려 있는 동안 빌이 숲속을 거닐다 빈터로 들어오는 소리가 들렸다. 빌이 모닥불로 다가오는 것이 느껴졌다. 빌도 그를 건드리지 않았다.

"마저리는 잘 갔어?" 빌이 물었다.

"아, 그래." 닉은 담요에 얼굴을 묻은 채 엎드려 말했다.

"난리 쳤어?"

"아니, 아무 난리도 안 쳤어."

"기분이 어때?"

"아, 제발 좀 가, 빌! 잠시만 비켜줘." 빌은 바구니에서 샌드위치 하나를 골라 낚싯대를 보러 갔다.

## 사흘간의 폭풍

닉이 과수원을 지나는 오르막길로 들어설 때 비가 그쳤다. 열매를 따서 벌거숭이가 된 나무들 사이로 가을바람이 불었다. 닉은 걸음을 멈추고 길가의 갈색 풀밭에서 비를 맞아 반짝거리는 와그너 품종 사과를 한 알 집었다. 그는 매키노 코트 주머니에 사과를 집어넣었다.

과수원을 벗어나자 길은 언덕 꼭대기로 이어졌다. 그곳에 오두막집이 있었다. 포치는 휑뎅그렁하고, 굴뚝에서 연기가 뿜어져 나왔다. 집 뒤쪽에는 차고와 닭장이 있고, 벌목 후 다시 자란 나무들이 뒤편 숲을 막는 산울타리처럼 서 있었다. 저 멀리서 커다란 나무들이 바람에 흔들렸다. 가을 들어 처음 찾아온 폭풍이었다.

닉이 과수원 위의 탁 트인 들판을 가로질렀을 때 오두막 문이 열리더니 빌이 나왔다. 그는 포치에 서서 밖을 내다보았다.

"어서 와, 위미지."[1]

"어이, 빌." 닉은 계단을 오르며 말했다.

그들은 함께 서서 저 아래의 과수원, 길 너머, 더 아래쪽의 들판과 곶의 숲을 가로질러 호수까지 눈앞에 펼쳐진 풍경을 바라보았다. 바람이 곧장 호수로 내리 불고 있었다. 텐마일 곶을 따

1 위미지(Wemedge)는 헤밍웨이 자신의 별명이기도 하다.

라 일렁이는 물결이 보였다.

"바람이 거센데." 닉이 말했다.

"사흘간 이럴 거야." 빌이 말했다.

"아버지는 안에 계셔?" 닉이 물었다.

"아니. 총 들고 나가셨어. 들어와."

닉은 오두막 안으로 들어갔다. 벽난로에 불이 활활 타오르고 있었다. 바람이 들자 불길이 더욱 거세어졌다. 빌이 문을 닫았다.

"한잔할래?" 그가 말했다.

빌은 부엌으로 가더니 술잔 두 개와 물 한 주전자를 들고 돌아왔다. 닉은 벽난로 위의 선반에 있는 위스키 병으로 손을 뻗었다.

"괜찮아?" 그가 말했다.

"응." 빌이 말했다.

그들은 난로 앞에 앉아 아이리시 위스키에 물을 타서 마셨다.

"연기 맛 나는 게 아주 좋은데." 닉은 이렇게 말하고는 술잔을 통해 난롯불을 바라보았다.

"토탄[1]이야." 빌이 말했다.

"술에 무슨 토탄을 넣어."

"넣어도 맛이 크게 달라지진 않아."

"토탄을 본 적 있어?"

"아니."

"나도 못 봤어."

난로 쪽으로 쭉 뻗친 닉의 신발이 불 앞에서 김을 내뿜기 시작했다.

"신발 벗지 그래." 빌이 말했다.

1 땅속에 묻힌 시간이 오래되지 않아 완전히 탄화하지 못한 석탄으로 '이탄'이라고도 한다.

"양말 안 신었어."

"신발 벗어서 말려. 내가 양말 가져다줄 테니까." 빌이 고미다락으로 올라간 뒤, 그가 위에서 돌아다니는 소리가 들렸다. 위층은 지붕 아래 사방이 트인 공간이었고, 빌과 그의 아버지와 닉은 가끔 그곳에서 자기도 했다. 안쪽에는 옷방이 있었다. 비를 피해 접이식 간이침대를 그쪽으로 옮기고 고무 담요를 덮어놓았다.

빌이 두툼한 털양말을 한 켤레 들고 내려왔다.

"이제 양말 안 신고 돌아다닐 계절이 아니야." 빌이 말했다.

"다시 신고 다니기 싫은데." 닉은 양말을 신고는 의자에 푹 기대앉아 난로 앞의 철망에 두 발을 얹었다.

"철망 푹 꺼지겠다." 빌이 이렇게 말하자, 닉은 두 발을 벽난로 옆으로 휙 넘겼다.

"읽을 거 뭐 없어?" 닉이 물었다.

"신문밖에 없어."

"카디널스[2]는 어떻게 됐어?"

"자이언츠[3]하고 하루에 두 번 붙어서 내리 졌어."

"자이언츠한테는 식은 죽 먹기였겠네."

"거저먹기지 뭐." 빌이 말했다. "맥그로[4]가 좋은 선수들을 죄다 사들이니 어쩔 수 없잖아."

"전부 사지는 못 하지."

"사고 싶은 선수들은 전부 사. 아니면 선수들한테 엉터리 플레이를 시켜서 어쩔 수 없이 자기한테 팔게 만들든가."

2 세인트루이스를 연고지로 하는 미국 프로 야구 팀.

3 뉴욕을 연고지로 했던 미국 프로 야구 팀으로, 1958년에 샌프란시스코로 이전했다.

4 미국의 야구 선수이자 감독이었던 존 조지프 맥그로. 1902년부터 1932년까지 뉴욕 자이언츠의 황금기를 이끌었다.

"하이니 짐머맨[1]처럼 말이지." 닉이 맞장구를 쳤다.

"그 돌대가리는 맥그로한테 별로 도움이 안 될 거야."

빌이 일어섰다.

"그래도 잘 치긴 하잖아." 닉이 말했다. 난롯불 열기에 두 다리가 뜨거워지고 있었다.

"외야수로도 괜찮지. 하지만 점수를 내주잖아."

"그래서 맥그로가 그를 원하는지도 모르지." 닉이 말했다.

"어쩌면." 빌이 동감했다.

"우리가 모르는 속사정이 있겠지."

"당연한 소리. 그래도 우리는 이렇게 멀리 떨어져 있는 것치고는 알짜 정보를 꽤 알고 있지."

"경마도 말들을 실제로 보지 않을 때 더 좋은 말을 고를 수 있잖아."

"바로 그거야."

빌은 위스키 병을 집었다. 큼직한 왼손이 병을 완전히 감싸 쥐었다. 빌은 닉이 내민 잔에 위스키를 따랐다.

"물은 얼마나?"

"똑같은 양으로."

빌은 닉이 앉은 의자 옆의 바닥에 앉았다.

"가을 폭풍이 올 때가 좋지 않아?" 닉이 말했다.

"끝내주지."

"1년 중 최고야."

"마을 밖으로 못 나가면 끔찍하지 않겠어?" 빌이 물었다.

1 하이니 짐머맨은 1907년 시카고 컵스에 입단했다가 1916년 뉴욕 자이언츠로 이적했고, 1917년 월드 시리즈에서 무리한 플레이로 점수를 내줘 멍청한 선수로 낙인찍히며 돈을 받고 승부 조작을 했다는 의심을 받았다.

"월드 시리즈를 보고 싶은데 말이야." 닉이 답했다.

"이젠 항상 뉴욕 아니면 필라델피아에서 열리지. 우리한테 좋을 게 없어."

"카디널스가 한 번이라도 우승하기는 할까?"

"우리가 죽기 전까지는 못 할걸."

"허, 미칠 지경이네." 닉이 말했다.

"예전에 한 번 카디널스가 잘 나가다가 기차 사고 당했던 거 기억나?"

"물론이지!" 닉은 기억이 났다.

빌은 창 밑의 테이블에 엎어져 있는 책을 가지러 갔다. 아까 문밖으로 나가면서 둔 책이었다. 그는 한 손에 술잔을, 다른 한 손에 책을 들고서 닉의 의자에 기대섰다.

"뭐 읽어?"

"『리처드 페버럴*Richard Feverel*』."[2]

"난 영 몰입이 안 되던데."

"괜찮아." 빌이 말했다. "나쁜 책은 아니야, 위미지."

"내가 안 읽은 다른 책은 없어?" 닉이 물었다.

"『숲속의 연인들*Forest Lovers*』[3]은 읽었어?"

"그럼. 주인공들이 매일 밤 칼을 사이에 두고 자잖아."

"좋은 작품이야, 위미지."

"끝내주는 작품이지. 이해가 안 되는 건, 왜 하필 칼이냐는 거야. 칼날을 계속 세워놔야 하잖아. 칼날이 옆으로 납작하게 쓰러지면 그쪽으로 몸을 굴려도 전혀 안 다치니까."

2 획일적인 교육 방침을 고수하는 아버지와 거기에 반항하는 아들 간의 갈등을 다룬 조지 메러디스의 소설 『리처드 페버럴의 시련』.

3 영국의 소설가이자 에세이스트인 모리스 휼렛의 역사 모험 소설.

"그건 상징이지." 빌이 말했다.

"그야 그렇지. 그런데 현실성이 없잖아."

"『불굴의 용기*Fortitude*』는 읽었어?"

"그건 괜찮아." 닉이 말했다. "현실적이야. 아버지가 아들을 계속 쫓아다니지. 월폴의 다른 작품은 없어?"

"『암흑의 숲*The Dark Forest*』. 러시아에 관한 내용이야."

"월폴이 러시아에 대해서 뭘 알아?" 닉이 물었다.

"글쎄. 러시아 쪽은 도통 알기가 어렵지. 월폴은 어렸을 때 러시아에 있었나 봐. 잘 안 알려진 정보를 많이 알고 있더라고."

"그 사람을 만나보고 싶어."

"난 체스터턴[1]을 만나고 싶어." 빌이 말했다.

"그 사람이 지금 여기 있었으면 좋겠어. 내일 부아[2]로 같이 낚시나 가게."

"체스터턴이 낚시를 좋아할까 모르겠군." 빌이 말했다.

"분명 좋아할 거야. 현존하는 최고의 낚시꾼이 아닐까 싶은데. 「날아다니는 선술집*Flying Inn*」 기억나?"

천사가 하늘에서 내려와
다른 마실 것을 준다면,
그의 친절에 감사하고,
개수대에 가져가 쏟아버려라.

"맞아." 닉이 말했다. "체스터턴이 월폴보다 괜찮은 사람 같아."

1 영국의 소설가이자 평론가였던 길버트 키스 체스터턴.

2 헤밍웨이는 어린 시절 여름을 자주 보냈던 미시간주의 샤를부아를 '부아'라는 애칭으로 불렀다.

"아, 괜찮지, 맞아. 하지만 작가로서는 월폴이 더 나아."
"글쎄." 닉이 말했다. "체스터턴은 고전 작가지."
"월폴도 마찬가지야." 빌이 고집스럽게 말했다.
"두 사람 다 여기 있었으면 좋겠어. 그럼 내일 부아로 데려가서 같이 낚시할 수 있을 텐데."
"술이나 실컷 마시자고." 빌이 말했다.
"좋아." 닉이 동의했다.
"아버지는 신경 안 쓰실 거야." 빌이 말했다.
"확실해?"
"그럼."
"난 지금 좀 취기가 올라오는데." 닉이 말했다.
"너 아직 안 취했어."
빌이 바닥에서 일어나 위스키 병을 집었다. 닉은 잔을 내밀었다. 빌이 술을 따르는 동안 닉은 병에서 눈을 떼지 않았다.
빌은 잔의 절반을 채웠다.
"물은 네가 부어." 빌이 말했다. "딱 한 잔 더 마실 수 있어."
"더 없어?" 닉이 물었다.
"더 많지. 하지만 안 딴 병을 건드리면 아버지가 싫어하시거든."
"그러시겠지."
"술병을 따는 버릇을 들이면 술꾼이 된다나." 빌이 설명했다.
"맞는 말이야." 닉은 속으로 탄복했다. 그런 생각은 한 번도 해본 적이 없었다. 혼자 술을 마시다 보면 술꾼이 돼버린다고 생각했었다.
"아버지는 좀 어떠셔?" 닉은 정중하게 물었다.
"괜찮으셔. 가끔 좀 난폭해지긴 하지만."

"멋진 분이야." 닉은 이렇게 말하고는 주전자 물을 술잔에 부었다. 물이 서서히 위스키와 섞였다. 물보다 위스키가 더 많았다.
"그건 그래." 빌이 말했다.
"우리 아버지도 괜찮은 분이고." 닉이 말했다.
"두말하면 잔소리지."
"평생 술은 입에도 안 대셨대." 닉은 마치 과학적 사실을 발표하는 것처럼 말했다.
"뭐, 의사시니까. 우리 아버지는 화가고. 다르지."
"우리 아버지는 많은 걸 놓치셨어." 닉이 서글프게 말했다.
"그건 또 몰라." 빌이 말했다. "무슨 일이든 보상이 따르니까."
"많은 걸 놓쳤다고 당신 입으로 말씀하시더라고." 닉이 털어놓았다.
"뭐, 우리 아버지도 힘든 시기를 보내셨지."
"그럼 피장파장이군."
그들은 앉아서 불길을 바라보며 이 심오한 진리에 대해 생각했다.
"뒤 포치에서 장작 가져올게." 닉이 말했다. 난롯불을 들여다보다가 불길이 차츰 사그라지고 있다는 걸 알아차렸다. 술을 마셔도 흐트러지지 않고 쓸모 있는 일을 할 수 있다는 걸 보여주고 싶기도 했다. 아버지는 술 한 방울 입에 대지 않았다는데, 적어도 빌보다 먼저 취하지는 말아야겠다고 생각했다.
"큼직한 너도밤나무 장작 하나 가져와." 빌이 말했다. 그 역시 의식적으로 쓸모 있는 말을 하려 애쓰고 있었다.
닉은 장작을 들고 부엌을 지나오다가 식탁에 놓여 있던 냄비 하나를 건드려서 떨어뜨렸다. 그는 장작을 내려놓고 냄비를 집어 들었다. 거기에는 물에 불리는 중이던 말린 살구가 들어 있었다. 닉은 바닥에 흩뿌려진 살구들을 하나하나, 가스레인지 밑으로 굴러 들어간 것들까지 꼼꼼히 주워 냄비에 다시 넣었다. 그러고는 식탁 옆에 있는 물통에서 물을 떠 냄비에다 부었다. 닉은 자신이 무척 기특하게 느껴졌다. 쓸모 있는 일을 완벽하게 해냈다.

그가 장작을 들고 들어가자 빌이 의자에서 일어나 그를 거들어 장작을 난롯불에 집어넣었다.

"장작이 좋은걸." 닉이 말했다.

"날씨가 나빠질 때를 대비해서 모아뒀지. 이런 장작은 밤새도록 탈 거야."

"숯덩어리가 되면 내일 아침에 그걸로 불을 피울 수 있겠어."

"맞아." 빌이 맞장구쳤다. 그들은 높은 차원의 대화를 나누고 있었다.

"한 잔 더 어때." 닉이 말했다.

"따놓은 병이 벽장에 하나 더 있을 거야."

빌은 구석에 있는 벽장 앞에서 무릎을 꿇고 앉아 네모난 병을 하나 꺼냈다.

"스카치위스키네."

"내가 물을 더 가져올게." 닉은 다시 부엌으로 갔다. 물통에서 차가운 샘물을 떠서 주전자에 가득 부었다. 거실로 돌아가는 길에 다이닝룸의 거울을 들여다보았다. 그의 얼굴이 낯설어 보였다. 거울 속의 얼굴에게 미소 짓자 그 얼굴이 씩 웃었다. 닉은 한쪽 눈을 찡긋하고는 걸음을 옮겼다. 그것은 그의 얼굴이 아니었지만 상관없었다.

빌이 술을 따랐다.

"많이도 따랐네." 닉이 말했다.

"우리한테 이 정도쯤이야."

"뭘 위해 마실까?" 닉은 잔을 들어 올리며 물었다.

"낚시를 위하여 마시자."

"좋아. 신사 여러분, 낚시를 위하여 건배."

"세상 모든 곳의 모든 낚시를 위하여." 빌이 말했다.

"낚시야말로 건배할 만한 일이지." 닉이 말했다.

"야구보다 나아."

"비교가 안 되지. 아까는 어쩌다 야구 얘기를 했을까?"

"그건 실수였어. 야구는 촌놈들이나 하는 놀이지."

그들은 술잔을 비웠다. "자, 이제 체스터턴을 위하여 건배."

"그리고 월폴을 위하여." 닉이 덧붙였다.

닉은 술을 따랐다. 빌은 물을 부었다. 그들은 서로를 쳐다보았다. 기분이 아주 좋았다.

"신사 여러분," 빌이 말했다. "체스터턴과 월폴을 위하여 건배."

"찬성이요." 닉이 말했다.

두 사람은 술을 마셨다. 빌이 잔들을 채웠다. 그들은 난로 앞의 큼직한 의자에 앉았다.

"아주 잘했어, 위미지." 빌이 말했다.

"무슨 소리야?" 닉이 물었다.

"마지를 차버린 거 말이야."

"그러게."

"어쩔 수 없었잖아. 안 그랬으면, 결혼 비용 마련하느라 고향으로 돌아가서 일하는 신세가 됐을걸."

닉은 아무 말도 하지 않았다.

"남자는 결혼하는 순간 망하는 거야." 빌이 말을 이었다. "더 이상 가진 게 없으니까. 아무것도. 그냥 빈털터리가 돼버려. 끝장

나는 거지. 너도 결혼한 남자들을 봤을 거 아냐."
닉은 아무 말도 하지 않았다.
"딱 보면 알잖아." 빌이 말했다. "유부남 특유의 그 살찐 얼굴. 끝장난 거야."
"맞아." 닉이 말했다.
"그렇게 차버려 놓고 마음이 안 좋긴 하겠지." 빌이 말했다. "하지만 그럴 때마다 딴 여자한테 또 반하고 그러면 괜찮아지잖아. 여자한테 홀딱 빠져도 상관없지만, 여자 때문에 망가지지는 마."
"그래." 닉이 말했다.
"마지와 결혼하면 그 가족 전체와 결혼하는 거나 마찬가지야. 그쪽 어머니랑 그 어머니의 남편을 생각해 봐."
닉은 고개를 끄덕였다.
"그 사람들이 늘 너희 집에 들락거리고, 일요일마다 그 사람들 집에 가서 저녁을 먹고, 마지 어머니가 늘 마지한테 이래라저래라 잔소리를 늘어놓는다고 상상해 보란 말이야."
닉은 말없이 앉아 있었다.
"발 빼길 정말 잘했어." 빌이 말했다. "이제 마지도 자기한테 어울리는 사람과 결혼해서 행복하게 정착할 수 있겠지. 기름과 물은 섞일 수 없어. 내가 스트래턴스 호텔에서 일하는 아이다와 결혼할 수 없는 것과 같은 이치지. 마지한테도 더 좋을 거야."
닉은 아무 말도 하지 않았다. 취기가 싹 달아나 버리고 그 혼자 남았다. 빌은 그곳에 없었다. 닉은 불 앞에 앉아 있지도 않았고, 내일 빌과 그의 아버지와 함께 낚시든 뭐든 하지도 않을 것이다. 그는 술에 취하지 않았다. 모든 것이 사라졌다. 그가 아는 거라곤, 예전엔 그에게 마저리가 있었고 이제 그녀를 잃었다는 사실뿐이었다. 그녀는 떠났고 그가 그녀를 보내버렸다. 중요한 건 그뿐이었다. 다시는 그녀를 보지 못할지도 모른다. 아마도 영영 보지 못하리라. 다 사라졌다, 끝나버렸다.

"한 잔 더 하지." 닉이 말했다.

빌이 술을 따랐다. 닉은 물을 조금 부었다.

"그대로 쭉 갔으면 우리 둘이 지금 여기 있지도 못해." 빌이 말했다.

사실이었다. 닉의 원래 계획은 고향으로 내려가 일자리를 구하는 것이었다. 겨우내 샤를부아에 머물면서 마지와 가까이 있을 계획이었다. 이젠 뭘 해야 할지 알 수 없었다.

"내일 낚시하러 가지도 못했겠지." 빌이 말했다. "잘한 거야, 잘했어."

"나도 어쩔 수 없었어."

"그래. 세상일이 다 그렇지."

"갑자기 모든 게 끝나 버렸어." 닉이 말했다. "왜 그랬는지 모르겠지만. 어쩔 수가 없었어. 사흘간 폭풍이 불어닥쳐서 이파리들이 다 떨어져 나가 버리는 것처럼."

"뭐, 다 끝났잖아. 그게 중요한 거지."

"내 탓이야."

"누구 탓이든 달라지는 건 없어."

"그렇겠지."

중요한 건, 마저리가 떠났고 아마도 다시는 그녀를 만나지 못하리라는 사실이었다. 닉은 그녀에게 이탈리아에 함께 가서 즐거운 시간을 보내자고 말했었다. 함께 갈 곳들을 말했었다. 이제 그 모든 게 사라졌다. 그에게서 무언가가 없어져 버렸다.

"끝났다는 게 중요해." 빌이 말했다. "이제 와 하는 말이지만,

위미지, 둘이 사귀고 있을 때 난 걱정되더라고. 잘했어. 걔 어머니야 속이 엄청 쓰리겠지. 너희 둘이 약혼했다고 여기저기 많이 떠들고 다녔으니까."

"우린 약혼 안 했어."

"약혼했다고 소문이 쫙 퍼졌어."

"그건 나도 어쩔 수 없지." 닉이 말했다. "우린 약혼 안 했어."

"결혼할 생각 아니었어?" 빌이 물었다.

"생각이야 있었지. 하지만 약혼은 안 했어."

"그게 그거 아닌가?" 빌이 따져 물었다.

"글쎄. 다르지."

"뭐가 다른지 모르겠는데."

"됐어." 닉이 말했다. "술이나 마시자."

"그래, 제대로 취해 보자고."

"취한 다음 수영하러 가는 거야."

닉은 술잔을 비웠다.

"정말 안타깝지만, 어쩌겠어? 걔 어머니가 어땠는지 너도 알잖아!"

"끔찍했지." 빌이 말했다.

"갑자기 끝나 버렸어." 닉이 말했다. "그 얘긴 이제 그만할래."

"좋아." 빌이 말했다. "내가 얘기를 꺼냈고, 할 말은 다 했어. 다시는 그 일을 입에 올리지 말자고. 너도 생각하지 마. 그러다 또 예전으로 돌아갈지도 모르니까."

닉은 그런 생각은 하지 못했었다. 완전히 끝난 것처럼 보였기 때문이다. 하지만 그렇게 생각할 수도 있겠구나. 그러자 기분이 풀렸다.

"그래, 그럴 위험은 언제든 있지."

이제 행복해졌다. 돌이킬 수 없는 일 따윈 없었다. 토요일 밤에 마을로 가리라. 오늘은 목요일이었다.

“언제든 가능한 일이지.”

“조심하는 게 좋아.” 빌이 말했다.

“조심할게.”

닉은 행복했다. 아무것도 끝나지 않았다. 아무것도 영영 잃지 않았다. 토요일에 마을로 갈 것이다. 빌이 그 얘기를 꺼내기 전으로 돌아간 듯 기분이 한결 가벼워졌다. 해결책은 언제든 있었다.

“총 들고 곶으로 가서 네 아버지를 찾아보자.” 닉이 말했다.

“좋아.”

빌은 벽의 받침대에서 엽총 두 자루를 내렸다. 그런 다음 탄약통을 열었다. 닉은 매키노 코트를 입고 신발을 신었다. 신발은 빳빳하게 말라 있었다. 여전히 취기가 꽤 돌았지만, 머리는 맑았다.

“기분 어때?” 닉이 물었다.

“끝내줘. 알딸딸하니 기분 좋아.” 빌은 스웨터 단추를 잠그고 있었다.

“취하기만 하면 재미없지.”

“그렇지. 밖으로 나가야지.”

그들은 문밖으로 나갔다. 바람이 거세게 불고 있었다.

“바람이 이러니 새들은 풀밭에 납작 엎드려 있겠어.” 닉이 말했다.

그들은 과수원 쪽으로 내려가기 시작했다.

“오늘 아침에 멧도요를 한 마리 봤어.” 빌이 말했다.

“그 녀석을 덮쳐 볼까?”

“바람이 이렇게 부는데 총은 못 쏘지.”

밖으로 나오니 마지와의 일이 별로 비참하게 느껴지지 않았다. 그리 중요한 일 같지도 않았다. 그렇게 바람이 모든 걸 날려 버렸다.

"큰 호수에서 바로 불어닥치는군." 닉이 말했다.

바람이 불어오는 쪽에서 쾅 하는 총성이 들렸다.

"아버지야." 빌이 말했다. "습지에 내려가 계시네."

"그쪽으로 가자." 닉이 말했다.

"저 아래 초원을 가로질러 가면서 뭐든 잡을 게 있나 보자고."

"좋아."

이제 마지와의 일 따위 전혀 중요하지 않았다. 바람이 닉의 머릿속에서 그 문제를 날려 버렸다. 그래도 토요일 밤이 되면 언제든 마을로 갈 수 있으리라. 예비로 남겨두기에 좋은 일이었다.

## 여름 사람들

호턴스 베이 마을에서 자갈길을 따라 호수 쪽으로 절반쯤 내려간 곳에 샘이 하나 있었다. 길가의 움푹 꺼진 타일에서 샘솟은 물은 타일의 깨진 가장자리를 타고 넘은 뒤 빽빽이 자란 박하를 지나 습지로 흘러들었다. 어둠 속에서 닉은 팔을 샘물 속으로 집어넣었지만, 너무 차가워 오래 버티지는 못했다. 원뿔 모양으로 솟은 바닥에서 솜털처럼 북슬북슬하게 뿜어져 나오는 모래가 손가락으로 느껴졌다. 여기 몸을 푹 담갔으면 좋겠어, 하고 닉은 생각했다. 그럼 샘물이 나를 치료해 줄 텐데. 그는 물에서 팔을 빼고 길가에 앉았다. 무더운 밤이었다.

나무 사이로 난 길을 내려가다 보니, 말뚝을 박은 채 물 위에 떠 있는 흰색의 빈Bean 선술집이 보였다. 닉은 선창까지 내려가고 싶지 않았다. 그곳에서 친구들이 수영을 하고 있었다. 오드거와 함께 있는 케이트를 보고 싶지 않았다. 창고 옆의 길에 차가 세워져 있었다. 오드거와 케이트가 이곳에 와 있었다. 언제나 튀긴 생선의 눈깔 같은 눈빛으로 케이트를 쳐다보는 오드거. 오드거는 모르는 건가? 케이트가 그와 결혼하지 않으리라는 걸. 동침하지 않는 사람과는 결혼하지 않으리라는 걸. 그리고 누군가 덤벼들면 그녀는 움츠러들고 딱딱하게 굳어 슬그머니 내뺄 것이다. 닉은 그녀가 무사히 일을 치를 수 있게 만들 자신이 있었다. 잔뜩 움츠러들고 내빼는 대신, 편안하게 긴장을 풀고 몸을 스스림없이 열도록 만들어, 쉽게 그녀를 안을 자신이 있었다. 오드거는 사랑으로 그것이 가능하다고 생각했다. 케이트를 욕망할 때면 그의 각막이 흐려지고 눈꺼풀 가장자리가 붉어졌다. 케이트는 자기 몸에 그의 손길이 닿는 것을 참지 못하리라. 그의 눈빛에 모든 것이 적나라하게 드러나니까. 그럼 오드거는 그들이 예전과 똑같은 친구 사이로 지낼 수 있기를 바랄 것이다. 모래밭에서 놀고. 진흙으로 이런저런 것들을 만들고. 당일치기 배 여행을 하고. 늘 수영복을 입고 있는 케이트. 그녀를 바라보는 오드거.

오드거는 서른두 살이었고, 정계정맥류 수술을 두 번 받았다. 못생겼는데 다들 그의 얼굴을 좋아했다. 오드거는 절대 그 일을 해치우지 못할 테고, 이것이 그에게는 인생 최대의 문제가 되었다. 매해 여름이 될 때마다 상황은 더욱 심각해졌다. 딱한 일이었다. 오드거는 지독히 착했다. 오드거만큼 닉에게 친절한 사람도 없었다. 이제 닉은 마음만 먹으면 그 일을 해치울 수 있었다. 그 일을 알게 되면 오드거는 자살하겠지, 하고 닉은 생각했다. 무슨 방법으로 자살할까? 오드거가 죽는다는 생각은 차마 할 수 없었다. 그냥 관둘까, 하고 그는 생각했다. 그래도 누구나 하는 일이잖아. 사랑만으로 하는 건 아니었다. 오드거는 사랑만 있으면 된다고 생각했다. 맹세코 오드거는 그녀를 충분히 사랑했다. 그녀를 좋아하고, 그녀의 몸을 좋아하고, 자신의 몸을 내보이고, 설득하고, 기회를 잡고, 절대 겁주지 않고, 혹시 다른 사람이 있을까 넘겨짚고, 의문 없이 그녀를 무조건 받아들이고, 상냥함과 애정을 베풀고, 애정과 행복이 넘치는 분위기를 만들고, 우스갯소리를 하고, 상대가 두려워하지 않게 만들었다. 그리고 나중에 제대로 동침하면 된다고 생각했다. 이건 사랑이 아니었다. 사랑은 무서운 것이었다. 그는, 니컬러스 애덤스는, 그 안에 있는 어떤 자질 덕분에 자신이 원하는 것을 가질 수 있었다. 어쩌면 그 자질은 영원하지 않을지도 몰랐다. 어쩌면 사라질지도 몰랐다.

닉은 그것을 오드거에게 주거나, 아니면 오드거에게 얘기해 줄 수 있으면 좋겠다고 생각했다. 하지만 누군가에게 무슨 얘기든 해주는 것이 가능하기나 한 일인가. 더군다나 그 상대가 오드거라면. 아니, 딱히 오드거가 문제는 아니었다. 어느 곳의 누구에게든 마찬가지였다. 언제나 닉은 말 때문에 곤욕을 치렀다. 그래서 너무 많은 것들을 단념했다. 그래도 프린스턴대, 예일대, 하버드대의 숫총각들을 위해 해줄 수 있는 일이 있을 텐데. 주립대학에는 왜 숫총각이 없을까? 남녀공학이라서 그럴 테지.[1] 그들은 결혼하러 나온 여자들을 만났고, 여자들은 그들을 부추겨 결혼했다. 오드거, 하비, 마이크 같은 녀석들은 어떻게 될까? 그로서는 알 수 없었다. 아직 그리 오래 살지 못했다. 그들은 세계 최고의 남자들이었다. 그런 그들이 어떻게 되었나? 그가 대체 무슨 수로 알겠는가. 인생이라는 걸 제대로 알기 시작한 지 10년밖에 되지 않은 그가 어떻게 하디와 함순[2]처럼 글을 쓸 수 있겠는가. 불가능한 일이었다. 그가 쉰 살이 될 때까지 기다리시라.

어둠 속에서 그는 무릎을 꿇고 앉아 샘물을 한 모금 마셨다. 기분이 좋았다. 그는 자신이 위대한 작가가 되리라는 걸 알았다. 그는 세상을 좀 알았고, 남에게 휘둘리지 않았다. 그 누구에게도. 다만, 아직 모르는 것들이 있었다. 이 문제는 어떻게든 해결될 터였다. 그는 알았다. 물이 어찌나 차가운지 눈이 욱신거렸다. 한 번에 너무 많이 삼킨 탓이다. 아이스크림처럼. 코를 물에 처박고

1 하버드대는 1946년에, 프린스턴대와 예일대는 1969년에 공식적으로 남녀공학이 되었다. 이 단편은 1924년 즈음 집필되었다.

2 각각 영국 소설가 토머스 하디와 노르웨이 소설가 크누트 함순.

마시면 이렇게 되고 만다. 수영이나 하러 가자. 생각해 봐야 좋을 거 하나 없다. 시작하기만 하면 한도 끝도 없이 이어지니까. 그는 길을 따라 내려가며 차를 지나쳤다. 왼편에는 가을마다 사과와 감자를 배로 옮겨 싣는 커다란 창고가 있었다. 가끔 그들이 손전등을 켜놓고 딱딱한 나무 바닥에서 춤을 추는 흰색의 빈 선술집도 지나고, 선창으로 나가 친구들이 수영하고 있는 곳으로 향했다.

다들 선창 끄트머리 근처에서 수영하고 있었다. 닉이 물 위로 높이 떠 있는 거칠거칠한 널빤지를 걸을 때, 기다란 다이빙대가 삐거덕하더니 첨벙하고 물 튀는 소리가 났다. 말뚝 아래쪽에 물이 찰싹 부딪혔다. 기Ghee가 틀림없어, 하고 닉은 생각했다. 케이트가 물개처럼 물 밖으로 나오더니 사다리를 타고 올라왔다.

"위미지가 왔어." 그녀가 나머지 친구들에게 소리쳤다. "어서 들어와, 위미지. 정말 좋아."

"어이, 위미지." 오드거가 말했다. "잘 왔어."

"위미지가 어디 있는데?" 저 멀리서 헤엄치고 있는 기였다.

"수영을 못 하신다는 그 위미지?" 물 위에서 빌의 굵고 낮은 목소리가 울렸다.

닉은 기분이 좋았다. 친구들이 그에게 소리를 질러대는 것이 재미있었다. 그는 발을 꼼지락거려 캔버스화를 벗고, 셔츠를 머리 위로 훌러덩 벗고, 바지에서 두 다리를 빼냈다. 맨발 밑으로 선창의 모래 낀 널빤지가 느껴졌다. 닉은 탄력 좋은 다이빙대로 아주 빠르게 달려가 발가락으로 그 끄트머리를 밀며 몸을 긴장시켜, 다이빙한다는 의식 없이 매끄럽게 물 깊숙이 들어갔다. 다이빙대에서 뛰어내릴 때 숨을 크게 들이마셨던 그는 등을 활처럼 휘고 두 발을 똑바로 뻗치며 물속을 계속 헤쳐 나갔다. 그러다가 엎드린 채 물 위로 떠올랐다. 몸을 뒤집고 눈을 떴다. 물속으로 뛰어드는 것이 좋을 뿐, 수영에는 아무 관심도 없었다.

"어때, 위미지?" 바로 뒤에서 기가 물었다.

"오줌처럼 뜨뜻미지근한데." 닉이 답했다.

그는 숨을 크게 한 번 쉬고, 두 손으로 발목을 잡아 무릎을 턱 밑까지 끌어당긴 뒤 천천히 물속으로 가라앉았다. 따뜻하던 물은 금세 시원해졌다가 차가워졌다. 바닥에 가까워졌을 땐 상당히 차가웠다. 닉은 바닥을 짚으며 조심조심 떠내려갔다. 이회토 바닥이 발가락에 닿는 감촉이 싫어서 몸을 쭉 펴고 바닥을 힘껏 밀며 수면 위로 올라갔다. 물 밑에서 어둠 속으로 나오는 기분이 이상했다. 닉은 자맥질을 거의 하지 않고 물속에서 편안히 쉬었다. 오드거와 케이트는 선창에 함께 서서 얘기를 나누고 있었다.

"밤에 인광을 내뿜는 바다에서 수영해 본 적 있어, 칼?"

"아니." 케이트에게 답하는 오드거의 목소리가 부자연스러웠다.

우리 몸에 성냥을 마구 문지르면 되지, 하고 닉은 생각했다. 그는 심호흡을 하고, 무릎을 끌어당겨 꽉 껴안고는 이번에는 눈을 뜬 채 물속으로 가라앉았다. 몸을 한쪽으로 갸우뚱했다가 물구나무서서 살며시 가라앉았다. 쓸모없는 짓이었다. 물속이 컴컴해 아무것도 보이지 않았다. 처음 뛰어들었을 때 눈을 계속 감고 있기를 잘했다. 그런 식으로 반응하게 된다는 것이 웃겼다. 하지만 그런 반응이 항상 옳은 건 아니었다. 닉은 바닥에 닿기 전에 자세를 바로잡고 헤엄쳐 가다가, 따뜻한 수면 바로 밑의 시원한 곳까지 올라갔다. 물속에서 노는 건 이렇게 재미있는데 평범한 수영은 별로 재미없다는 사실이 웃겼다. 대양에서는 수면 밖으로 나와 헤엄치는 것도 재미있었다. 부력으로 물에 둥둥 뜨는 기분이 좋았다. 하지만 소금물 맛이 나서 목이 말랐다. 민물이 더 나았다. 무더운 밤에 바로 이런 민물에서 노는 것이 좋았다. 닉은 선창의 툭 튀어나온 끄트머리 바로 밑에서 물 밖으로 나와 사다리를 타고 올라갔다.

"오, 다이빙할 거야, 위미지?" 케이트가 말했다. "멋지게 해봐." 케이트와 오드거는 선창에 함께 앉아 큰 말뚝에 기대어 있었다.

"소리 안 내고 해봐, 위미지." 오드거가 말했다.

"좋았어."

닉은 물을 뚝뚝 흘리며 다이빙대로 걸어가면서 다이빙하는 방법을 머릿속으로 떠올렸다. 오드거와 케이트는 어둠 속에서 검은 형체로 움직이는 닉을 지켜보았다. 다이빙대 끄트머리에 선 닉은 해달을 보고 배운 방식대로 균형을 잡은 뒤 물속으로 뛰어들었다. 물 밖으로 나가려 몸을 돌리며 그는 속으로 생각했다. 케이트를 여기로 끌고 내려올 수만 있다면 얼마나 좋을까. 급하게 수면으로 올라가다, 눈과 귀가 물로 가득 차는 느낌이 들었다. 숨을 쉬기 시작한 것이다.

"완벽했어. 정말 완벽했어." 선창에서 케이트가 외쳤다.

닉은 사다리를 타고 올라갔다.

"애들은 어디 갔어?" 그가 물었다.

"만까지 나갔어." 오드거가 말했다.

닉은 케이트와 오드거 옆에 드러누웠다. 저 멀리 어둠 속에서 기와 빌이 헤엄치는 소리가 들렸다.

"너처럼 다이빙 잘하는 사람 처음 봐, 위미지." 케이트는 발로 그의 등을 건드리며 말했다. 그 접촉에 닉의 몸이 굳었다.

"아니야." 그가 말했다.

"정말 놀랍다니까." 오드거가 말했다.

"별거 아냐." 닉은 이렇게 말하며 생각했다. 물속에 누군가와 함께 있을 수 있다면, 3분 동안 모래 바닥에서 숨을 참고 있다가 함께 떠올라서 숨 한 번 쉬고 또 내려갈 수 있을 텐데. 방법만 알면 물속으로 가라앉는 건 쉬웠다. 예전에 한 번 실력을 과시하려고 물속에서 우유 한 병을 마시고 바나나를 까먹은 적이 있었는데, 자꾸 떠오르는 몸을 가라앉혀 줄 무거운 물건이 필요했다. 고리 같은 걸 바닥에 박아 팔을 걸면 제대로 할 수 있을 것 같았다. 에이, 그게 되겠어. 여자가 안 생길 수도 있고, 여자가 못 버티고 물만 먹을 수도 있잖아. 케이트는 익사할걸, 물속에 있는 걸 잘 못하니까. 닉은 그런 여자가 있었으면 싶었다. 어쩌면 그런 애인이 생길 수도 있고, 어쩌면 영영 안 생길 수도 있었다. 물속에서 그런 식으로 버틸 수 있는 사람은 닉뿐이었다. 수영하는 인간들은, 젠장, 하나같이 게을러 빠졌고, 물에 대해 잘 아는 사람은 닉밖에 없었다. 물속에서 6분 동안 숨을 참을 수 있는 인간이 에번스턴에 한 명 있기는 했지만, 정신 나간 놈이었다. 닉은 자기가 물고기였으면 좋겠다고 생각하다가, 아니, 그건 아니지, 싶었다. 웃음이 나왔다.

"뭐가 그렇게 재밌냐, 위미지?" 오드거는 케이트와 가까이 있으면 늘 그러듯 허스키한 목소리로 말했다.

"내가 물고기였으면 좋겠어." 닉이 말했다.

"재미있네." 오드거가 말했다.

"그렇지." 닉이 말했다.

"바보 같은 소리 좀 하지 마, 위미지." 케이트가 말했다.

"넌 물고기가 되고 싶지 않아, 벗스타인?" 닉은 그들을 등진 채 누워 나무 널빤지에 머리를 누였다.

"되기 싫어." 케이트가 말했다. "오늘 밤엔."

닉은 그녀의 발에 자신의 등을 세게 짓눌렀다.

"넌 어떤 동물이 되고 싶어, 오드거?" 닉이 말했다.

"J. P. 모건." 오드거가 답했다.

"역시 오드거야." 케이트가 말했다. 닉은 기쁨으로 빛나는 오드거의 얼굴이 눈에 보이는 것만 같았다.

"난 위미지가 되고 싶어." 케이트가 말했다.

"위미지 부인이 되면 되지." 오드거가 말했다.

"위미지 부인 같은 건 없을 거야." 닉은 이렇게 말하며 등 근육에 힘을 주었다. 케이트는 마치 모닥불 앞에서 통나무에 두 발을 올려놓듯이, 닉의 등에 대고 두 다리를 쭉 뻗고 있었다.

"너무 확신하지는 마." 오드거가 말했다.

"확실해." 닉이 말했다. "난 인어랑 결혼할 거거든."

"그럼 인어가 위미지 부인이 되겠네." 케이트가 말했다.

"아니." 닉이 말했다. "내가 허락 안 해."

"무슨 수로 막을 건데?"

"내가 확실히 막을 테니까, 어디 한번 시도해 보라고 해."

"인어가 무슨 결혼을 해." 케이트가 말했다.

"난 괜찮은데 말이야." 닉이 말했다.

"맨 법[1]에 걸릴걸." 오드거가 말했다.

"도심 반경 6.5킬로미터 내로 안 들어오면 돼. 먹을거리는 밀주업자들한테서 구하면 되고. 잠수복 입고 놀러 와, 오드거. 벗스타인도 오고 싶다고 하면 데려오고. 매주 목요일 오후에는 집에 있을 테니까."

"내일은 뭘 하지?" 또 케이트와 가까워진 오드거가 허스키한 목소리로 물었다.

1 매춘 따위의 목적으로 여자를 다른 주로, 또는 국외에서 이송하는 것을 금지한 1910년의 법률.

"참 나, 내일이 무슨 상관이야." 닉이 말했다. "나의 인어 얘기나 하자고."

"네 인어 얘기는 끝났어."

"알았어." 닉이 말했다. "그럼 넌 오드거랑 계속 떠들어. 난 나의 인어를 생각할 테니까."

"넌 음란해, 위미지. 역겨울 정도로 음란해."

"아니. 솔직한 거지." 그러고는 두 눈을 감은 채 닉이 말했다. "방해하지 마. 나의 인어를 생각하는 중이니까."

그가 누워서 인어를 생각하는 동안, 케이트는 발등을 닉의 등에 밀어붙인 채 오드거와 얘기를 나누었다. 닉은 오드거와 케이트의 대화가 귀에 들어오지 않았다. 아무 생각 없이, 그저 행복하게 누워 있었다.

저 밑에서 물가로 나온 빌과 기가 차까지 걸어온 다음 차를 선창으로 후진시켰다. 닉이 일어나 옷을 입었다. 앞자리에 앉은 빌과 기는 오랜 수영으로 지쳐 있었다. 닉은 케이트, 오드거와 함께 뒷자리에 올라탔다. 그들은 뒤로 기대앉았다.

차는 굉음을 내며 언덕을 달리다 큰길로 들어섰다. 간선도로에서 앞서 달려가는 다른 차들의 불빛이 시야에서 사라졌다가, 언덕을 오르면서 눈부시게 번쩍였다가, 가까워지면서 깜박거렸다가, 빌의 차에 추월당하면서 희미해졌다. 호숫가를 따라 도로가 높게 나 있었다. 부유한 게으름뱅이들이 운전기사 뒤에 앉아 있는 큼직한 차들이 샤를부아에서 나와 그들을 추월하더니, 눈부신 불빛을 계속 번쩍이며 도로를 독차지했다. 마치 열차처럼 그들 옆을 지나갔다. 빌이 도롯가의 나무들 사이에 서 있는 차들에 스포트라이트를 비추자, 그 안에 탄 사람들이 자세를 바꾸었다. 빌이 물러날 때까지 한동안 그들의 뒤통수에 스포트라이트가 어른거렸지만, 그사이에 빌의 차를 추월하는 사람은 아무도 없었다. 빌이 속도를 늦추더니 갑자기 모랫길로 차를 꺾었다. 과수원을 지나 농장까지 이어진 길이었다. 차는 느릿느릿 꾸준히 과수원을 지나갔다. 케이트가 닉의 귀에다 입을 대고 말했다. "한 시간쯤 뒤에, 위미지." 닉은 그의 허벅지를 그녀의 허벅지로 세게 밀어붙였다. 차는 과수원 위의 언덕 꼭대기에서 빙 돌아 집 앞에 멈춰 섰다.

"고모가 주무시고 계셔. 조용히 해야 돼." 케이트가 말했다.

"잘 가, 애들아." 빌이 속삭였다. "내일 아침에 데리러 갈게."

"안녕, 스미스." 기가 속삭였다. "안녕, 벗스타인."

"잘 가, 기." 케이트가 말했다.

오드거는 이 집에서 묵기로 했다.

"안녕, 애들아." 닉이 말했다. "잘 자, 모건."

"잘 가, 위미지." 오드거가 포치에서 말했다.

닉과 기는 길을 내려가 과수원으로 들어갔다. 닉은 올덴부르크의 공작부인[1] 나무로 손을 뻗어 사과 한 알을 땄다. 아직 덜 익었지만, 한 입 깨물어 신 즙을 빨아 먹은 다음 과육을 뱉었다.

"버드 녀석이랑 어지간히 오래 수영하더라, 기." 그가 말했다.

"그렇게 오래는 아니었지." 기가 답했다.

그들은 과수원에서 벗어나 우편함을 지난 뒤 단단한 주립 고속도로로 들어갔다. 도로가 개울을 가로지르는 움푹 꺼진 곳에 차가운 연무가 끼어 있었다. 닉은 다리에서 걸음을 멈추었다.

"얼른 와, 위미지." 기가 말했다.

"알았어." 닉이 답했다.

1 오래전 러시아에서 재배된 사과 품종.

언덕을 계속 오르다 보니 길은 교회를 둘러싼 수풀로 이어졌다. 그들이 지나는 어떤 집에도 불이 켜져 있지 않았다. 호턴스 베이는 잠들어 있었다. 차 한 대 지나가지 않았다.

"난 아직 들어가기 싫은데." 닉이 말했다.

"같이 걸을까?"

"아니, 귀찮게 그럴 필요 없어."

"괜찮아."

"오두막까지 같이 가자." 닉이 말했다. 그들은 방충망 달린 문의 걸쇠를 끌러 부엌으로 들어갔다. 닉이 찬장을 열고 돌아보았다.

"뭐 좀 먹을래, 기?" 그가 물었다.

"파이 한 조각 먹을래." 기가 답했다.

"나도." 닉은 닭튀김 조금과 체리 파이 두 조각을 냉장고 위에 얹어진 기름종이에 쌌다. "난 이거 가져갈게."

기는 양동이에 든 물을 국자로 한가득 떠서 파이를 씻었다.

"읽을거리 필요하면 내 방에서 가져가." 닉이 말했다.

기는 닉이 싼 도시락을 보고 있었다. "바보짓 하지 마, 위미지."

"괜찮아, 기."

"그래. 바보짓만 하지 마." 기는 방충망 문을 열고 나가 풀밭을 가로질러 오두막으로 갔다. 닉은 불을 끄고 나간 뒤 방충망 문을 잠갔다. 신문지에 싼 도시락을 들고서 축축한 풀밭을 가로지르고, 울타리를 타 넘고, 커다란 느릅나무들이 늘어선 길을 걷다가 교차로들에 있는 R. F. D.[1] 우체통들을 지나 샤를부아 고속도로로 들어갔다. 개울을 건넌 후에는 들판을 질러가서, 개간지 가장자리를 따라 과수원 끝자락을 끼고 돈 다음 가로장 울타리를 넘

1 Rural Free Delivery(지방 무료 우편 배달).

어 조림지로 들어갔다. 조림지 한가운데에 느릅나무 네 그루가 서로 바싹 붙은 채 자라 있었다. 솔잎이 깔린 바닥은 푹신푹신하고 이슬은 내리지 않았다. 조림지는 한 번도 벌목된 적이 없었고, 나지막한 덤불 하나 없는 숲 바닥은 건조하고 따스했다. 닉은 도시락을 솔송나무 밑에 내려놓은 뒤 드러누워 기다렸다. 어둠 속에서 나무들 사이로 오는 케이트가 보였지만 그는 움직이지 않았다. 닉을 보지 못한 케이트는 담요 두 장을 껴안은 채 잠깐 서 있었다. 어둠 속에서 그 모습은 배가 많이 부른 임신부처럼 보였다. 닉은 충격에 휩싸였다. 그러다가 재미있어졌다.

"어서 와, 벗스타인." 닉이 말하자 케이트는 담요를 떨어뜨렸다.

"오, 위미지. 깜짝 놀랐잖아. 네가 안 온 줄 알았단 말이야."

"우리 귀여운 벗스타인." 닉은 그녀를 꼭 껴안아, 그의 몸에 닿는 그녀의 몸, 너무도 달콤한 그 몸을 느꼈다. 케이트도 닉에게 몸을 찰싹 붙여 왔다.

"정말 사랑해, 위미지."

"귀엽고 소중한 나의 벗스타인."

그들은 함께 담요를 깔았고, 케이트가 담요를 반듯하게 폈다.

"담요 가지고 나올 때 정말 위험했어." 케이트가 말했다.

"그랬겠지. 옷 벗자."

"오, 위미지."

"그게 더 재밌잖아." 그들은 담요 위에 앉아 옷을 벗었다. 닉은 그런 꼴로 거기에 앉아 있자니 조금 민망했다.

"내가 옷 벗으니까 좋아, 위미지?"

"아아, 담요 덮자." 닉이 말했다. 그들은 거칠거칠한 담요들 사이에 누웠다. 닉의 뜨거운 몸이 케이트의 서늘한 몸을 더듬더듬 찾다가 마침내 그녀를 낚아챘다.

"괜찮아?"

케이트는 이 질문에 대한 답으로 그에게 몸을 밀착시켰다.

"재미있어?"

"오, 위미지. 얼마나 원했는지 몰라. 하고 싶어 죽는 줄 알았어."

그들은 담요 속에 함께 누웠다. 위미지가 머리를 점점 밑으로 미끄러트리면서, 코로 그녀의 목선을 훑으며 그녀의 가슴골까지 내려갔다. 마치 피아노 건반을 두드리는 것 같았다.

"네 냄새가 너무 좋아." 닉이 말했다.

닉이 그녀의 작은 가슴 하나를 입술로 살짝 건드렸다. 혀로 짓누르자 그의 입술 사이에서 가슴이 생기를 띠었다. 온 감각이 되돌아오는 것을 느끼며, 그는 손을 밑으로 미끄러트려 케이트의 온몸을 누비고 다녔다. 닉의 손이 미끄러져 내려가는 동안 케이트는 그에게 바싹 다가붙었다. 그의 굴곡진 배에 몸을 짓눌렀다. 그 느낌이 굉장했다. 그는 조금 어색하게 더듬다 그곳을 찾았다. 닉은 케이트의 몸을 뒤집어 두 손으로 그녀의 가슴을 감싸 쥔 채 그녀의 몸을 자기 쪽으로 들어 올렸다. 그러고는 그녀의 등에 힘차게 키스했다. 케이트가 앞으로 고개를 떨구었다.

"이렇게 해도 괜찮겠어?" 닉이 물었다.

"좋아. 좋아. 좋아. 어서 해줘, 위미지. 제발 해줘. 어서, 어서. 해줘, 위미지, 제발, 제발, 위미지."

"그래, 좋아." 닉이 말했다.

그는 맨몸에 까칠하게 닿는 담요를 갑자기 의식했다.

"내가 잘 못했어, 위미지?" 케이트가 말했다.

"아니, 좋았어." 닉의 머리는 맑았고 아주 열심히 돌아가는 중이었다. 모든 것이 아주 명징하게 보였다. "배고프네." 그가 말했다.

“여기서 밤새도록 잤으면 좋겠어.” 케이트가 그에게 달라붙었다.

“그러게.” 닉이 말했다. “하지만 안 돼. 넌 집으로 돌아가야지.”

“가기 싫어.”

닉이 일어서자 그의 몸에 바람이 조금 불었다. 셔츠를 입으니 기분이 좋았다. 그는 바지를 입고 신발을 신었다.

“어서 옷 입어, 헤픈 아가씨.” 그가 말했지만, 케이트는 가만히 누워 담요를 머리 위로 끌어당겼다.

“잠깐만 기다려.” 그녀가 말했다. 닉은 솔송나무 옆에 두었던 도시락을 가져와 열었다.

“뭐 해, 빨리 옷 입으라니까, 헤픈 아가씨.”

“싫어.” 케이트가 말했다. “난 여기서 잘래.” 그녀는 담요 속에서 일어나 앉았다. “옷 이리 줘, 위미지.”

닉이 그녀에게 옷을 건넸다.

“생각해 봤는데.” 케이트가 말했다. “내가 여기서 자면, 가족들은 내가 멍청해서 담요를 들고 여기로 나와 잤다고 생각할 거야. 그럼 괜찮아.”

“불편할걸.” 닉이 말했다.

“불편하면 돌아갈게.”

“난 먹고 돌아가야겠다.”

“난 옷 좀 입어야겠어.”

그들은 함께 앉아 닭튀김과 체리 파이를 한 조각씩 먹었다.

닉은 일어섰다가 무릎을 꿇고 앉아 케이트에게 키스했다.

그는 축축한 풀밭을 지나 오두막집으로 가서, 계단이 삐걱거리지 않도록 조심조심 위층 방으로 올라갔다. 침대에서 이불을 발끝까지 덮고 머리를 베개에 파묻으니 기분이 좋았다. 내일 낚시하러 간다는 생각에 행복해하며 편안하고 좋은 기분으로 침대에 누워, 떠오를 때마다 항상 그러듯 기도를 올렸다. 가족을 위하여, 그 자신을 위하여, 훌륭한 작가가 되게 해달라고, 케이트를 위하여, 친구들을 위하여, 오드거를 위하여, 물고기가 많이 잡히기를, 가여운 오드거, 오두막에서 자고 있을, 어쩌면 잠 못 이루고 있을, 어쩌면 뜬눈으로 밤을 지새울 가여운 오드거를 위하여 기도했다. 그래도 네가 할 수 있는 일은 없을 거야, 아무것도.

5부

# 두 사람

# 결혼식 날

그는 수영을 한 뒤 언덕을 걸어 올라와 세숫대야에 두 발을 넣어 씻고 있었다. 방 안은 더웠고 더치와 루먼은 둘 다 초조한 표정으로 서 있었다. 닉은 깨끗한 속옷, 깨끗한 실크 양말, 새 멜빵, 흰 셔츠와 칼라를 서랍장에서 꺼내어 입었다. 그러고는 거울 앞에 서서 넥타이를 맸다. 더치와 루먼을 보니, 권투 시합과 풋볼 경기가 시작되기 전의 탈의실에 있는 듯한 기분이었다. 닉은 그들이 초조해하는 모습을 즐겼다. 만약 그가 교수형을 당한다면 이런 풍경이 연출될까, 궁금해졌다. 그럴지도 몰랐다. 무슨 일이든 벌어지기 전까지는 절대 알 수 없는 법이다. 더치가 나가더니 코르크 마개 따개를 가져와 술병을 열었다.

"한 잔 마셔, 더치."

"너 먼저 해, 스타인."

"아니. 왜 이래. 어서 마시라니까."

더치가 한 모금 길게 쭉 들이켰다. 닉은 그가 너무 많이 마셔 화가 났다. 그곳에 위스키라곤 그 한 병뿐이었다. 더치가 닉에게 병을 넘겼다. 닉은 그 병을 루먼에게 넘겼다. 루먼은 더치보다 덜 마셨다.

"이제 너 마셔, 스타인." 루먼이 닉에게 위스키 병을 건넸다.

닉은 두 모금 삼켰다. 그는 위스키를 좋아했다. 닉은 바지춤을 추슬렀다. 아무 생각도 나지 않았다. 위층에서는 호니 빌, 아트 메이어, 기가 옷을 입고 있었다. 그 친구들도 술을 마셔야 하는데. 빌어먹을, 왜 위스키가 한 병밖에 없는 거야.

결혼식이 끝난 후 그들은 존 코터스키의 포드를 타고 언덕길을 넘어 호수로 달려갔다. 닉은 존 코터스키에게 5달러를 지불했고, 코터스키는 짐을 내려 배까지 가져다주었다. 부부와 악수를 나눈 뒤 코터스키는 포드를 몰고 길을 따라 되돌아갔다. 차 소리가 한참이나 들렸다. 닉은 그의 아버지가 얼음 저장고 뒤편의 자두나무들 사이에 숨겨놓은 노를 찾을 수 없었다. 헬렌은 배에서 닉을 기다렸다. 마침내 닉이 노를 찾아 들고 호숫가로 내려갔다.

어둠 속에서 한참이나 노를 저어 호수를 건넜다. 밤은 무덥고 우울했다. 둘 모두 말이 별로 없었다. 몇몇 사람이 결혼식을 망쳤다. 땅이 가까워지자 닉은 노를 세게 저어 배를 모래밭으로 밀어 올렸다. 닉은 배를 더 위쪽으로 끌어 올리고 헬렌은 배에서 내렸다. 닉이 그녀에게 키스했다. 헬렌은 키스에 격렬하게 화답하며, 닉에게 배운 대로 두 사람의 혀가 뒤엉킬 수 있도록 입을 조금 벌렸다. 그들은 꼭 껴안은 뒤 별장까지 걸어갔다. 어두컴컴하고 기나긴 길이었다. 닉은 문을 연 다음 배로 돌아가 짐을 가져왔다. 그가 램프를 켰고, 두 사람은 함께 별장을 둘러보았다.

# 글쓰기에 관하여

목덜미에 뜨거운 햇볕이 내리쬐자 점점 더워졌다.

닉은 실한 녀석으로 송어를 한 마리 낚았다. 많이 잡지 못해도 상관없었다. 이제 강은 얕고 넓게 흘렀다. 양쪽 기슭에 나무들이 자라 있었다. 오후 햇살 속에 왼쪽 기슭의 나무들이 개울에 짧은 그늘을 드리웠다. 그 그늘마다 송어가 있다는 걸 닉은 알고 있었다. 어느 무더운 날 블랙 강에서 빌 스미스와 함께 발견한 사실이었다. 오후에 해가 구릉지 쪽으로 넘어가고 나면 송어들은 강 건너편의 서늘한 그늘로 몰려갔다.

그중에서도 아주 큰 놈들은 기슭에 바짝 붙어 있었다. 블랙 강에서는 언제든 기슭에서 큰 놈들을 낚을 수 있었다. 해가 지면 다들 기슭에서 기어 나왔다. 해가 떨어지기 전 수면에 눈부신 햇살이 비칠 때는 강물 어디에서든 큰 송어를 쉽게 공략할 수 있었다. 하지만 그때는 수면이 거울처럼 눈부시게 반짝여서 고기를 낚기가 거의 불가능했다. 물론 상류에서는 가능하겠지만, 블랙 강이나 이런 강에서는 허우적대며 물살을 거슬러 올라가다 깊은 물에 빠지기 십상이었다. 상류에서의 낚시는 전혀 즐겁지 않으나, 모든 책들이 말하듯 별다른 수가 없었다.

모든 책들. 예전에 닉과 빌에게 책은 즐거운 오락거리였다. 그 책들은 전부 거짓 전제로 시작했다. 여우 사냥처럼. 파리에 있는 빌 버드[1]의 치과의사는 제물낚시가 물고기와 지능을 겨루는 시합이라고 말했다. 난 원래 그렇게 생각했어, 라고 에즈라[2]는 말했다. 웃긴 말이었다. 웃긴 일들이 참 많았다. 미국 사람들은 투우를 장난으로 생각했다. 에즈라는 낚시를 장난으로 여겼다. 많은 사람들은 시가 장난이라고 생각한다. 영국인들도 웃기는 사람들이다.

팜플로나[3]의 투우장에서 영국인들이 우리가 프랑스인들인 줄 알고 황소 앞에서 우리를 위험 방지벽 너머로 떠밀었던 일을 기억하는가? 빌의 치과의사 역시 낚시를 장난까지는 아니지만 그다지 탐탁지 않은 일로 여긴다. 그러니까, 빌 버드 말이다. 예전엔 빌이라 하면, 빌 스미스를 의미했다. 지금은 빌 버드이다. 빌 버드는 이제 파리에 있었다.

닉은 결혼하면서 옛 친구들인 빌 스미스, 오드거, 기를 전부 잃었다. 그 녀석들이 숫총각이어서였을까? 기는 확실히 숫총각이 아니었다. 아니, 닉이 그들을 잃은 건, 결혼함으로써 낚시보다 더 중요한 무언가가 있음을 시인했기 때문이었다.

그런 분위기를 만든 건 닉 자신이었다. 빌은 닉을 만나기 전엔 한 번도 낚시를 해본 적이 없었다. 둘이서 온갖 곳을 돌아다녔다. 블랙 강, 스터전 호수, 파인 배런스, 어퍼 미니, 작은 개울들. 낚시에 관련된 유용한 사실 대부분은 그와 빌이 함께 발견한 것이었다. 그들은 6월부터 10월까지 농장에서 일하고 낚시질을 하고 숲속으로 기나긴 여행을 떠났다. 빌은 매년 봄이 되면 일을 그만두었다. 닉도 그랬다. 에즈라는 낚시를 장난으로 생각했다.

1 미국의 저널리스트로, 1920년대 파리에서 작은 출판사를 운영하며 헤밍웨이와 친분을 나누었다.

2 에즈라 파운드는 미국의 시인으로, 파리에서 헤밍웨이와 교류했다.

3 에스파냐 북부의 도시.

빌은 닉이 그와 만나기 전에 했던 낚시들을 용서했다. 닉이 혼자 다녔던 그 모든 강을 용서했다. 오히려 자랑스러워했다. 현재의 여자 친구가 옛 여자 친구들에게 느끼는 감정이랄까. 지난 일이라면 상관없었다. 하지만 그 후라면 사정이 달랐다.

그래서 그들을 잃은 거라고, 닉은 짐작했다.

그들은 모두 낚시와 결혼했다. 에즈라는 낚시를 장난으로 생각했다. 대부분의 사람들이 그랬다. 닉은 헬렌과 결혼하기 전에 낚시와 결혼했었다. 정말로 결혼했다. 장난이 아니었다.

그래서 그들 모두를 잃은 것이다. 헬렌은 닉의 친구들이 자기를 좋아하지 않기 때문이라고 생각했다.

닉은 그늘에 있는 반들반들한 바위에 앉아 자루를 강물 속에 담갔다. 강물이 바위 양쪽으로 돌아가며 소용돌이쳤고, 그늘이 시원했다. 수풀 가장자리 밑의 강기슭은 모래땅이었다. 모래에 밍크들의 발자국이 찍혀 있었다.

더위가 가시는 느낌이었다. 바위는 건조하고 시원했다. 바위에 두 발을 올려놓으니, 신발에 찬 물이 바위 옆면으로 흘러내렸다.

헬렌은 닉의 친구들이 자기를 싫어해서 닉과 멀어진 거라고 생각했다. 진심으로 그렇게 생각했다. 맙소사, 그는 사람들이 결혼하는 것을 얼마나 끔찍하게 여겼었던가. 그래서 더 나이 많은 사람들, 결혼 안 한 사람들과 항상 어울렸는지도 모른다.

오드거는 오래전부터 케이트와 결혼하고 싶어 했다. 케이트는 그 누구와도 결혼할 생각이 없었다. 그녀와 오드거는 툭하면 그 일로 다투었지만, 오드거는 다른 여자를 원하지 않았고 케이트는 그 누구도 원하지 않았다. 케이트는 오드거를 다른 친구들과 똑같이 대하려 했고 오드거는 특별한 친구가 되고 싶었기에 그들은 항상 비참했고 자기가 원하는 바를 이루기 위해 싸웠다.

이런 금욕주의를 주입한 것은 모 부인이었다. 기는 클리블랜드의 매춘부들과 어울렸지만, 그런 그에게도 금욕적인 원칙이 있었다. 닉에게도 있었다. 그 모두가 가짜였다. 이런 가짜 이상理想을 주입당하고 평생 그것을 고수하며 살았다.

그는 낚시와 여름을 온 마음으로 사랑했다.

그 무엇보다 사랑했다. 가을에는 빌과 함께 감자를 캐는 것이 좋았고, 자동차로 장거리 여행을 하고, 만에서 물고기를 낚고, 무더운 날 해먹에서 책을 읽고, 선창 근처에서 수영을 하고, 샤를부아와 퍼토스키에서 야구를 하고, 호턴스 베이에서 지내며 부인의 요리를 먹고, 하인들에게 지시를 내리는 부인을 지켜보고, 다이닝 룸에서 식사하며 창밖으로 기나긴 들판 너머 호수까지 바라보고, 부인과 대화하고, 빌의 아버지와 함께 술을 마시고, 농장에서 멀리 낚시 여행을 떠나고, 그냥 빈둥거리는 것도 좋았다.

닉은 긴 여름을 좋아했다. 8월의 첫날이 오면, 고작 4주 후에 송어 철이 끝나버린다는 사실에 심기가 불편해졌다. 이제는 가끔 꿈속에서 그랬다. 낚시를 못 했는데 여름이 거의 끝나가는 것이다. 꿈속에서도 기분이 나빴다, 마치 감옥에 갇힌 것처럼.

월룬 호수 기슭의 비탈들, 폭풍우가 불어닥칠 때 모터보트를 타고 호수를 건너면서 스파크 플러그에 물이 닿지 않도록 엔진에 우산을 씌우고, 물을 퍼내고, 호수 주변에 채소를 배달하는 배들은 거센 폭풍 속에 출렁이는 물결을 타고 쑤욱 올라갔다 미끄러져 내려가고, 큰 물결이 뒤에서 쫓아오고, 물에 젖을까 봐 방수포로 덮어놓고 깔고 앉았던 식료품과 우편물과 시카고 신문을 들고 호수 기슭에서 올라가고, 험악한 물결 때문에 배는 좀처럼 육지에 닿지 못하고, 난롯불에 몸을 말리고, 솔송나무 사이로 바람이 일고, 우유를 가지러 맨발로 나갈 때 발밑에 축축한 솔잎들이 밟히고. 햇빛에 눈을 뜨고 일어나, 비가 내린 뒤의 호턴스 크리크에서 낚시를 하려 배를 저어 호수를 건넌 뒤 언덕을 넘었다.

호턴스에는 항상 비가 필요했다. 슐츠 크리크는 비가 내리면 진창이 흘러넘쳐 풀밭으로까지 침범하니 좋을 것이 없었다. 그런 하천에 무슨 송어가 있겠는가?

바로 그곳에서 황소가 울타리를 넘어 그를 쫓아오는 바람에 바늘을 가득 채워둔 쌈지를 잃고 말았다.

지금 황소에 대해 아는 걸 그때도 알았더라면. 마에라와 알가베뇨[1]는 지금 어디에 있을까? 발렌시아, 산탄데르의 8월 축제, 산세바스티안에서의 악전고투. 황소 여섯 마리를 죽인 산체스 마히아스. 읽기를 그만두지 않으면 내내 그의 머릿속을 파고들던 투우 신문의 글귀들. 미우라 품종 투우의 질주. 파세 나투랄[2]에 속절없이 당하기로 악명 높긴 하지만. 안달루시아의 꽃. 장난꾸러기 치켈린. 후안 테레모토. 벨몬테의 귀환?

이제 마에라의 남동생이 투우사였다. 원래 이런 식으로 돌아가는 세계였다.

1년 내내 그의 내면 자체가 투우였다. 투우사가 타는 말들을 차마 똑바로 쳐다보지 못하는 창백한 얼굴의 칭크[3]. 그이는 말을 전혀 신경 쓰지 않더군, 하고 칭크는 말했다. "그러다 내가 투우를 좋아하게 되리라는 걸 갑자기 알게 됐지." '그이'란 틀림없이 마에라였을 것이다. 마에라는 닉이 아는 남자 중 최고였다. 칭크

1 에스파냐의 투우사들이었던 마누엘 가르시아 마에라와 호세 가르시아 로드리게즈('엘 알가베뇨').

2 칼을 쓰지 않고 왼쪽에서 물레타(붉은 천)로 소의 주의를 끌어 소의 공격 코스를 조종하는 동작.

3 아일랜드인 군인 에릭 에드워드 도먼-스미스의 별명. 1차 세계대전 때 소속된 연대의 마스코트였던 친카라를 닮아 '칭크'라는 별명이 붙었다.

도 그 사실을 알았다. 엔시에로[1]에서 칭크는 닉을 졸졸 따라다녔다.

닉은 마에라의 친구였고, 대기실에 있던 마에라는 출입구 좌석에 앉아 있는 그들에게 손을 흔들었고 헬렌이 자기를 쳐다보기를 기다렸다가 다시 손을 흔들었다. 헬렌은 그를 숭배했다. 대기실에는 세 명의 피카도르[2]도 있었는데, 나머지 피카도르들은 대기실 앞에서 재주를 선보이고 투우와의 싸움 전후에 위를 올려다보며 손을 흔들었다. 닉은 헬렌에게 피카도르들은 서로만을 위한다고 말했고, 물론 사실이었다. 그날 피카도르들의 실력은 최고였고, 대기실 안의 세 피카도르는 코르도바 모자를 쓴 채 좋은 창 하나하나에 고개를 끄덕였다. 나머지 피카도르들은 그들을 올려다보며 손을 흔들고는 제 할 일을 했다. 포르투갈의 어느 늙은 피카도르는 젊은 다 베이가[3]를 지켜보다가 위험 방지벽 너머로 몸을 내밀어 모자를 투우장 안으로 던졌다. 닉은 그렇게 슬픈 광경을 본 적이 없었다. 그 뚱뚱한 피카도르는 바로 그런 카발레로 엔 플라사caballero en plaza, 광장의 기사가 되고 싶었던 것이다. 다 베이가 녀석이 말을 타고 달리던 그 멋진 모습이란. 그야말로 진정한 승마였다. 영화로는 잘 표현되지 않았다.

영화가 모든 걸 망쳐버렸다. 좋은 이야기를 하는 척하면서. 영화는 전쟁을 비현실적인 것으로 만들어버렸다. 말이 너무 많다.

뭐든 말로 하는 건 좋지 않다. 뭐든 사실을 쓰는 건 좋지 않다. 일을 그르칠 뿐이다.

1 에스파냐 팜플로나에서 열리는 산페르민 축제의 한 행사로, 몇 마리의 황소(일반적으로는 여섯 마리)를 거리에 풀면 1천여 명의 사람들이 달려오는 소를 피해 굽이굽이 꺾인 골목길을 달려 투우 경기장까지 뛰어간다.

2 말을 타고 창으로 황소를 찌르는 기마 투우사.

3 포르투갈 투우에서 피카도르로 이름을 날린 시망 루이스 다 베이가.

조금이라도 좋은 글은 지어낸 이야기, 상상한 이야기뿐이었다. 그런 글은 현실이 되었다. 경마 기수의 죽음을 본 적도 없는 그가 「나의 아버지*My Old Man*」를 썼는데 그다음 주에 조르주 파르프르망이 똑같이 마지막 장애물을 넘다가 죽은 것처럼 말이다. 그가 쓴 좋은 글은 모두 지어낸 이야기였다. 그중에 실제로 일어났던 일은 하나도 없었다. 나머지는 실제로 벌어진 일들이었다. 어쩌면 글로 표현된 것보다 더 좋은 일이었을지도 모른다. 가족은 그걸 이해하지 못했다. 모든 이야기가 그의 경험담인 줄 알았다.[4]

그것은 조이스의 약점이었다. 『율리시스*Ulysses*』의 디덜러스는 조이스 자신이었기에 끔찍한 인물이 되고 말았다. 조이스는 그에 대해 지독히 낭만적이고 지적인 태도를 취했다. 조이스가 만들어낸 블룸은 근사했다. 조이스는 블룸 부인을 창조해 냈다. 그녀는 세계에서 가장 위대한 인물이었다.

맥[5]의 경우도 마찬가지였다. 자기 삶에 너무 가까운 글을 썼다. 작가란 삶을 소화해서 자신만의 인물을 창조해야 한다. 그래도 맥은 재능이 있었다.

이야기들 속의 닉은 전혀 그 자신이 아니었다. 그가 만들어낸 인물이었다. 아기를 낳는 인디언 여인을 본 적은 당연히 없었다. 그래서 좋은 이야기가 탄생한 것이다. 아무도 그 사실을 몰랐다. 카라가치로 가는 길에 분만 중인 여자를 보고 도우려고 한 적은 있었다. 창작은 그런 식으로 이루어졌다.

닉은 항상 그런 식으로 글을 쓰고 싶었다. 언젠가는 그렇게 되

4 여기서 헤밍웨이는 이야기 속 "닉"(이 문단에서 "그")을 실제 자신의 작품이었던 「나의 아버지」의 작가로 설정하고 있다.

5 미국의 시인 겸 극작가인 아치볼드 매클리시.

리라. 그는 위대한 작가가 되고 싶었다. 그렇게 되리라는 확신도 있었다. 요모조모 따져보면 알 수 있었다. 결국엔 그렇게 되겠지만, 힘든 길이었다.

세상을 사랑하고 그 안에 사는 것을 사랑하고 특별한 사람들을 사랑한다면, 위대한 작가가 되기가 힘들었다. 좋아하는 곳이 많아도 힘들었다. 건강하고 기분 좋게 즐거운 시간을 보낸다 치자, 그래서 뭘 어쩌자는 건가.

닉은 헬렌의 기분이 안 좋을 때 글이 제일 잘 써졌다. 딱 그만큼의 불만과 불화가 필요했다. 어쩔 수 없이 써야 할 때도 있었다. 양심 때문이 아니었다. 창자가 근육을 움직여 음식물을 밖으로 내보내는 것과 같은 이치였다. 다시는 글을 못 쓸 것 같은 기분이 들 때도 더러 있지만, 좋은 글이 또 나오리라는 걸 조만간 알았다.

다른 어떤 일보다 글쓰기가 훨씬 더 재미있었다. 사실은 그래서 글을 썼다. 전에는 깨닫지 못했지만, 닉이 글을 쓰는 이유는 양심의 발로가 아니라 그저 너무 재미있고 그 무엇보다 짜릿해서였다. 잘 쓰는 건 지독히 어렵기도 했다. 수많은 기교가 있었다. 그런 기교를 사용하면 글을 쉽게 써낼 수 있었다. 모두가 기교를 사용했다. 조이스는 수백 가지의 새로운 기교를 발명했다. 새롭다고 해서 반드시 더 좋은 건 아니다. 모든 것은 결국 진부해진다.

닉은 세잔이 그림을 그리듯이 글을 쓰고 싶었다.

세잔은 온갖 기교로 출발했다. 그러다가 모든 걸 깨부수고 진짜를 만들어냈다. 이 얼마나 힘든 일인가 말이다. 그는 가장 위대한 화가였다. 언제나 최고였다. 그것은 일시적이고 광적인 추종이 아니었다. 닉은 세잔이 화폭에 담았던 방식으로 풍경을 쓰고 싶었다. 그러려면 내면으로부터 글을 써야 했다. 기교 같은 건 없었다. 그런 식으로 풍경을 쓴 사람은 아직 한 명도 없었다. 거의 성스러운 기분까지 들었다. 무서우리만치 엄숙한 일이었다. 끝까지 싸운다면, 두 눈 똑바로 뜨고 제대로 살아왔다면, 해낼 수 있으리라.

입 밖으로는 낼 수 없는 일이었다. 성공할 때까지 계속 노력해 나갈 작정이었다. 영영 성공하지 못하더라도, 목적지에 가까워지면 알아챌 수 있을 터였다. 그것은 하나의 과업이었다. 평생의 과업.

사람들에 관해 쓰기는 쉬웠다. 이런 영악한 일은 쉬웠다. 시대에 맞선 마천루의 원시인들,[1] 영악할 때의 커밍스는 거의 무의식적으로 글을 써냈다. 『거대한 방 *The Enormous Room*』은 달랐다. 그것은 제대로 된 작품, 위대한 작품이었다. 커밍스는 각고의 노력 끝에 이 작품을 완성했다.

또 누가 있을까? 젊은 아시[2]에게는 뭔가 있지만, 아직 두고 볼 일이었다. 유대인들은 금세 나빠지기도 하니까. 시작은 다들 좋다. 맥에게도 뭔가 있었다. 돈 스튜어트는 커밍스에 거의 견줄 만했다. 해덕 부부의 이야기에 빛나는 부분이 몇 군데 있었다. 어쩌면 링 라드너도. 썩 괜찮았다. 셔우드 같은 노작가들. 드라이저 같은 더 나이 든 작가들. 또 누가 있더라? 젊은 작가들 중에 있을지도 몰랐다. 그가 모르지만 훌륭한 작가들. 하지만 그런 작가가 있을 리 없다. 그와 똑같은 것을 추구하는 작가라면 몰라볼 수 없었다.

1 다다이즘과 아방가르드 예술가들을 지칭하는 말이다.

2 폴란드 태생의 유대계 미국 작가 숄럼 아시.

닉은 세잔의 작품들을 볼 기회가 있었다. 거트루드 스타인[1]의 집에 걸린 초상화. 그가 제대로만 쓰면 그녀는 바로 알아주겠지. 뤽상부르 박물관에 소장된 수작 두 점, 베르냉죈 화랑의 대여 전시회에 걸린 여러 점. 수영하려고 옷을 벗는 군인들, 나무들 사이의 집, 나무 한 그루 너머로 보이는 집, 호숫가에 있지 않은 집, 호숫가에 있는 집. 소년의 초상화. 세잔은 사람도 그릴 줄 알았다. 하지만 풍경으로부터 얻은 것을 사용했기에 사람들을 수월하게 그렸다. 닉도 그렇게 할 수 있을 터였다. 사람에 대해 쓰기는 쉬웠다. 사람에 대해서는 아무도 아무것도 모르니까. 그래서 그럴듯하게 들리면 다들 곧이곧대로 믿어버렸다. 조이스의 글을 그대로 받아들였듯이.

세잔이라면 이 강물을 어떻게 그릴지 닉은 잘 알고 있었다. 아, 그가 여기서 그렇게만 해준다면. 빌어먹게도 그들은 죽었다. 그들은 평생 일하다가 늙어 죽었다.

닉은 세잔이 이 강과 습지를 어떻게 그릴지 떠올리며 일어나 물속으로 걸어 들어갔다. 물은 차갑고 실존했다. 그는 그림 속을 움직이듯 물살을 헤치며 건너편으로 걸어갔다. 기슭의 자갈에 무릎을 꿇고 앉아 송어 자루에 손을 집어넣었다. 아까 여울을 가로질러 끌고 가서 물속에 담가두었던 자루였다. 녀석은 살아 있었다. 닉은 자루 아가리를 열어 송어를 얕은 물 속으로 미끄러트린 후, 물 밖으로 등을 드러낸 채 바위 사이로 누비며 깊은 물살을 향해 여울을 빠져나가는 녀석을 지켜보았다.

"먹기에는 너무 큰 녀석이었어." 닉이 말했다. "야영지 앞에서

1 미국의 시인 겸 소설가로, 1차 세계대전 전후에 모더니스트로서 활약하며 '길 잃은 세대(lost generation)'라는 용어를 처음 사용했다. 헤밍웨이 등과의 교류를 통해 1차 세계대전 후의 미국 문학에 큰 영향을 미쳤다.

작은 놈들을 두어 마리 잡아 저녁에 먹어야겠어."

그는 줄을 감으며 기슭을 올라가 덤불 사이로 걸음을 옮기기 시작했다. 샌드위치를 먹었다. 마음이 급한데 낚싯대가 거추장스러웠다. 그는 생각을 하고 있지 않았다. 머릿속에 무언가를 담고 있을 뿐이었다. 야영지로 돌아가 작업을 시작하고 싶었다.

그는 낚싯대를 몸에 꼭 붙여 들고서 덤불을 뚫고 지나갔다. 낚싯줄이 나뭇가지에 걸렸다. 닉은 걸음을 멈추고 목줄을 끊은 뒤 줄을 감아올렸다. 낚싯대를 앞으로 뻗치니 덤불을 지나가기가 수월했다.

저 앞 오솔길에 납작 엎드려 있는 토끼가 보였다. 닉은 마지못해 멈춰 섰다. 토끼는 간신히 숨을 쉬고 있었다. 진드기가 머리에 두 마리, 귀 뒤쪽에 한 마리 붙어 있었다. 포도알만 한 큼직한 회색 진드기에 피가 엉겨 붙어 있었다. 닉은 진드기를 떼어냈다. 대가리는 조그마니 단단하고, 발들은 움직여대고 있었다. 그는 놈들을 오솔길에 떨어뜨려 짓밟았다.

닉은 단추 같은 눈을 멍하니 뜨고서 축 늘어진 토끼를 집어 들어 길가의 소귀나무 덤불 밑에 두었다. 내려놓을 때 토끼의 심장 박동이 느껴졌다. 토끼는 덤불 밑에 가만히 엎드려 있었다. 기운을 차리겠지, 하고 닉은 생각했다. 아마도 풀밭에 웅크리고 있던 토끼에게 진드기들이 달라붙었으리라. 그 전에 토끼는 너른 들판을 춤추듯 뛰어다녔을까. 모를 일이었다.

닉은 야영지를 향해 다시 걸음을 옮겼다. 머릿속에 무언가를 담은 채.

## 알프스의 목가

이른 아침인데도 계곡으로 내려가는 길이 무더웠다. 햇살은 우리가 나르고 있는 스키에 묻어 있던 눈을 녹이고, 나무를 바짝 말렸다. 봄의 계곡에 햇볕이 쨍쨍 내리쬐었다. 우리는 배낭을 메고 스키를 든 채 갈튀르[1]로 향하고 있었다. 우리가 교회 묘지를 지날 때 한 장례식이 막 끝나고 있는 참이었다. 묘지에서 나오며 우리를 지나치는 신부에게 내가 "Grüss Gott(안녕하세요)"라고 인사했다.

"신부들은 왜 말이 없는지 몰라." 존이 말했다.

"'Grüss Gott'라고 답해 줄 줄 알았어?"

"신부들은 답을 해주는 법이 없지."

우리는 걸음을 멈추고, 새 흙을 파고 있는 교회지기를 지켜보았다. 검은 턱수염을 기르고 가죽 장화를 신은 농부가 무덤 옆에 서 있었다. 교회지기는 삽질을 멈추고 등을 똑바로 폈다. 장화 신은 농부가 교회지기에게서 삽을 받아들고는, 정원에 거름을 뿌리듯 흙을 골고루 퍼뜨리며 무덤 속을 메워 나갔다. 5월의 화창한 아침에 무덤 메우기라니, 비현실적으로 보였다. 누군가의 죽음을 상상하기 어려웠다.

"이런 날 땅에 묻힌다고 상상해 봐." 내가 존에게 말했다.

1 중앙 동부 알프스에 위치한 오스트리아 티롤주의 파츠나운 계곡 위쪽에 있는 마을이자 스키 리조트.

"싫겠지."

"뭐, 우린 그럴 필요 없어."

우리는 걸음을 계속 옮겨 마을의 집들을 지나 선술집으로 갔다. 한 달 동안 실브레타 산맥에서 스키를 타다가 계곡으로 내려오니 기분이 좋았다. 실브레타에서 스키를 타는 건 괜찮았지만, 봄철이라 이른 아침과 저녁에만 눈 상태가 좋았다. 나머지 시간에는 햇빛 때문에 눈이 엉망이 되어버렸다. 우리 둘 모두 햇빛이라면 넌더리가 났다. 햇빛을 피할 도리가 없었다. 바위들 아니면 빙하 옆의 바위 아래 지어진 오두막만이 그림자를 드리웠고, 그늘 속에 있으면 속옷에 배어든 땀이 얼어붙었다. 선글라스 없이는 오두막 밖에 앉아 있을 수가 없었다. 까맣게 타는 거야 즐거웠지만 햇빛은 징글징글했다. 햇빛 속에서는 쉴 수가 없었다. 눈으로부터 멀어지니 반가운 기분이 들었다. 실브레타에 올라가 있기에는 너무 늦은 봄이었다. 스키 타기에도 조금 싫증이 났다. 그곳에 너무 오래 머물렀다. 오두막의 양철 지붕에서 눈이 녹아 흘러내린 물을 마셨었는데, 그 맛이 아직 혀에 남아 있었다. 그 맛은 내가 스키에 대해 느끼는 감정의 일부를 이루었다. 스키 외에도 다른 것들이 있으니 기뻤고, 높은 산에서의 부자연스러운 봄을 떠나 계곡의 5월 아침으로 들어오는 기분도 좋았다.

선술집 주인이 포치에서 의자를 뒤로 젖혀 벽에 기대어 놓고 앉아 있었다. 그의 곁에는 요리사가 앉아 있었다.

"시하일!"[2] 선술집 주인이 말했다.

"하일!" 우리는 이렇게 답한 뒤 스키를 벽에 세워 놓고 배낭을 벗었다.

2 Schi Heil. 스키어들끼리 주고받는 인사말로 "스키 만세!"라는 뜻이다.

"위에서 어땠소?" 선술집 주인이 말했다.

"Schön(좋았어요). 햇빛이 좀 강해서 그렇지."

"그래, 이맘때 햇빛이 강하긴 하지."

요리사는 의자에 앉아 있었다. 선술집 주인은 우리와 함께 안으로 들어가 사무실 문을 열고 우리 앞으로 온 우편물을 꺼냈다. 한 뭉치의 편지와 신문이었다.

"맥주나 마실까?" 존이 말했다.

"좋아. 안에서 마시자."

주인이 맥주병을 두 개 가져오자 우리는 맥주를 마시며 편지를 읽었다.

"더 마시자." 존이 말했다. 이번에는 어떤 여자가 술을 가져다주었다. 그녀는 병을 따며 빙긋 웃었다.

"편지가 많네요." 그녀가 말했다.

"네. 많아요."

"Prosit(건배)." 그녀는 이렇게 말하더니 빈 병을 들고 나갔다.

"맥주 맛도 잊어버리고 있었네."

"난 아니야." 존이 말했다. "오두막에서 맥주 생각을 많이 했거든."

"뭐, 이제 마셨으니까 됐어."

"뭐든 너무 오래 하면 안 된다니까."

"그러게. 위에 너무 오래 있었어."

"너무 심했지." 존이 말했다. "한 가지를 너무 오래 하면 좋을 게 없어."

열린 창으로 햇빛이 들어와 테이블에 놓인 맥주병을 비추었다. 병들은 절반쯤 차 있었다. 병 속의 맥주에 거품이 조금 끼어 있었다. 맥주가 아주 차가워서 거품이 많지는 않았다. 기다란 유리잔에 따르자 거품이 위로 올라왔다. 나는 열린 창 밖으로 흰 길을 내다보았다. 길가의 나무들은 먼지를 뒤집어쓰고 있었다. 그 너머에는 초록빛 들판과 개울이 있었다. 개울가에 나무들이 줄지어 서 있고, 물레방아를 갖춘 방앗간도 있었다. 방앗간의 열린 한쪽으로 기다란 통나무가 오르락내리락하는 모습이 보였다. 그 작업을 감독하는 사람은 없는 듯했다. 초록빛 들판에 까마귀 네 마리가 걸어 다니고 있었다. 까마귀 한 마리는 나무에 앉아 가만히 지켜보고 있었다. 바깥의 포치에 앉아 있던 요리사가 일어나 주방으로 이어지는 복도로 들어갔다. 안에서는 햇빛이 테이블 위의 텅 빈 유리잔들을 비추었다. 존은 몸을 앞으로 구부려 두 팔에 얼굴을 묻고 있었다.

앞 계단을 올라오는 두 남자가 창밖으로 보였다. 그들이 선술집으로 들어왔다. 한 명은 턱수염을 기르고 장화를 신은 농부였다. 다른 한 명은 교회지기였다. 그들은 창 아래의 테이블에 앉았다. 여자가 들어와 그들의 테이블 옆에 섰다. 농부는 그녀가 눈에 들어오지 않는 모양이었다. 그는 두 손을 테이블에 얹은 채 앉아 있었다. 낡은 군복 차림이었다. 팔꿈치에 헝겊 조각들이 덧대어져 있었다.

"뭐로 하겠나?" 교회지기가 물었다. 농부는 아무런 관심도 보이지 않았다.

"뭘 마시겠나?"

"슈납스." 농부가 답했다.

"난 레드 와인 4분의 1리터." 교회지기가 여자에게 말했다.

여자가 술을 가져오자 농부는 슈납스를 마셨다. 그러고는 창밖을 바라보았다. 교회지기는 농부를 지켜보았다. 존은 고개를 앞으로 내밀어 테이블에 얹고 있었다. 잠든 것이다.

선술집 주인이 들어오더니 그 테이블로 다가갔다. 그가 사투리로 뭐라고 말하자 교회지기가 답했다. 농부는 창밖을 바라보았다. 선술집 주인이 나갔다. 농부가 일어섰다. 가죽 지갑에서 접힌 1만 크로네짜리 지폐 한 장을 꺼내어 폈다. 여자가 다가갔다.

"Alles(전부 계산해 드려요)?" 그녀가 물었다.

"Alles(전부)." 농부가 답했다.

"와인 값은 내가 내겠네." 교회지기가 말했다.

"Alles(전부 계산해 줘요)." 농부가 다시 여자에게 말했다. 여자는 앞치마 주머니에 손을 집어넣어 동전을 잔뜩 꺼내서는 잔돈을 거슬러주었다. 농부가 문밖으로 나갔다. 그가 사라지자마자 선술집 주인이 다시 들어와 교회지기에게 말을 걸었다. 주인은 테이블에 앉았다. 그들은 사투리로 대화했다. 교회지기는 재미있어했다. 선술집 주인은 정나미가 떨어진 표정이었다. 교회지기가 일어났다. 콧수염을 기른 작은 몸집의 남자였다. 그가 창밖으로 몸을 내밀어 길을 바라보았다.

"저기 가는군." 그가 말했다.

"뢰벤으로 가는 건가?"

"Ja(그래)."

그들은 또 얘기를 나누었고, 그러다가 선술집 주인이 우리 테이블로 왔다. 선술집 주인은 키가 큰 노인이었다. 그는 잠든 존을 보았다.

"어지간히 피곤했던 모양이야."

"네, 일찍 일어났거든요."

"좀 이따 식사하겠소?"

"언제든 괜찮아요. 뭘 먹을 수 있어요?"

"뭐든. 여자애가 메뉴판을 가져다줄 거요."

여자가 메뉴판을 가져왔다. 존이 깨어났다. 메뉴는 카드에 잉크로 쓰여 있고, 카드는 노櫓 모양의 나무판에 끼워져 있었다.

"Speisekarte(메뉴판) 왔어." 내가 존에게 말했다. 존이 메뉴판을 쳐다보았다. 여전히 졸린 표정이었다.

"같이 한잔하실래요?" 내가 선술집 주인에게 물었다. 그가 앉더니 말했다. "하여간 저 농부들은 짐승 놈들이라니까."

"마을로 오던 도중에 장례식에서 아까 그 사람을 봤어요."

"자기 마누라를 묻은 거라오."

"아."

"짐승 같은 놈이오. 농부들은 하나같이 짐승 놈들이야."

"왜요?"

"말해 줘도 못 믿을 거요. 그 인간이 무슨 짓을 저질렀는지, 들어도 못 믿을 거요."

"말씀해 보세요."

"못 믿을 거요." 선술집 주인이 교회지기에게 말했다. "프란츠, 이리 와보게." 교회지기가 작은 와인 병과 유리잔을 들고 왔다.

"이분들은 방금 비스바덴에르휘테에서 내려오셨네." 선술집 주인이 말했다. 우리는 악수를 나누었다.

"뭘 마시겠어요?" 내가 물었다.

"난 됐소." 프란츠는 손가락을 저었다.

"와인 한 병 더 어때요?"

"괜찮소."

"혹시 사투리를 알아듣소?" 선술집 주인이 물었다.

"아니요."

"이게 다 무슨 일이야?" 존이 물었다.

"우리가 오다가 봤던, 무덤 메우던 농부에 관해서 얘기해 주겠대."

"어차피 난 못 알아들어." 존이 말했다. "말이 너무 빨라."

"그 농부 말이오." 선술집 주인이 말했다. "오늘 자기 마누라를 데려와서 묻어달라고 했는데, 그 마누라는 11월에 죽었소."

"12월이야." 교회지기가 말했다.

"그게 그거지. 어쨌든 작년 12월에 죽었고, 그치가 관청에 신고했소."

"12월 18일에 했지." 교회지기가 말했다.

"어쨌거나, 눈이 녹기 전까지는 마누라를 여기로 데려올 수가 없었던 거요."

"파츠나운 계곡 반대편에 살거든." 교회지기가 말했다. "하지만 여기 교구 소속이지."

"아예 밖으로 데리고 나올 수 없었던 건가요?" 내가 물었다.

"그렇지. 눈이 녹기 전에 그치가 사는 곳에서 나오려면 스키를 타는 수밖에 없다오. 그래서 오늘 마누라를 묻어달라고 데려왔는데, 신부가 그 마누라 얼굴을 보더니 묻어주기 싫다고 하더라는 거요. 이제부터는 자네가 말하게." 그가 교회지기에게 말했다. "사투리 말고 독일어로 말해."

"신부님이 보기에 너무 이상했던 거지." 교회지기가 말했다. "사망 신고서에는 심장병으로 죽었다고 적혀 있었거든. 그 여자한테 심장병이 있다는 건 여기 사람들도 알고 있었고. 가끔 교회에서 기절하기도 했으니까. 그러다 한참을 안 나왔지. 교회까지 올라올 힘도 없어서. 그런데 신부님이 천을 걷어서 여자 얼굴을 보더니 올츠한테 묻더군. '부인이 많이 아팠나?' 그러니까 올츠가 대답하기를, '아니요. 집에 갔더니 침대에 죽어 있던데요'라는 거요. 신부님은 여자를 또 쳐다봤소. 뭔가 찜찜했던 거지. '부인 얼굴이 어쩌다 이 모양이 됐나?'라고 신부님이 물으니까 올츠는 '저도 몰라요'라고 답했소. '알아보는 게 좋겠어.' 신부님이 이렇게 말하고 담요를 도로 덮어버렸소. 올츠는 묵묵부답이고. 신부님이 올츠를 쳐다봤소. 올츠도 신부님을 쳐다보더니 '알고 싶어요?'라고 묻는 거요. 신부님은 '알아야겠네'라고 했지."

"이 대목이 중요하다오." 선술집 주인이 말했다. "잘 들어요. 계속하게, 프란츠."

"그러니까 올츠가 이렇게 답했소. '어, 마누라가 죽었을 때 사망 신고를 한 다음에 마누라를 헛간으로 옮겨서 큰 나무판 위에 얹어놨어요. 그 나무판을 쓸 때가 되니까 마누라가 딱딱하게 굳었길래 벽에다 세워뒀죠. 밤에 나무판을 자르려고 헛간에 들어갔더니 마누라 입이 벌어져 있길래 거기다 손전등을 걸어놨어요.' '왜 그랬나?' 신부님이 이렇게 물으니까 올츠는 '모르겠어요'라는 거요. '몇 번이나 그렇게 했나?' '밤에 헛간에서 일할 때마다 그랬죠.' '아주 잘못된 행동일세. 아내를 사랑하지 않았나?' '아니요, 사랑했죠. 정말 사랑했어요.'"

"전부 알아들었소?" 선술집 주인이 물었다. "그 농부 마누라가 무슨 일을 당했는지 알아들었소?"

"알아들었어요."

"이제 뭐 좀 먹을까?" 존이 물었다.

"네가 주문해." 내가 말했다. "그 이야기가 진짜일까요?" 나는 선술집 주인에게 물었다.

"진짜고말고." 그가 말했다. "농부 놈들은 하나같이 짐승들이니까."

"그 사람은 어디로 갔죠?"

"내 친구가 하는 뢰벤이라는 술집에 한잔하러 갔소."

"나랑은 마시기 싫었던 거야." 교회지기가 말했다.

"이 친구가 자기 마누라에 관해서 알아버렸으니 나하고도 마시기 싫었던 거요." 선술집 주인이 말했다.

"이봐." 존이 말했다. "뭐 좀 먹자니까?"

"알았어." 내가 답했다.

## 세상을 뒤덮은 눈

산악 기차가 한 번 더 덜컹하더니 멈춰버렸다. 선로에 눈이 잔뜩 쌓여 있어 앞으로 더 나아갈 수 없었다. 산의 겉면을 샅샅이 훑고 있는 돌풍 때문에, 쌓인 눈이 딱딱하게 굳어버렸다. 수화물 칸에서 스키를 왁스로 닦고 있던 닉은 부츠를 스키 앞으로 밀어 넣고 죔쇠를 단단히 죄었다. 그러고는 기차에서 옆으로 펄쩍 뛰어내려 단단한 눈 바닥에 착지한 다음 도약 회전[1]을 하고, 몸을 웅크린 채 스틱을 질질 끌며 빠른 속도로 슬로프를 미끄러져 내려갔다.

저 아래 흰 비탈에서 조지가 쑥 내려갔다가 올라오더니 다시 내려가며 시야에서 사라졌다. 오르락내리락하는 가파른 산비탈을 쉭쉭 세차게 활강하는 동안 닉의 머릿속은 텅 비어버리고, 날아올랐다가 떨어지는 몸의 근사한 감각만이 남았다. 바닥이 살짝 솟아오르는가 싶더니 다시 밑으로 뚝 떨어지는 듯했다. 닉은 길고도 가파른 마지막 슬로프를 빨리, 점점 더 빨리 내려갔다. 스키 위에 거의 앉다시피 몸을 웅크려 무게 중심을 낮게 유지하려 애썼다. 모래폭풍처럼 눈보라가 일자 닉은 속도가 지나치게 빠르다는 걸 알았다. 하지만 버텼다. 포기하고 넘어질 생각은 없었다. 그때 움푹 꺼진 곳에 날려 들어간 눈이 폭신폭신한 채로

1 한쪽 또는 양쪽 스틱을 스키 전방의 눈 속에 꽂고 몸을 굽혀, 그 스틱을 축으로 도약해서 딴 방향으로 착지하는 회전.

남아 있는 구간을 지나가다 고꾸라져, 총에 맞은 토끼가 된 기분으로 스키 두 짝을 서로 맞부딪치며 데굴데굴 굴렀다. 드디어 멈췄을 땐 두 다리가 꼬여 있고 스키는 똑바로 곤두서 있었으며, 그의 코와 두 귀에는 눈이 잔뜩 끼어 있었다.

조금 더 밑에서 조지가 윈드 재킷을 탁탁 쳐 눈을 털고 있었다.

"참 멋졌어, 마이크." 그가 닉에게 외쳤다. "더럽게 푹신푹신하지. 나도 똑같이 당했어."

"급경사 너머는 어때?" 닉은 스키를 차서 똑바로 드러누운 뒤 일어났다.

"무게 중심을 왼쪽에 둬. 아래쪽에 울타리가 있으니까 크리스티아니아[1]로 빨리 내려가면 돼."

"잠깐만 기다려, 같이 가자."

"아니, 너 먼저 가. 네가 타는 거 보고 싶으니까."

닉 애덤스는 널찍한 등과 금발에 여전히 눈이 조금 묻은 조지를 지난 뒤 스키를 미끄러트리기 시작해 크리스털 같은 눈가루 속에 쉭쉭 하는 소리를 내며 급강하했다. 닉은 마치 물 위로 떠올랐다가 가라앉듯이 굽이진 급경사를 오르락내리락했다. 그는 무게 중심을 계속 왼쪽에 두다가 마지막에는 울타리 쪽으로 돌진했다. 나사를 조이듯 두 무릎을 바짝 붙인 채 몸을 돌려 자욱한 눈가루 속에 스키를 오른쪽으로 홱 꺾고, 차츰 속도를 늦추어 산비탈과 철조망과 평행을 이루며 멈추어 섰다.

그는 산비탈을 올려다보았다. 조지가 무릎을 굽혀 텔레마크 자세로 내려오고 있었다. 한쪽 다리는 앞으로 내밀어 굽히고, 다른 쪽 다리는 질질 끌었다. 그의 스틱은 가느다란 곤충 다리들처

1 활주 중에 스키를 평행으로 유지하면서 급회전하는 기술. '크리스티'라고도 함.

럼 매달린 채 슬로프 표면을 건드려 눈보라를 일으켰다. 무릎을 굽히고 구불구불 내려오던 형체는 마침내 몸을 웅크려 오른쪽으로 아름다운 곡선을 그렸다. 휘몰아치는 눈 속에서 스틱들은 빛의 점들처럼 곡선을 더욱 도드라지게 만들었다.

"크리스티는 겁이 나서 못 하겠더라고, 눈이 너무 깊어서." 조지가 말했다. "넌 잘하던데."

"내 다리로는 텔레마크를 못 해."

닉이 철조망의 맨 위 철사를 스키로 내리누르자 조지가 반대편으로 넘어갔다. 닉은 그를 뒤따라 길까지 내려갔다. 그들은 무릎을 굽히고 그 길을 달려 소나무 숲으로 들어갔다. 길은 윤나는 얼음판으로 변했고, 통나무를 운반하는 말들 때문에 주황색과 담뱃진 같은 누런빛으로 물들어 있었다. 그들은 길가에 쌓인 눈을 따라갔다. 길은 개울 쪽으로 급히 떨어졌다가 곧장 언덕 위로 이어졌다. 숲 사이로, 기다랗고 처마가 낮으며 풍파에 시달린 듯한 낡은 건물이 한 채 보였다. 나무들 속에서 빛바랜 노란색을 띠고 있었다. 더 가까이서 보니 창틀은 녹색으로 칠해져 있었다. 페인트가 벗겨지고 있었다. 닉은 스틱 하나로 죔쇠를 톡톡 쳐서 풀고 스키를 벗었다.

"여기서부터는 스키를 짊어지고 가는 게 좋겠어." 그가 말했다.

닉은 한쪽 어깨에 스키를 짊어지고 부츠 뒷굽의 징으로 얼음 바닥을 탁탁 밟으며 가파른 길을 올라갔다. 바로 뒤에서 조지가 숨을 몰아쉬며 부츠 굽으로 바닥을 차는 소리가 들렸다. 그들은 선술집 한쪽에 스키를 쌓아놓고 서로의 바지를 찰싹 때려 눈을 털어주고 부츠를 쿵쿵 밟아 바닥을 깨끗하게 한 뒤 안으로 들어갔다.

선술집 안은 무척 어두웠다. 자기로 만들어진 큼직한 난로가 한구석에서 반짝이고 있었다. 천장은 낮았다. 와인으로 얼룩진 거무스름한 테이블들 뒤의 매끄러운 벤치들이 양쪽 가에 늘어서 있었다. 두 명의 스위스인이 난로 옆에 앉아 파이프 담배를 피우며 1데시리터짜리 잔으로 탁한 새 와인을 마시고 있었다. 닉과 조지는 재킷을 벗고 난로 반대편의 벽에 기대어 앉았다. 옆방에서 노래 부르던 소리가 그치더니, 파란 앞치마를 두른 여자가 주문을 받으러 들어왔다.

"시옹 한 병이요." 닉이 말했다. "괜찮겠어, 지지?"

"그럼." 조지가 말했다. "와인은 나보다 네가 더 잘 알잖아. 난 뭐든 좋아."

여자가 나갔다.

"정말 스키만 한 게 없지 않아?" 닉이 말했다. "기다란 슬로프에 처음 내릴 때의 그 기분이란."

"그래." 조지가 말했다. "말도 못 하게 짜릿하지."

여자가 와인을 가져왔고 그들은 코르크 마개를 따지 못해 애를 먹었다. 마침내 닉이 마개를 땄다. 여자가 나간 뒤 옆방에서 그녀가 독일어로 노래 부르는 소리가 들렸다.

"코르크가 와인에 조금 들어가긴 했는데 괜찮아." 닉이 말했다.

"케이크가 있을까 모르겠네."

"불러서 물어보지 뭐."

여자가 들어왔고, 닉은 그녀의 앞치마가 임신으로 부푼 배를 가리고 있음을 알아챘다. 이 여자가 처음 들어왔을 땐 왜 눈치 못 챘을까, 하고 그는 생각했다.

"아까 부른 노래가 뭐예요?" 닉이 그녀에게 물었다.

"오페라예요, 독일 오페라." 그녀는 더 길게 얘기하고 싶어 하지 않았다. "사과 슈트루델이라면 조금 있어요."

"좀 쌀쌀맞지 않아?" 조지가 말했다.

"뭐, 우리를 모르니까, 우리가 자기 노래 실력을 놀리는 줄 알았나 보지. 독일어를 쓰는 곳에서 여기로 내려와 긴장하면서 살다가 결혼도 안 하고 아기를 가졌고 그래서 예민해진 거야."

"결혼 안 했다는 건 어떻게 알아?"

"반지를 안 꼈잖아. 젠장, 여기 여자들은 아이가 생겨야 결혼한다니까."

문이 열리더니, 길 위쪽에서 일하던 벌목꾼 한 무리가 신발을 털고 입김을 뿜으며 들어왔다. 웨이트리스가 그들을 위해 새 와인 3리터를 가져왔고, 그들은 두 테이블에 나누어 앉아 모자를 벗고 벽에 기대거나 테이블 위로 몸을 수그린 채 말없이 담배를 피웠다.

밖에서는 나무 썰매에 매인 말들이 가끔 고개를 발딱 쳐들어 앙칼진 방울 소리를 울렸다.

조지와 닉은 행복했다. 그들은 서로를 좋아했다. 이제 집으로 되돌아가야 한다는 걸 알았다.

"언제 학교로 돌아가?" 닉이 물었다.

"오늘 밤." 조지가 답했다. "몽트뢰에서 10시 40분 기차를 탈 거야."

"더 있다가 내일 당 드 리스에서 스키 타면 좋을 텐데."

"공부해야지." 조지가 말했다. "어이, 닉, 우리 둘이 그냥 떠돌이처럼 살 수 있으면 얼마나 좋을까? 스키를 짊어지고 기차를 타고 눈이 좋은 데로 가서 또 떠돌다 선술집에서 묵고 오벌란트를 곧장 가로질러 발레주로 올라가서 엥가딘을 지나가는 거야. 배낭에는 수리 도구와 여분의 스웨터와 잠옷만 넣어 가지고. 학교든 뭐든 어떻게 되든 상관없이."

"그래, 그런 식으로 슈바르츠발트를 지나가는 거지. 정말이지 끝내주는 곳들인데."

"지난여름에 거기로 낚시 갔었지?"

"맞아."

그들은 슈트루델을 먹고, 남은 와인을 마셨다.

조지는 벽에 기대어 눈을 감았다.

"와인만 마시면 기분이 이렇게 된다니까." 그가 말했다.

"기분이 나빠져?" 닉이 물었다.

"아니. 좋으면서도 묘한 기분이야."

"무슨 뜻인지 알겠어."

"그렇겠지."

"한 병 더 마실까?" 닉이 물었다.

"난 됐어." 조지가 답했다.

닉은 테이블에 팔꿈치를 괴고 조지는 벽에 기대어 축 늘어진 채, 그들은 그렇게 앉아 있었다.

"헬렌이 아이를 가졌어?" 조지는 벽에서 테이블 쪽으로 몸을 기울이며 물었다.

"응."

"언제 낳아?"

"내년 여름 늦게."

"기뻐?"

"그래. 지금은."

"미국으로 돌아갈 거야?"

"아마도."

"돌아가고 싶어?"

"아니."

"헬렌은?"

"헬렌도 싫대."

조지는 말없이 앉아 있었다. 그는 빈 병과 빈 유리잔을 바라보았다.

"미국은 지옥 같지 않아?"

"아니. 딱히 그렇지도 않아." 닉이 말했다.

"왜지?"

"글쎄."

"미국에서 둘이 같이 스키 타러 다닐 거야?" 조지가 물었다.

"모르겠어." 닉이 답했다.

"산이 별로 없잖아."

"그렇긴 하지." 닉이 말했다. "바위가 너무 많아. 나무도 너무 많고, 너무 멀어."

"맞아. 캘리포니아가 딱 그렇지."

"그래, 내가 가본 곳은 죄다 그렇더라고."

"맞아, 미국이 그렇지."

스위스인들이 일어나 계산을 하고 나갔다.

"우리도 스위스인이면 좋을 텐데." 조지가 말했다.

"스위스인들은 전부 갑상선종에 걸렸다고." 닉이 말했다.

"안 믿어." 조지가 말했다.

"나도." 닉이 말했다.

두 사람은 웃었다.

"어쩌면 우린 다시는 스키를 못 탈지도 몰라, 닉." 조지가 말했다.

"타야지." 닉이 말했다. "스키를 못 타면 사는 낙이 없잖아."

"좋아, 그럼 타자."

"타야지." 닉은 맞장구를 쳤다.

"지금 약속했으면 좋겠는데." 조지가 말했다.

닉은 일어났다. 윈드 재킷을 단단히 잠갔다. 조지 너머로 몸을 기울여, 벽에 기대어 놓았던 스틱 두 개를 집었다. 스틱 하나를 바닥에다 찔러넣었다.

"약속한들 무슨 소용이야." 그가 말했다.

그들은 문을 열고 밖으로 나갔다. 아주 추웠다. 눈이 꽁꽁 얼어붙어 있었다. 길은 언덕을 올라 소나무 숲으로 이어져 있었다.

그들은 선술집 벽에 세워두었던 스키를 챙겼다. 닉은 장갑을 꼈다. 조지는 어깨에 스키를 짊어진 채 이미 길을 오르기 시작했다. 이제 그들은 함께 집으로 돌아가야 했다.

# 아버지들과 아들들

이 마을의 중심가 한복판에 있는 우회 표지판을 무시하고 차들이 당당하게 그대로 직진하자, 니컬러스 애덤스는 모종의 보수 공사가 완료되었을 거라 믿고 벽돌로 포장된 텅 빈 길을 따라 마을을 지나가며 이따금 신호등 불빛에 차를 멈추었다. 이 한산한 일요일에 켜졌다 꺼졌다 하는 신호등들은 다음 해에 시스템 유지 비용을 충당하지 못하면 아예 사라져 버릴 터였다. 작은 마을의 육중한 나무들 아래도 지나갔다. 그 밑을 걸어 다녔던 마을 출신들에게는 추억의 한 자락을 차지하겠지만, 이방인에게는 너무 굵어서 햇빛을 막아버리고 집을 눅눅하게 만드는 원흉에 불과하다. 마지막 집을 지난 뒤 오르락내리락하며 일직선으로 뻗은 고속도로로 들어섰다. 붉은 흙으로 만든 도로 경사면이 깔끔하게 깎여 있고, 도로 양쪽에는 벌목 후 다시 자란 나무들이 늘어서 있었다. 그의 고향 땅은 아니지만, 가을이 무르익은 이때 차를 몰고 지나가며 구경하기에 좋은 곳이었다. 목화는 다 땄고, 개간지에는 붉은 수수가 조금 섞여 들어가 있는 옥수수밭들이 있었다. 아들은 옆자리에 잠들어 있겠다, 하루 여정도 마쳤겠다, 밤에 도착할 마을도 잘 알겠다, 닉은 편한 마음으로 차를 몰면서, 어느 밭에서 대두나 강낭콩이 자라고 있는지, 잡목림과 벌목한 땅이 어떻게 배치되어 있는지, 밭과 잡목림 사이의 어디에 오두막들과 집들이 지어져 있는지 눈여겨보았다. 지나가면서 머릿속으로 이 땅을 사냥하고 있는 셈이었다. 각각의 개간지가 짐승들이 먹이를 얻고 숨을 곳으로 적당한지 평가하고, 메추라기 떼가 어디에 있으며 그놈들이 어디로 날아갈지 가늠하면서.

메추라기를 사냥할 때는, 개들이 메추라기들을 발견하고 나면 녀석들과 녀석들의 평소 은신처 사이로 들어가서는 안 된다. 그랬다가는 녀석들이 쏟아져 나오듯 날아오르면서, 몇 놈은 가파르게 치솟고 몇 놈은 사냥꾼의 귓가를 스치기도 하며, 하늘을 가르는 메추라기 떼보다도 더 큰 덩어리를 이루어 윙윙거릴 것이다. 최선책은 몸을 돌려 어깨 너머로 녀석들을 잡는 것인데, 녀석들이 날개를 기울여 덤불 속으로 비스듬히 내려가기 전에 해치워야 한다. 아버지에게 배운 방식대로 메추라기를 찾아 바깥 풍경을 유심히 살피며 니컬러스 애덤스는 아버지를 생각하기 시작했다. 아버지를 생각할 때마다 제일 먼저 떠오르는 건 아버지의 두 눈이었다. 우람한 체격, 재빠른 움직임, 떡 벌어진 어깨, 구부러진 매부리코, 빈약한 턱을 뒤덮은 수염, 이런 것들이 아니라 항상 두 눈이었다. 그 두 눈은 어떤 특별한 장치의 보호를 받는 아주 귀한 악기처럼 눈썹 밑에 깊숙이 박혀 있었다. 보통의 인간 눈보다 훨씬 더 멀리, 훨씬 더 빨리 보는 그 눈은 아버지에게 주어진 특별한 선물이었다. 그의 아버지는 정말이지 큰뿔양이나 독수리처럼 잘 보았다.

닉은 아버지와 함께 호숫가에 서 있곤 했다. 그땐 닉의 시력도 아주 좋았는데, 아버지가 이런 말을 할 때가 있었다. "깃발을 올렸군." 닉의 눈에는 깃발도 깃대도 보이지 않았다. 그러면 아버지는 이렇게 말했다. "저기 말이다, 네 동생 도러시잖아. 깃발을 올려놓고 선창으로 걸어 나오고 있어."

닉이 호수 건너편을 바라보면, 나무가 우거진 길쭉한 호반, 그 뒤의 더 높은 수풀, 만을 지키는 곶, 농장의 말끔한 언덕들, 나무들 속에 자리 잡은 그들의 흰 오두막집만 보일 뿐, 깃대도 선창도 보이지 않았다. 하얀 기슭과 호숫가의 굴곡밖에 보이지 않았다.

"곶 쪽의 산비탈에 있는 양들 보이니?"

"네."

양들은 회녹색의 산비탈에 붙은 흰 헝겊 조각처럼 보였다.

"난 몇 마리인지 셀 수도 있어." 그의 아버지가 말했다.

필요 이상의 능력을 가진 사람들이 모두 그렇듯 그의 아버지는 아주 예민했다. 감상적이기도 했고, 감상적인 사람들이 대부분 그렇듯 잔인한 동시에 욕을 먹었다. 또 운이 아주 나빴는데, 자신의 탓만은 아니었다. 아버지는 남들을 조금 거들어 어떤 덫을 놓았다가, 온갖 방법으로 배신당한 후 바로 그 덫에 걸려 죽었다. 감상적인 사람들은 수없이 배신당하기 마련이다. 닉은 훗날 아버지에 관한 글을 쓰게 되지만, 아직은 쓸 수 없었다. 그런데 메추라기의 고장을 지나가다 보니 그가 어렸을 적의 아버지가 떠올랐고, 아버지에게 고마운 점이 두 가지 있었다. 바로 낚시와 사냥이었다. 그의 아버지는 이를테면 성性에 관해서는 시원찮았지만 그 두 가지 일에는 믿음직스러웠고, 닉은 그래서 다행이라고 생각했다. 사냥이나 낚시를 배우려면 누군가에게 처음으로 총을 받거나 그것을 구하고 사용할 기회를 얻어야 하고, 사냥감이나 물고기가 있는 곳에서 살아야 하기 때문이다. 서른여덟 살인 지금도 닉은 처음 아버지와 함께 경험했을 때만큼이나 낚시와 사냥을 사랑했다. 그 열정은 한 번도 사그라든 적이 없었고, 그런 열정을 알려준 아버지가 무척 고마웠다.

반면 그의 아버지가 서툴렀던 다른 문제에 관해 말하자면, 모든 장비가 미리 제공되며 알아야 할 것들은 남의 조언 없이도 어떻게든 터득하게 되어 있다. 그리고 어디에 살든 아무 상관 없다. 닉은 그 문제에 관해 아버지에게서 얻은 딱 두 가지 정보를 아주 또렷이 기억했다. 한 번은 함께 사냥하러 나갔을 때 닉이 솔송나무에 있는 붉은날다람쥐 한 마리를 쏘았다. 다람쥐는 떨어져 다쳤고, 닉이 집어 올리자 다람쥐는 그의 엄지손가락 아래 볼록한 살을 물었다.

"이 더러운 잡새끼." 닉은 이렇게 말하고 다람쥐 대가리를 나무에다 후려쳤다. "저 새끼한테 물렸어요."

아버지가 상처를 보더니 말했다. "피를 빨아내고 집에 가서 요오드 바르렴."

"못된 잡새끼." 닉이 말했다.

"잡새끼가 뭔지 알아?" 아버지가 그에게 물었다.

"그냥 욕이잖아요."

"잡새끼란 짐승이랑 성교하는 사람을 말하는 거야."

"왜요?"

"그건 나도 몰라." 그의 아버지가 말했다. "어쨌거나 극악무도한 범죄지."

닉은 자극적이고도 오싹한 상상을 하면서 이런저런 동물을 떠올려 봤지만, 매력적으로 느껴지거나 실제로 그런 행위가 가능할 것 같은 동물은 하나도 없었다. 성에 관하여 아버지에게 물려받은 직접적인 지식은 이 외에 딱 한 가지가 더 있었다. 어느 날 아침 닉은 엔리코 카루소[1]가 매싱[2] 죄로 체포되었다는 기사를 신문에서 읽었다.

1 이탈리아의 테너 가수.

2 mashing. 'mash'라는 단어는 보통 음식을 으깬다는 의미로 쓰이지만, 속어로는 여성을 성적으로 추행한다는 의미도 있다.

"매싱이 뭐예요?"

"극악무도한 범죄란다." 그의 아버지가 답했다. 닉은 그 위대한 테너가 담뱃갑 안쪽에 있는 안나 헬트[3]의 사진처럼 아름다운 여인에게 감자 으깨는 기구로 이상하고 기괴하고 극악무도한 짓을 저지르는 광경을 상상했다. 상당한 공포를 느끼면서도 닉은 나이를 먹으면 적어도 한 번은 매싱을 시도해 봐야겠다고 다짐했다.

그의 아버지는 수음을 하면 눈이 멀거나 미치거나 죽고, 매춘부들과 어울리면 흉측한 성병에 걸리고 마니까 웬만하면 다른 사람에게 손을 대지 않는 편이 좋다는 말로 그 문제 전체를 요약해 버렸다. 반면에 아버지의 눈은 닉이 보았던 그 어떤 눈보다 멋졌고, 닉은 아버지를 오랫동안 무척 사랑했다. 모든 게 어떻게 되었는지를 아는 지금은, 아직 상황이 나쁘지 않았던 아주 어린 시절의 추억조차 기분 좋게 떠올릴 수 없었다. 그 일을 글로 써서 끝내버릴 수도 있으리라. 이제까지 글로 씀으로써 벗어난 문제가 많았다. 하지만 그 일을 쓰기에는 아직 일렀다. 관련된 사람들이 아직 너무 많이 살아 있었다. 그래서 닉은 다른 일을 생각하기로 했다. 아버지에 관해서는 여러 번이나 심사숙고해 봤지만 할 수 있는 일이 아무것도 없었다. 장의사가 아버지의 얼굴에 해주었던 멋진 작업은 그의 마음속에서 흐려지지 않았고, 책무를 비롯한 나머지 일도 아주 또렷이 기억났다. 그는 장의사를 칭찬했었다. 장의사는 뿌듯하면서도 우쭐한 표정을 지었다. 하지만 아버지의 마지막 얼굴을 만든 사람은 장의사가 아니었다. 그는 예술성이 의심스러운 복원 작업을 호기롭게 수행했을 뿐이다. 그 얼굴은 오랜 시간에 걸쳐 저절로 만들어졌다. 3년이라는

3 브로드웨이에서 활동했던 폴란드 태생의 프랑스인 가수 겸 배우.

세월 동안 빠르게 빗어졌다. 훌륭한 이야기였지만, 관련자들이 아직 너무 많이 살아 있어 글로 쓸 수 없었다.

닉은 어린 시절의 이런저런 일들을 인디언 마을 뒤편의 솔송나무 숲에서 스스로 터득했다. 인디언 마을에 가려면 오솔길을 따라 오두막에서 숲을 지나 농장까지 간 다음, 빈터를 지나 마을까지 구불구불 이어지는 도로를 걸어야 했다. 오솔길을 맨발로 걷던 감촉이 아직도 생생했다. 오두막 뒤편의 솔송나무 숲으로 들어가면 솔잎이 깔린 비옥한 흙을 제일 먼저 밟게 되었는데, 그곳에는 쓰러진 통나무들이 가루처럼 부서져 있고 벼락 맞은 나무 한 그루는 기다랗게 쪼개진 나무토막들을 창처럼 매달고 있었다. 통나무를 다리 삼아 개울을 건너다가 미끄러지면 검은 습지로 빠져버렸다. 울타리를 타 넘어 숲을 빠져나가고 나면, 햇볕에 단단해진 오솔길이 짧게 베어진 풀들과 애기수영과 현삼이 자라는 들판을 가로질렀고, 왼편에는 물떼새가 먹이를 구하는 불안정하고 저습한 개울 바닥이 있었다. 그 개울에 스프링하우스가 있었다. 헛간 아래에는 갓 만들어져 따끈한 비료와, 더 오래되어 위쪽이 딱딱하게 굳은 비료가 있었다. 그다음에 울타리 하나를 더 넘고 단단하고 뜨거운 오솔길로 헛간에서 집까지 간 뒤 뜨거운 모랫길을 따라 숲속으로 들어가서 이번에는 다리로 개울을 건넜는데, 거기서 자라는 부들에 등유를 적셔 섬광등을 만들면 밤에 작살로 물고기를 잡을 때 유용하게 쓸 수 있었다.

그러고 나서 큰길은 왼쪽으로 꺾여 숲 언저리를 돌아가 언덕을 올랐다. 하지만 닉은 숲속으로 들어가, 점토와 이판암으로 이루어진 널찍한 길을 걸었다. 그 길은 나무 그늘이 드리워져 시원했고, 인디언들이 벤 솔송나무 껍질을 실어 갈 수 있도록 넓혀져 있었다. 기다랗게 여러 줄로 쌓인 솔송나무 껍질 더미 위에 또 나무껍질을 지붕처럼 덮어놔서 마치 여러 채의 집들처럼 보였다. 나무들이 베인 자리에는 껍질이 벗겨진 큼직한 통나무들이 누런빛을 띤 채 쓰러져 있었다. 벌목꾼들은 통나무들이 숲속에서 썩어가도록 버려두었고, 우듬지를 치우거나 태우지도 않았다. 그들에게 필요한 건, 보인 시티의 무두질 공장에 쓸 나무껍질뿐이었다. 겨울에 호수가 꽁꽁 얼면 그 위로 나무껍질을 운반했다. 해가 갈수록 숲은 줄어들고, 잡초만 무성하며 그늘 없고 뜨거운 빈터는 늘어갔다. 하지만 그때까지만 해도 울창한 원시림이 많았다. 나무들은 가지가 나기도 전에 높이 자랐고, 덤불 하나 없이 폭신폭신한 솔잎이 깔린 갈색의 깨끗한 땅을 걸으면 아무리 더운 날이라도 시원했다. 그들 셋은 침대 두 개를 이은 것보다 폭이 넓은 솔송나무 줄기에 기대 누워 있었다. 저 높이 우듬지에 미풍이 일고, 서늘한 햇빛이 듬성듬성 스며들었다. 빌리가 말했다.

"트루디랑 또 하고 싶어?"

"할래?"

"응."

"그럼 가자."

"아니, 여기서."

"하지만 빌리가……."

"빌리는 상관없어. 내 동생이잖아."

* * *

나중에 그들 셋은 앉아서, 우듬지의 나뭇가지들 사이에 있어 그들 눈에 보이지 않는 검은다람쥐의 움직임에 귀를 쫑긋 세웠다. 그들은 녀석이 또 울기를 기다리고 있었다. 그러면 꼬리를 흔들 테고, 그곳을 향해 닉이 총을 쏠 수 있을 터였다. 아버지는 그가 사냥에 쓸 탄알을 하루에 세 개밖에 주지 않았고, 그에게는 총신이 아주 긴 20구경의 단신 엽총이 있었다.

"망할 새끼가 안 움직여." 빌리가 말했다.

"쏴, 니키. 겁줘. 그럼 깜짝 놀라잖아. 또 쏴." 트루디치고는 말이 많았다.

"총알이 두 개밖에 안 남았어." 닉이 말했다.

"저 망할 새끼." 빌리가 말했다.

그들은 나무에 기대앉았고 말이 없었다. 닉은 공허하면서도 행복했다.

"에디가 어느 밤에 네 동생 도러시랑 잘 거래."

"뭐?"

"그랬어."

트루디가 고개를 끄덕였다.

"그것만 하고 싶대." 그녀가 말했다. 에디는 그들보다 나이 많은 이복형제였다. 그는 열일곱 살이었다.

"에디 길비가 밤에 와서 도러시한테 말만 걸어도 내가 어떻게 할 것 같아? 이렇게 죽일 거야." 닉은 공이치기를 잡아당긴 다음 제대로 조준하지도 않고 방아쇠를 당겨, 그 튀기 사생아 에디 길비의 머리통이나 배때기에 손만큼 커다란 구멍을 뚫어놓았다. "이렇게. 이렇게 죽일 거야."

"그럼 가면 안 되겠다." 트루디가 이렇게 말하고 닉의 주머니에다 손을 집어넣었다.

"많이 조심해야겠는걸." 빌리가 말했다.

"걔는 허풍이 심해." 트루디는 닉의 주머니 안에서 손을 이리저리 놀려대고 있었다. "그래도 죽이지 마. 문제 많이 생겨."

"그렇게 죽일 거라니까." 닉이 말했다. 에디 길비는 가슴에 총을 맞고 땅바닥에 쓰러져 있었다. 닉은 의기양양하게 그를 짓밟았다.

"그 새끼 머리 가죽을 벗겨버려야지." 닉은 행복하게 말했다.

"안 돼." 트루디가 말했다. "더러워."

"머리 가죽 벗겨서 그 새끼 엄마한테 보내야지."

"걔 엄마 죽었어." 트루디가 말했다. "죽이지 마, 니키. 나를 봐서라도 죽이지 마."

"머리 가죽을 벗긴 다음에 그 새끼를 개들한테 던져버려야지."

빌은 아주 의기소침해져서는 우울하게 말했다. "걔는 조심해야 돼."

"개들이 그 새끼를 갈가리 찢어버릴 거야." 닉은 그 광경을 떠올리며 흐뭇하게 말했다. 그 튀기 범죄자의 머리 가죽을 벗긴 다음 가만히 서서, 개들한테 갈가리 찢기는 그 새끼를 얼굴색 하나 변하지 않고 지켜보던 닉은 뒤의 나무로 쓰러지며 목이 단단히 졸렸다. 트루디가 그를 질식시킬 듯 꽉 껴안고서 울부짖었다. "죽이지 마! 죽이지 마! 죽이지 마! 안 돼. 안 돼. 안 돼. 니키. 니키. 니키!"

"왜 이래?"

"걔 죽이지 마."

"죽여야 돼."

"걘 그냥 허풍 떠는 거야."

"알았어." 니키가 말했다. "그 새끼가 우리 집 근처에 안 오면 안 죽일게. 이제 좀 풀어줘."

"잘됐다." 트루디가 말했다. "지금 뭐 안 할래? 나 지금 기분 좋은데."

"빌이 가면." 에디 길비를 죽였다가 살려준 닉은 이제 진정한 남자였다.

"가, 빌리. 맨날 얼쩡거리고 그래. 가."

"망할." 빌리가 말했다. "지겨워. 우리 왜 왔어? 사냥하러 왔잖아?"

"총 가져가. 총알 하나 남았어."

"알았어. 큰 검은다람쥐 잡아야지."

"내가 소리칠게." 닉이 말했다.

* * *

나중에, 한참 후에도 빌리는 돌아오지 않았다.

"우리가 아기를 만들까?" 트루디가 갈색의 두 다리를 행복하게 포개어 닉의 몸에 문질러댔다.

닉 안의 무언가가 저 멀리 떠나버렸다.

"별로." 그가 말했다.

"왜, 많이 만들자."

빌리가 총 쏘는 소리가 들렸다.

"잡았나 모르겠네."

"신경 쓰지 마."

나무들 사이로 빌리가 왔다. 총을 어깨에 걸친 채 검은다람쥐의 두 앞발을 붙잡고 있었다.

"봐." 빌리가 말했다. "고양이보다 커. 둘이 끝났어?"

"어디서 잡았어?"

"저기서. 자기가 먼저 뛰어내리더라고."

"집에 갈래." 닉이 말했다.
"싫어." 트루디가 말했다.
"저녁 먹으러 가야 돼."
"알겠어."
"내일 사냥할래?"
"좋아."
"다람쥐는 너 가져."
"좋아."
"저녁 먹고 나올래?"
"아니."
"기분 어때?"
"좋아."
"그럼 됐어."
"얼굴에 키스해 줘." 트루디가 말했다.

고속도로에서 차를 몰고 있는 지금 날이 어두워지고 있었고, 닉은 아버지에 대한 생각을 끝냈다. 하루의 끝에는 절대 아버지를 생각하지 않았다. 하루의 끝은 언제나 닉 혼자만의 것이었고, 그렇지 않으면 왠지 꺼림칙한 기분이 들었다. 아버지가 그의 마음속에 되살아나는 것은 한 해의 끝 무렵, 혹은 대초원에 꼬마도요가 날아다니는 이른 봄, 혹은 옥수숫대 다발이 보일 때, 혹은 호수가 보일 때, 혹은 말이나 마차가 보일 때, 혹은 기러기가 보이거나 울음소리가 들릴 때, 혹은 물새 사냥용 은신처에서, 혹은 독수리 한 마리가 범포로 만들어진 미끼 새를 잡아채기 위해 날개를 퍼덕이며 소용돌이치는 눈발을 뚫고 급강하하여 발톱으로 범포를 붙잡던 광경이 떠오를 때였다. 인적 드문 과수원에서, 새로 간 밭에서, 덤불에서, 봉긋한 언덕에서, 혹은 죽은 풀밭을 지날 때, 장작을 패거나 물을 길어 올릴 때마다, 방앗간이나 사과주 공장이나 댐 근처에서, 그리고 모닥불을 피울 때마다 아버지는 불현듯 그를 찾아왔다. 닉은 아버지가 모르는 마을들에서 살았다. 열다섯 살 이후로는 아버지와 공유한 것이 한 가지도 없었다.

그의 아버지는 추우면 수염에 서리가 끼고 더우면 땀을 많이 흘렸다. 강요받지 않았기에 그리고 육체노동을 좋아했기에, 농장에서 땡볕 아래 일하는 것을 좋아했다. 닉은 그렇지 않았다. 닉은 아버지를 사랑했지만 아버지의 체취를 싫어했고, 한번은 아버지가 살이 쪄서 못 입게 된 속옷을 받아 입었다가 속이 메스꺼워져 당장에 벗어서 개울 속의 돌멩이 두 개 밑에 숨겨두고는 잃어버렸다고 말한 적도 있었다. 아버지가 그에게 그 속옷을 입으라고 했을 때 냄새가 난다고 했더니 아버지는 새로 빨았다고 말했다. 사실이었다. 닉이 냄새를 맡아보라고 하자 아버지는 성난 표정으로 코를 킁킁거리고는 상쾌한 냄새가 나고 깨끗하기만 하다고 했다. 닉은 낚시를 나가서 속옷 없이 돌아와 잃어버렸다고 말했다가, 거짓말을 한다며 매를 맞았다.

나중에 닉은 장작 헛간의 문을 열어놓고 그 안에 앉아 엽총을 장전하고 공이치기를 당겨놓고는, 방충망 달린 포치에 앉아 신문을 읽고 있는 아버지를 건너다보며 생각했다. '아빠를 지옥으로 날려버릴 수 있어. 아빠를 죽일 수 있어.' 결국 분노는 사그라졌고, 아버지에게 받은 총으로 그런 생각을 했다는 사실이 조금 슬펐다. 그런 다음 그는 몸에 밴 냄새를 없애려 어둠 속을 걸어 인디언 마을까지 갔었다. 가족 중에는 누이의 체취만 마음에 들었다. 나머지 가족들과는 접촉을 피했다. 담배를 피우기 시작하면서는 그런 감각이 무뎌졌다. 잘된 일이었다. 새 사냥개에게는 유용해도 인간에게는 별 도움이 안 되는 감각이었으니까.

"아빠가 어렸을 때 인디언들이랑 같이 사냥하면 어땠어요?"

"글쎄." 닉은 움찔 놀랐다. 아들이 깨어난 것도 모르고 있었다. 닉은 옆자리에 앉은 아들을 쳐다보았다. 오롯이 혼자인 느낌이었지만 내내 아들이 곁에 있었다. "하루 종일 검은다람쥐를 사냥하고 다녔지. 네 할아버지가 아빠한테 총알을 딱 세 개만 주셨어. 사냥하는 법을 배우라고, 그리고 어린애가 함부로 총 쏘고 다니면 안 좋다고. 난 빌리 길비라는 남자애하고 그 아이의 누이인 트루디랑 같이 사냥을 다녔지. 어느 해 여름에는 거의 매일 나갔어."

"인디언들한테 안 어울리는 이름이네요."

"그래, 그렇지."

"그 사람들 얘기 좀 해줘요."

"오지브와족이었어." 닉이 말했다. "아주 착한 애들이었단다."

"그 사람들이랑 놀면 어땠어요?"

"뭐라 말하기 어렵구나." 닉 애덤스가 말했다. 그 누구도 더 잘하지 못한 일을 그녀가 제일 처음 해줬다고 어떻게 말할 수 있겠는가. 그 통통한 갈색 다리들, 납작한 배, 단단하고 조그만 가슴, 꼭 껴안는 두 팔, 금세 찾아드는 혀, 무감정한 눈, 좋은 맛이 나는 입술, 불편하고, 꽉 조이고, 달콤하고, 축축하고, 사랑스럽고, 꽉 조이고, 아프고, 충만하던 순간, 결국엔 찾아와, 영영, 하염없이 끝나지 않을 것 같던 순간이 갑자기 끝나버리고, 황혼의 올빼미처럼 커다란 새가 날아오르고, 한낮의 숲속에서 솔송나무 잎들에 배를 찔렸던 일을 어떻게 입에 올릴 수 있을까. 그래서 인디언들이 살던 곳에 가면, 사라져 버린 그들의 냄새가 난다. 텅 빈 진통제 병들도 윙윙거리는 파리들도 진들피 향이나 연기 냄새나 상자에 갓 넣은 담비 가죽 같은 다른 냄새를 없애지 못

한다. 그들에 대한 어떤 농담도 인디언 노파도 그 냄새를 없애지 못한다. 그들 몸에 배게 된 속이 느글거리도록 달콤한 향도, 그들이 최후에 했던 일도 그 냄새를 없애지 못한다. 그들의 마지막은 그 냄새와 달랐다. 그들은 하나같이 똑같은 마지막을 맞았다. 오래전에는 좋았다. 지금은 좋지 않다.

그리고 사냥에 관해 말하자면. 날아가는 새 한 마리를 쏘면 날아가는 모든 새를 쏜 거나 마찬가지다. 그 새들은 서로 다르고 날아가는 방향도 제각기 다르지만, 놈들을 쏠 때의 감각은 똑같아서 마지막 발도 첫 발만큼이나 기분 좋다. 이런 감각을 누릴 수 있는 건 아버지 덕분이었다.

"넌 그 사람들이 마음에 안 들지도 모르겠구나." 닉이 아들에게 말했다. "하지만 아마 마음에 들 거야."

"할아버지도 어렸을 때 그 사람들이랑 살았죠?"

"그래. 그 사람들이 어땠느냐고 물었더니, 친구로 지낸 사람들이 많았다고 하시더구나."

"나도 그 사람들이랑 같이 살게 될까요?"

"글쎄다. 네 결정에 달렸지."

"몇 살이 되면 나도 엽총을 갖고 혼자 사냥 나갈 수 있어요?"

"덤벙대지 않으면, 열두 살쯤."

"지금 열두 살이면 좋겠어요."

"곧 그렇게 될 거다."

"할아버지는 어떤 분이었어요? 프랑스에서 돌아왔을 때 할아버지한테 공기총이랑 미국 국기 받았던 기억밖에 안 나요. 할아버지는 어땠어요?"

"설명하기가 어렵구나. 사냥과 낚시를 잘하셨고 시력이 아주 좋으셨지."

"아빠보다 더 잘하셨어요?"

"사격 실력이 나보다 훨씬 좋으셨고, 나는 새도 잘 맞히셨지."

"그래도 아빠보단 못하셨을 거예요."

"아니, 잘하셨어. 아주 날렵하게, 멋지게 쏘셨지. 그분이 쏘는 것만 보고 싶을 정도로. 내가 총을 쏠 때마다 할아버지는 크게 실망하셨어."

"왜 우리는 할아버지 무덤에 기도드리러 안 가요?"

"다른 데서 사니까. 여기서 무덤까지 멀거든."

"프랑스라면 아무 상관 없을 텐데. 프랑스라면 가겠죠. 난 할아버지 무덤에 가서 기도드리고 싶어요."

"언젠가는 갈 거야."

"난 아빠가 죽은 뒤에 무덤에 가서 기도드릴 수 없는 곳에 살면 안 될 텐데."

"그러려면 미리 준비를 해둬야지."

"우리 다 편리한 곳에 묻히면 어때요? 프랑스에 묻히는 거예요. 그럼 좋겠어요."

"난 프랑스에 묻히기 싫은데." 닉이 말했다.

"아, 그럼, 미국에 편리한 장소를 구해야겠네요. 목장은 어때요?"

"괜찮은 생각이구나."

"그럼 난 목장으로 가는 길에 할아버지 무덤에도 들러서 기도드릴 수 있잖아요."

"지독히 현실적이네."

"그게, 할아버지 무덤에 한 번도 안 찾아간 게 마음에 걸리거든요."

"가야지." 닉이 말했다. "찾아뵙자꾸나."

## 옮긴이의 말

『닉 애덤스 이야기』는 헤밍웨이의 문학적 분신이라 할 수 있는 닉 애덤스가 등장하는 단편들을 한데 모아 주인공의 나이대에 따라 연대순으로 정리한 단편집이다. 닉 애덤스가 처음으로 세상에 소개된 것은 헤밍웨이의 초기 단편집 『우리 시대에 *In Our Times*』(1925)였는데, 총 15편의 이야기 중 8편에 닉 애덤스가 등장한다. 이에 더하여 1930년대 초반까지 산발적으로 발표된 이야기들과 훗날 발견된 미발표 작품 8편까지 모두 수록한 『닉 애덤스 이야기』는 헤밍웨이 사후 10년인 1972년에 발간되었다. 닉 애덤스의 이야기를 한 권에 담은 것도 의미 있지만, 연대기적인 맥락 속에서 각 단편의 숨은 의미를 좀 더 깊이 있게 이해할 수 있다는 점에 진정한 의의가 있다고 하겠다. 이 책에도 실린 「글쓰기에 관하여」라는 단편에서 헤밍웨이가 닉의 입을 빌려 말하듯, 소설 속 인물을 헤밍웨이와 동일시해서도, 소설 속 사건을 실제 사건으로 오해해서도 안 되겠지만, 유년기부터 시작해 중년기까지 그려지는 닉의 삶이 헤밍웨이의 인생행로와 거의 닮아 있어 닉을 헤밍웨이의 분신이라 봐도 큰 문제는 없을 듯하다. 이후 등장하는 제이크 반스(『태양은 다시 떠오른다』), 프레더릭 헨리(『무기여 잘 있거라』), 토머스 허드슨(『해류 속의 섬들』) 등 자전적 요소가 강한 인물들 안에는 닉의 면모들이 녹아 있다.

『닉 애덤스 이야기』는 '북부의 숲', '혼자 힘으로', '전쟁', '병사의 고향', '두 사람', 이렇게 5부로 구성되어, 닉이 소년에서 청년으로, 군인으로, 작가로, 부모로 성장해 가는 과정을 그리고 있다.

1부인 '북부의 숲'은 닉의 유년기를 이야기한다. 「세 발의 총성」에서 어두운 숲속에 혼자 있지도 못하는 겁쟁이였던 닉은 「인디언 마을」에서 처음으로 죽음을 의식하고 목격하면서 인생이라는 거대한 여정의 본질을 철학적으로 바라볼 수 있게 된다. 인디언 여인의 출산을 돕기 위해 의사인 아버지와 함께 인디언 마을로 향한 닉은 새로운 생명의 탄생과, 그 힘든 과정을 차마 지켜보지 못한 아기 아버지의 자살이라는 인생의 양 끝단을 동시에 경험하는 트라우마를 겪고 집으로 돌아가는 내내 아버지에게 죽음에 관한 질문을 던진 후, 자신은 절대 죽지 않으리라 다짐한다. 「세 발의 총성」에서의 소심한 소년보다 한층 성숙한 모습이다. '북부의 숲'에는 헤밍웨이가 어린 시절 가족과 함께 미시간주 북부 월룬 호수의 별장에서 여름을 보냈던 경험이 녹아 있다. 헤밍웨이는 실제로 의사였던 아버지 클래런스 헤밍웨이에게서 3살 때부터 낚시를 배우며 자연에 대한 사랑을 키워 나갔다. 아버지와 함께 호수에서 수영하고 사냥할 새들을 찾아다니고 호반을 산책하는 것이 어린 헤밍웨이의 큰 즐거움이었다. 이런 추억들은 아버지가 세상을 떠난 후 집필한 「아버지들과 아들들」에도 그려져 있다. 여기서 주목할 또 다른 사실은, 닉과 부모의 관계, 그리고 부모 간의 관계이다. 「의사와 의사의 아내」에서 닉의 어머니는 종교에 과하게 심취한 조금은 부정적인 모습으로 그려지고, 부부간에 균열이 보이며, 닉은 자신을 부르는 어머니에게 가는 대신 아버지를 따라간다. 헤밍웨이의 부모인 클래런스와 그레이스 또한 겉으로는 원만한 부부처럼 보였지만 속사정은 그렇지 못했다. 헤밍웨이는 훗날 이들이 서로 비슷한 점이라곤 눈곱만큼도 없는, 달라도 너무 다른 사람들이었다고 썼다. 성악가였던 그레이스는 노래뿐만 아니라 글쓰기와 그림에도 뛰어난 다재다능한 여성이었지만, 헤밍웨이에게 여자아이 옷을 강제로 입히는 등 큰 트라우마를 안겨주기도 했다. 예술적 재능과 더불어 과시욕과 변덕스러운 기질까지 어머니에게 물려받았을 헤밍웨이는 그럼에도 어떻게든 어머니에게서 벗어나려 애썼으며, 감정적으로는 언제나 아버지를 따랐다. 아버지가 자살했을 때도 그는 어머니를 탓하며 맹비난했다. 이런 가족 관계의 역학은 「이제 나를 누이며」에서 닉이 어린 시절을 회상하는 대목에도 일면 드러난다.

2부인 '혼자 힘으로'에서는 소년티를 벗은 청년기의 닉을 만날 수 있다. '양아치'라 불릴 만큼(「세상의 빛」) 다소 반항기 어린 모습의 닉은 부모의 영향에서 벗어나 바깥세상의 어둠과 비정함을 경험한다. 「세상의 빛」에서는 창녀들을, 「싸우는 사람」에서는 육체적·정신적 고통에 시달리는 왕년의 권투 선수를, 「살인자들」에서는 살인 청부업자들과 그들의 표적인 권투 선수를 만나며 세상의 폭력성과 처음 마주한다. 「마지막 남은 좋은 땅」에서 닉은 본의 아니게 사냥 금지 대상인 짐승을 죽인 뒤 수렵 감시인들에게 쫓겨 여동생과 함께 험난한 여정을 떠난다. 근친상간의 분위기가 짙게 풍기는 이 이야기는 미완으로 끝나 결말을 알 수 없지만, 바로 뒤에 이어지는 「미시시피강을 건너」로 판단하건대 닉은 수렵 감시인들을 무사히 따돌리고 어느 시점에 동생과 헤어진 듯 보인다.

3부 '전쟁'에서 닉은 1차 세계대전에 참가했다가 부상을 입고 정신적 외상에 시달린다. 여기에도 헤밍웨이 자신의 경험이 많이 녹아 있다. 헤밍웨이는 1차 세계대전이 발발했을 때 입대를 원했지만 시력 장애로 거부당하자 적십자 부대의 응급차 운전병으로 지원하여 이탈리아로 떠났다. 그로부터 얼마 후 포살타 디 피아베 부근 전선의 참호에 담배나 초콜릿 등을 배급하는 일을 시작했는데, 그러던 중 다리에 포탄을 맞고 밀라노의 적십자병원에서 치료를 받았다. 이 일로 이탈리아 무공훈장 수여자가 되기도 했다. 닉 역시 이탈리아 전선에서 참호를 돌아다니며 배급품을 나눠주다가 전장에서 부상을 입은 뒤 육군 병원에서 물리치료를 받지만, 헤밍웨이와 달리 PTSD(당시에는 아직 존재하지 않는 용어였지만)를 겪는다. 그 여파로 불면의 밤을 보내고(「이제 나를 누이며」), 누가 봐도 정신이상을 의심할 만한 행동을 하며 환각에 시달린다(「당신이 결코 갈 수 없는 길」).

4부 '병사의 고향'에서는 전장에서 고국으로 돌아온 닉이 정신적 고통을 치유하려 애쓰는 과정이 그려진다. 이중 「두 개의 심장을 가진 큰 강」은 헤밍웨이의 단편소설을 통틀어 걸작으로 꼽힌다. 『우리 시대에』의 마지막에 실렸던 이 단편은 따로 떼어놓고 보면 그저 닉이 어느 황폐한 마을의 개울을 찾아가 물고기를 낚는 이야기에 불과해 보이지만, 3부의 내용과 연결 지어 생각하면 사뭇 다르게 읽힌다. 닉의 낚시 여정은 곧, 마음의 안식처인 강에서 정신적 고통을 치유하는 과정인 것이다. 기차에서 내렸을 때 그의 눈 앞에 펼쳐진 황폐한 마을 풍경은 전쟁으로 피폐해진 그의 내면세계를 상징하며, 불에 타 검게 변한 메뚜기를 날려 보내고 강에서 잡은 송어 한 마리를 놓아주는 행위는 정신적 고통에서 탈피하여 마음의 평온을 되찾고자 하는 의지의 표현이다. 닉이 힘겹게 언덕길을 올라 강가로 가서 텐트를 치고 식사를 준비하고 미끼를 마련하고 물고기를 낚는 과정은 아주 자세하게 묘사되지만, 닉의 심리 상태를 알려줄 '전쟁'이라는 단어는 단 한 번도 등장하지 않는다. 이 단편이 처음 발표되었을 때 독자들이나 비평가들이 꽤 당혹스러워한 것도 이 때문이다. 사건다운 사건이 일어나지 않는 이 작품을 어떻게 받아들여야 할지 종잡을 수 없었을 것이다. 하지만 닉의 일생을 쭉 따라오다 보면, 이 이야기의 심층에 들어 있는 진정한 의미를 이해할 수 있다. 우리가 주목해야 할 부분은 겉으로 드러난 표층이 아니라, 그 밑에 잠겨 있는 더 거대한 부분인 것이다. 8분의 1만 밖으로 드러나고 나머지 8분의 7은 수면 밑에 가라앉아 있는 빙산처럼 말이다. 헤밍웨이는 최소한의 사실 묘사로 더 거대한 이야기를 전해야 한다는 빙산이론(또는 생략이론)을 제시한 바 있다. 특히 그의 단편소설에서 이 수법이 효과적으로 사용되는데, 「두 개의 심장을 가진 큰 강」은 그 대표적인 작품이라 할 수 있다.

5부 '두 사람'에서 닉은 결혼하여 가정을 이루고 아들까지 둔 작가로 등장한다. 여기서 '두 사람'이란 남편과 아내, 두 친구, 아버지와 아들, 작가와 독자일 것이다. 닉은 임신한 아내를 둔 남편으로서의 현실로 돌아가기 전 친구와 함께 스키를 즐기기도 하고, 아들과 함께 여행하며 아버지와의 추억을 떠올리기도 하고, 작가로서 글쓰기 철학을 설파하기도 한다.

퓰리처상, 노벨문학상 수상이라는 화려한 경력을 가진 '길 잃은 세대'의 대표 작가 어니스트 헤밍웨이. 그는 일거수일투족 대중의 큰 관심을 받는 스타 작가로서 사냥, 투우, 권투, 전쟁, 여자 등 평생 자극적인 모험을 찾아다니며 열정을 불살랐다. 동시에, 끊임없이 문체를 갈고 닦으며 실험을 두려워하지 않은 현대 문학의 개척자이기도 했다. 그의 실험적이고 박력 있는 문체는 특히 단편소설에서 빛을 발한다. 장편소설의 한 대목처럼 느껴지는 스케치에서부터 2부로 구성된 꽤 긴 길이의 글에 이르기까지

다양한 분위기의 작품들 속에 죽음, 사랑, 전쟁, 치유, 가족 등 다채로운 주제를 아우른 이 단편집은 헤밍웨이의 역량과 매력을 다시 한번 확인하는 기회가 될 것이다.

# 작가 연보

어니스트 헤밍웨이(1899-1961)

1899 7월 21일, 일리노이주 오크파크에서 의사 아버지 클래런스 헤밍웨이와 음악가 어머니 그레이스 헤밍웨이 사이에서 6남매 중 둘째이자 장남으로 태어남.

1909 생일선물로 엽총을 선물받음. 헤밍웨이는 매년 여름에 가족들과 호수에서 휴가를 즐겼고, 이때부터 자연을 예찬하게 됨.

1913 오크파크 고등학교에서 학교 신문 『트래피즈』 기자로 활동함.

1917-18 『캔자스시티 스타』에서 기자로 일하다가 반년 만에 그만두고 적십자사의 구급차 운전병으로 입대해 1차 세계대전 참전. 이탈리아 북부 포살타 디 피아베에 배치됨. 오스트리아군이 쏜 포탄으로 다리에 중상을 입고 밀라노의 적십자병원에 3개월간 입원. 입원 중 일곱 살 연상의 미국인 간호사 아그네스 폰 쿠로브스키와 사랑에 빠졌으나 청혼을 거절당함. 아그네스는 『무기여 잘 있거라』 여주인공의 실제 모델이 됨. 전장에 복귀했으나 황달로 재입원.

1919-20 귀국 후 참전 여파로 불면증에 시달림. 캐나다 토론토에서 가정교사로 지내며 『토론토 스타 위클리』에 기고. 미국 협동조합기관지 『협동공화국』에 부편집자로 근무함. 소설가 셔우

드 앤더슨을 만난 후 문학을 배우기 위해 파리행을 결심함.

1921 여덟 살 연상의 해들리 리처드슨과 첫 번째 결혼. 이탈리아 무공훈장을 받음. 『토론토 스타』의 특파원으로 아내와 파리에 정착. 에즈라 파운드, 거트루드 스타인 등 많은 작가들과 친교를 맺음.

1922 제노바 회담, 그리스-튀르키예 전쟁, 로잔 회담 등을 취재함. 파리의 리옹역에서 아내가 헤밍웨이의 미발표 원고가 든 가방을 분실함.

1923 에즈라 파운드와 이탈리아 여행. 스페인 첫 여행 중 난생처음 투우를 구경하고 평생 투우에 매료됨. 첫 작품집 『세 편의 단편소설과 열 편의 시』 출간. 장남 존 출생.

1924-25 아치볼드 매클리시, 스콧 피츠제럴드 등과 사귐. 『트랜스아틀랜틱 리뷰』 편집. 단편집 『우리 시대에』 출간. 스페인, 오스트리아 여행.

1926 작품집 『봄의 계류』, 첫 장편소설 『태양은 다시 떠오른다』 출간. 아내 해들리의 친구이자 『보그』 기자인 네 살 연상의 폴린 파이퍼와 혼외 연애를 시작함.

1927 해들리와 이혼, 폴린과 두 번째 결혼. 단편집 『여자 없는 남자』 출간. 이탈리아, 스페인, 스위스 여행.

1928 아내 폴린과 파리를 떠나 미국 플로리다주 키웨스트에 정착. 차남 패트릭 출생. 아버지가 우울증으로 권총 자살.

1929 스페인 여행 후 프랑스로 돌아감. 전쟁문학의 걸작 『무기여 잘 있거라』 출간.

1930 미국으로 돌아와 자동차 사고로 오른팔이 부러지는 부상을

입음.

1931 스페인 여행. 삼남 그레고리 출생.

1932 쿠바에서 잠시 머무르며 낚시를 즐김. 투우를 소재로 한 논픽션 『오후의 죽음』 출간.

1933-34 단편집 『승자에게는 아무것도 주지 마라』 출간. 스페인, 프랑스 등지에서 지내다가 아프리카 케냐로 사냥 여행. 여행 중 이질에 걸려 비행기로 킬리만자로산을 넘어 케냐에 도착.

1935 낚시 중 권총 오발 사고로 다리에 부상을 입음. 산문집 『아프리카의 푸른 언덕』 출간.

1936 스페인 내란이 발발하자 정부군 지원. 아프리카 사냥 여행을 바탕으로 쓴 단편 「킬리만자로의 눈」과 「프랜시스 매컴버의 짧았던 행복」을 각각 『에스콰이어』와 『코스모폴리턴』에 발표.

1937 스페인 내전에 북아메리카신문연맹 특파원으로 종군. 정부군을 지원하기 위한 모금 활동. 네덜란드 영화감독 요리스 이벤스와 영화 〈스페인의 대지〉를 제작하여 백악관에서 상영. 미국 저널리스트 마사 겔혼과 만남. 『가진 자와 가지지 못한 자』 출간.

1938-39 영화 해설집 『스페인의 대지』 출간. 헤밍웨이의 유일한 희곡 〈제5열〉 출간. 두 번째 아내와 별거. 쿠바로 이주하여 저택 '핑카 비히아' 구입(훗날 헤밍웨이 박물관으로 개조됨).

1940-41 〈제5열〉이 연극으로 상연됨. 『누구를 위하여 종은 울리나』 출간. 폴린과 이혼하고 마사 겔혼과 세 번째 결혼. 중일전쟁 특파원으로 아시아 여행. 쿠바 아바나에 본격적으로 거주함.

1942 2차 세계대전 중 정보기관 '크룩 팩토리' 일원이 되어 수년간 미국 정부를 위해 정보를 수집하고 독일 잠수함 수색 활동에 참여했지만 성과를 내지 못함. 작품집 『싸우는 사람들』 출간.

1943-44 『콜리어』 특파원으로 노르망디 상륙작전을 취재함. 런던에서 저널리스트 메리 웰시를 만남. 자동차가 물탱크와 충돌하여 뇌진탕을 입고, 오토바이 사고로 다시 뇌진탕을 일으키는 등 건강이 악화됨.

1945-46 쿠바로 돌아옴. 세 번째 아내와 이혼하고 그의 네 번째 아내이자 말년에 그의 곁을 지킨 메리 웰시와 결혼. 자동차가 전복되어 늑골이 골절되는 부상을 입음. 아이다호주 케첨에 집을 마련함.

1947 2차 세계대전 중 수색 활동에 공헌한 점을 인정받아 미국 정부로부터 훈장을 받음.

1948 이탈리아 여행 중 아드리아나 이반치치와 사랑에 빠짐.

1950-51 『강 건너 숲속으로』 출간 후 혹평을 받음. 아드리아나가 쿠바로 찾아옴. 어머니 사망. 두 번째 아내 폴린 사망. 배에서 쓰러져 뇌진탕을 일으킴.

1952-53 『라이프』에 발표했던 『노인과 바다』로 퓰리처상 수상. 스페인, 프랑스 여행 후 동아프리카로 사냥 여행. 자동차에서 떨어져 얼굴을 베고 어깨를 다침.

1954 아프리카 여행 중 연이은 비행기 추락 사고로 중상을 입음. 헤밍웨이가 사망했다는 오보가 남. 노벨문학상을 수상하나 건강 문제로 시상식에 참석하지 못함. 베네치아에서 아드리아나와 재회.

1959-60 약 6개월간 스페인을 순회하며 투우와 관련된 글을 「위험한 여름」이란 제목으로 『라이프』에 연재하기 시작함. 쿠바에서 미국으로 이주. 정신쇠약, 우울증, 고혈압, 간염 등으로 건강이 심각하게 악화되어 입원함.

1961 퇴원했으나 병세가 악화되어 재입원. 다시 퇴원한 지 이틀 뒤 7월 2일에 아이다호주 케첨의 자택에서 엽총으로 생을 마감함.

**닉 애덤스 이야기**


| | |
|---|---|
| 초판 인쇄 | 2024. 10. 18. |
| 초판 발행 | 2024. 10. 25. |
| 저자 | 어니스트 헤밍웨이 |
| 역자 | 이영아 |
| 편집 | 강지수 |
| 발행인 | 이재희 |
| 출판사 | 빛소굴 |
| 출판 등록 | 제251002021000011호(2021. 1. 19.) |
| 팩스 | 0504-011-3094 |
| 전화 | 070-4900-3094 |
| ISBN | 979-11-93635-27-8(04800) |
| | 979-11-93635-25-4(세트) |
| 이메일 | bitsogul@gmail.com |
| 주소 | 경기도 고양시 덕양구 꽃마을로 66 한일미디어타워 1430호 |
| SNS 인스타그램 | instagram.com/bitsogul |
| X(트위터) | x.com/bitsogul |
| 네이버 블로그 | blog.naver.com/bitsogul |